李兴 校释

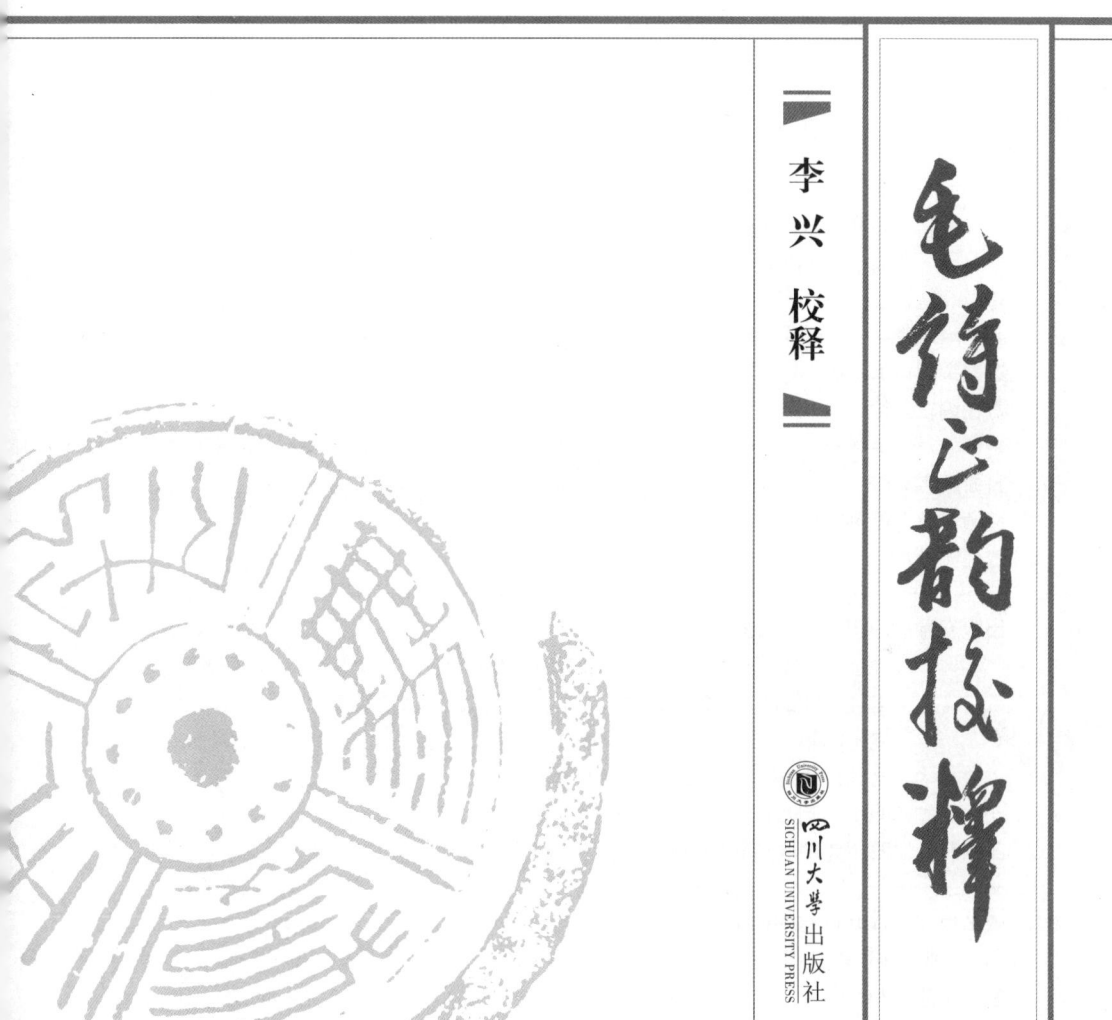

毛诗正韵校释

四川大学出版社

图书在版编目（CIP）数据

毛诗正韵校释／李兴校释．— 成都：四川大学出版社，2022.8
ISBN 978-7-5690-5648-8

Ⅰ．①毛… Ⅱ．①李… Ⅲ．①《诗经》—诗歌研究 Ⅳ．①I207.222

中国版本图书馆CIP数据核字（2022）第159007号

书　　名：毛诗正韵校释
　　　　　Maoshi Zhengyun Jiaoshi
校　　释：李　兴

选题策划：徐　凯
责任编辑：徐　凯
责任校对：毛张琳
封面题字：李　兴
装帧设计：墨创文化
责任印制：王　炜

出版发行：四川大学出版社有限责任公司
　　　　　地址：成都市一环路南一段24号（610065）
　　　　　电话：（028）85408311（发行部）、85400276（总编室）
　　　　　电子邮箱：scupress@vip.163.com
　　　　　网址：https://press.scu.edu.cn
印前制作：四川胜翔数码印务设计有限公司
印刷装订：四川盛图彩色印刷有限公司

成品尺寸：170mm×240mm
印　　张：18.5
字　　数：293千字

版　　次：2022年11月 第1版
印　　次：2022年11月 第1次印刷
定　　价：78.00元

本社图书如有印装质量问题，请联系发行部调换

版权所有 ◆ 侵权必究

四川大学出版社
微信公众号

劉師培曰古音脂部自與衣部同體與在也相非歸脂部師與氏字合曇韵相合

萋飛喈遙與歸私衣韵萋萋喈喈間二句下同韵絺
線韵末句歸與兩維遙應收韵脂部二葛正射韵二是間字韵
害間字韵刈線韵祭部兮兮氏正射韵二
師與氏相合曇韵支部一二章首句二之正射韵其
服正射韵服之曇韵之部谷木谷連章
間二句韵侯部二告連句韵鳥相合起韵幽部句首
二言連句韵下二言間字韵二澣連句韵灌起韵元
部二中與二覃相合連句韵侵部二施正射韵二爲
間字韵二我連句韵歌部二葉正射韵盍部鳴寧隔
章正射黃相合起韵耕部集韵闕疑

《毛詩正韻》卷一

國風

瞻瞻其陰虺虺其雷寤言不寐願言則懷
之部爲經韻冬侵魚宵腸脂幽元至歌十部爲緯韻肯來
三則二其兩章中二不聯章韻是合韻霾來來思連句韻不有與
閟字同韻之且正射與下一莫韻二虺虺正射與上一莫韻二靡
韻侵部三旦正射韻冬部暴笑敖悼連句韻諧笑敖連句韻三疊韻宵部
閟字韻洎往正射韻腸部惠起韻虺虺雷閟字三疊韻的元部
韻脂部悠悠上同韻同言遙韻二疊韻的元部
前二虺間句與疆韻二疊上同韻日瞻間字韻至部二我
遙錯韻歌部

終風四章章四句

終風且暴顧我則笑謔浪笑敖中心是悼
終風且霾惠然肯來莫往莫來悠悠我思
終風且曀不日有曀寤言不寐願言則嚏
曀曀其陰虺虺其雷寤言不寐願言則懷

日月四章章六句

出卒逝間句韻畜報聞句韻照相合疊韻陽部出自出皆韻
報間句韻畜報聞句韻照相合疊韻陽部出自出皆韻
射韻出卒逝間句韻脂部四日正射韻幽部尾四令正
射韻下二我與他遙間句韻也可疊韻歌部臨音隔章遙韻侵部

鼓鐘踴躍用兵土國城漕我獨南行

終風四章章四句

十五

元部執韻闊疑

正射韻前起間句韻侵部孫與陳相合連句韻洵信連句韻真部
仲宋間句與仲韻冬部歸與闊說相合遙韻死與契闊相合
間字三疊韻祭部生成錯韻城起韻耕部爰連句間字韻
韻侯部弟一我起韻弟二我遙後二遙韻歌部

凱風自南吹彼棘心棘心夭夭母氏劬勞
凱風自南吹彼棘薪母氏聖善我無令人
爰有寒泉在浚之下有子七人母氏勞苦
睍睆黃鳥載好其音有子七人莫慰母心

凱風四章章四句

一棘三母二有與在載聯章韻一章脂韻宵支魚至九部爲緯韻句
間字韻在之載其皆間字韻二有子疊韻句中有與子韻連句
之侵二部爲經韻真元耕脂歌宵支魚至九部爲緯韻句

十六

日照丁氏留餘堂刻本版式

序

  《毛诗正韵》（含《韵例》一卷）乃清末日照学者丁以此（字竹筠）所著，深受章炳麟、黄侃、刘师培等古音学家的推崇。但因学偏冷绝、文字艰涩，一般人阅读有较大难度。李兴君以深厚之学力，坚韧之毅力，对本书进行了深入细致的研究。首先对全文及序文进行整理和校点，将全书转化为规范汉字，并用现代标点符号进行标点断句。其次是对原文中的疑难字句进行注释和译解，使其通俗易懂，方便读者阅读理解，最终形成大作《毛诗正韵校释》。此书的出版，无疑将对丁氏原作的研究与传播产生积极而深远的影响。

  丁以此（1846—1921），字竹筠，山东日照人。丁氏为一方望族，书香传世。明清以来，科甲连第，人才辈出。至以此时，家道中落。"先生幼遭乱离，贫而好学。""尝以诸生再赴乡试，不得中式，乃弃去举业，专意古学，潜心于文字音韵。"（陈祖武《〈清代学者象传校补〉举要》）先生追随朴学大家许瀚，专研古诗音韵，数十年孜孜以求，呕心沥血，结撰《毛诗正韵》四卷、《韵例》一卷。终生不事产业，唯以教私塾维持生计，尝北游济南、京师，西至晋阳等地。先生虽困守田园，埋名乡里，然目睹外族侵扰，兵祸连结，百姓流离涂炭，胸臆难平，每深忧之。但恨报国有心济时乏术，曾在园门上大书"闲时铲平专制草"等句。督责其子惟汾熟读古书，东渡扶桑学习新学，支持其追求共和的革命事业。先生勤奋好学，一生手不释卷，笔耕不辍。除《毛诗正韵》外，据民国学者王献唐《乡前辈丁竹筠先生著述目录》载录，尚有《叙诗草》《名我有园诗草》《毛诗字分韵》《古合韵表》《切音谱》《楚辞韵证》等著作存目。

丁以此音韵研究师从同邑先辈许瀚。"君少遇乱贫困，未弱冠即从许瀚（印林）游，得闻古学。"（章炳麟《丁君墓表》）许瀚，字印林，一字元翰，室名"攀古小庐"，清代杰出的朴学家、校勘学家、金石学家。许瀚受业于王念孙、王引之父子，曾与王筠、龚自珍、何绍基、丁晏等著名学者交流切磋，参与校注《尔雅注疏》《经传考证》等典籍，博通经史，著述宏富，为名动一时的学术大咖，被龚自珍誉为"北方学者君第一"（龚自珍《己亥杂诗·别许印林孝廉瀚》）。丁氏本生长于书香世家，自幼修习举业，有良好的朴学根基。即投许瀚门下，朝夕叩问，切磋琢磨，乃得窥朴学堂奥。王献唐《说文解字韵隶·叙》云："吾乡前辈许印林先生治小学、金石，负海内众望。时同邑从学者三人，为丁少山先生艮善，为丁伯才先生楸五，其后则丁竹筠先生以此。三君治学各有所专……竹筠专明古音，尤邃精韵例。"

《毛诗正韵》是对《诗经》用韵情况的研究。《诗经》是我国最早的诗歌总集，集中体现上古汉语音韵体系，是研究上古音韵的起点。清初顾炎武著《音学五书》开启了古音学的研究。乾嘉年间，汉学大兴，主张经世致用，学者继承前代考据训诂的方法，通过古字古音以明古训，明古训而后明经，古音学乘势而上，蔚成大国。顾炎武通过分析《诗经》《楚辞》等韵文的用韵，将古韵分为十部，至段玉裁《六书音韵表》分为十七部，江有诰《音学十书》分为二十一部，孔广森《诗声类》分为十八部，王念孙《古韵谱》分为二十一部。民国时古韵分部进一步细化，章炳麟《成均图》分为二十三部，黄侃《音略》分为二十八部。《毛诗正韵》参照王孔二家，分古韵为东、冬、蒸、侵、谈、阳、耕、真、谆、元、歌、支、至、脂、祭、盍、缉、之、鱼、侯、幽、宵等二十二部。

《毛诗正韵》最大的贡献，在于对《诗经》韵例的分析。此前诸家对《诗经》韵例的研究已各有成就，除常见的句末韵、连句韵、隔句韵外，顾炎武提出"间三为韵"，钱大昕提出"连章为韵、句中为韵"，到孔广森著《诗声类》，总结出通例十、别例十三、杂例四，已蔚为大观。丁氏不拘前人成法，数十年冥心参会，探赜抉微，在孔氏研究的基础上，把《诗经》韵例分为单句、连句、间句、连章、隔章、变韵六类，每类又包含多种不同类型。如单句类包括上叠韵、下叠韵、上同韵、下同韵、首尾韵等二十四例，变韵类包括起韵、收韵、线韵等六例，总计有七十三种用例。"就其所次，一篇之中，取韵者盖过半"（章炳麟《毛诗正韵序》）。《毛诗正韵》的韵例研究，证明《诗经》用韵密而多，格式灵活多样，打破了句末、隔句、连句等有限取韵格式的思维框架，对正确理解和认识以《诗经》为代表的上古韵文特质具有创新意义。黄侃序曰："据古韵二十二部以求诗句中之韵，立例数十。稽撰其说，信而有征，盖王孔所不能上。"丁氏对此点也深信不疑，曾言："不徒《三百篇》字字皆韵，即古谚谣亦若是。'恤恤乎，湫乎，攸乎。深思而浅谋，迩身而远志，家臣而君图，有人矣哉。'恤恤攸韵，湫攸韵，三乎字与家图韵，身臣人韵，浅远韵，三而字与思谋志有矣哉韵。"（陈祖武《〈清代学者象传校补〉举要》）诚如王力先生所说："《诗经》用韵格式是多样的，因为它是民歌或者模拟民歌的诗体。民歌是随口唱的，随口用韵，随时转韵，也就是所谓天籁。"（王力《古代汉语》）

丁以此的古音研究上承许翰，下启丁惟汾。丁惟汾，字鼎丞，丁以此次子，别号诂雅堂主，中国同盟会创始人之一，民国政治活动家、朴学家。丁惟汾身为国民革命先驱，一生为革命奔走，但在戎马倥偬之余，敏而好古，孜孜以求，未尝一日废书。丁惟汾继承其父的研究成果，时与学界名流章太炎、刘师培、黄侃等切磋交流，在古音研究上又上层楼。其《毛诗韵聿·自序》云："先严竹筠公，以毕生之精力，专研古诗音韵，著成《毛诗正韵》四卷。综其规律，纂为《韵例》，阐明《毛诗》无字不韵之意义，极为并世学人所推崇。惟汾早岁恭聆讲论，后来朝夕诵惟，尚觉《毛诗》韵律犹有余蕴未尽。钻研之余，撰写《毛诗韵聿》一编。"书中丁惟汾提出了韵聿六例，即介错韵、交错韵、递转韵、连续递转韵、交错转韵、双声通读韵，进一步解决了《诗经》某些篇目韵读不协问题。此外，他在《尔雅释名》《方言音释》《俚语证古》等著述中，继承了明陈第"字有更革，音有转移"的语言学思想，以语音变化为线索，从方言材料入手，考证古今词语的演变及规律，开拓颇多，也大大丰富了经籍研究的方法和手段。因此，著名学者王献唐指出"朴学自印林以降，竹筠先生一变"，至丁惟汾时"又一变"（王献唐《亡友丁伯戣别传》)。

　　山左为古圣贤之乡，才墨之薮，学风蔚茂，经师硕儒辈出。有清一代，山左小学发达，成果斐然，几与皖浙鼎足。代表人物前期有孔广森、王筠、张耕、许瀚、时庸勱等，晚近有丁以此、丁惟汾、王献唐等。以《毛诗正韵》为代表的丁氏父子古音学，是山东小学研究的有机组成部分，是传统文化研究的宝贵资源。国家"十四五"规划纲要提出，要"开展中华文化资源普查，加强文物和古籍保护研究利用"，推进社会主义文化强国建设。对《毛诗正韵》的校点和注释，既是国学研究与整理发掘山东名人文化资源的需要，也符合传承弘扬中华优秀传统文化，坚定文化自信，提升国家文化软实力的时代要求。

　　我与李兴君亲如兄弟，尝共同就读于曲阜师范学院中文系（今曲阜师范大学文学院），虽非同一年级，却有幸同室而居，毕业后又有幸同在曲阜师范大学工作，都曾讲授共同热爱的"古代汉语"课程。还记得我俩曾在其家中把酒夜谈，聊通假，谈反切，畅叙各自的教学体悟，真乃足乐也！近日客居杭州，忽接其来电，告之《毛诗正韵校释》已完稿，嘱余为之序。余才疏学浅，难能肩此大任，然喜大学同室兄弟大作将付梓，按其嘱托叙写以上文字，权且为序，并为付梓之贺也！

阚景忠
2022 年 6 月于杭州寓所

凡 例

一、本书首先对《毛诗正韵》（含《韵例》一卷）全文及序文进行文字整理和校点。按照现代白话文语法规范、标点符号使用规则以及汉字规范要求，对原文逐字逐句进行梳理转换。

二、用音韵学原理和术语对原文中的疑难字句进行注释和译解，力求通俗易懂，方便读者理解和研究。

三、本书校释底本以双流黄氏济忠堂重校刊本为主，参以日照丁氏留余堂刻本。正文及章太炎、刘师培等批注悉遵底本原文，不出校。原文之异体、俗体及羡笔、减笔字等径改为通用规范字形。

四、按原书体例，全书分为五部分，《韵例》一卷为第一部分，《毛诗正韵》四卷为后四部分。为保持原文面貌，《韵例》采用自然段详解的方式注释，《正韵》部分采用篇章后尾注的方式集中注释。

五、原书体例，《正韵》部分先列经文，后接韵例分析，不分段。现按现代汉语语法规则，把韵例分析部分分为总述、经韵、纬韵三部分。

六、本书所言"韵""为韵""相押"皆与"押韵"同义，即字之韵腹韵尾相同。

七、原书前人批注皆附在正文框外页边空白处，以线格框起。现分几种情况处理：

①诗经原文批注，直接附在该句经文之后，以括号括起。如《杕杜》篇，有杕之杜，其叶菁菁。独行睘睘（师培案，"睘"读为"营"），岂无他人？

②对丁氏之论的批评插在对应的文字处，以括号括起。如《匪风》

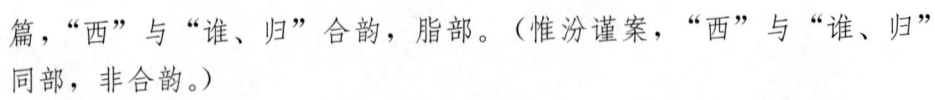

篇,"西"与"谁、归"合韵,脂部。(惟汾谨案,"西"与"谁、归"同部,非合韵。)

③据丁氏所论对经文的补充分析,放在正文之后,以括号括起。如《小弁》篇,(葛昂若曰,二"尚"与"相、行"韵,卒章二"莫"二"无"韵。)

八、经文时有多重韵例现象,原书只择其一而论。现据丁氏韵理,将其他用韵情况一并指出,多以"又"提示。如《皇矣》篇,①错韵,……又"辟、剔"连句第三字互押;《生民》篇,③遥韵,……又"林、林"连句句尾韵,"歆、今"间三句句尾韵。

九、原书行文细密严谨,但偶有不能隼合之处,或脱字、衍字等,皆以"案"字提示注出。如《载驱》篇,"滔滔"上同韵,案,四章首句"汶水滔滔"的"滔滔"句尾二字同韵,为下同韵类,非"上同韵";《公刘》篇,句韵,案,此处"句韵"二字为衍字。

目 录

《毛诗正韵》四卷、《韵例》一卷 ………………………………（1）
  序 ………………………………………………………………（1）
  序 ………………………………………………………………（2）
  《毛诗正韵》赞 ………………………………………………（3）
  丁君墓表 ………………………………………………………（4）
  毛诗韵例 ………………………………………………………（6）

《毛诗正韵》卷一 …………………………………………………（32）
  国　风 …………………………………………………………（32）
    周　南 ………………………………………………………（32）
    召　南 ………………………………………………………（43）
    邶 ……………………………………………………………（53）
    鄘 ……………………………………………………………（75）
    卫 ……………………………………………………………（84）
    王 ……………………………………………………………（94）

《毛诗正韵》卷二 …………………………………………………（102）
  郑 ………………………………………………………………（102）
  齐 ………………………………………………………………（117）
  魏 ………………………………………………………………（125）
  唐 ………………………………………………………………（131）
  秦 ………………………………………………………………（140）

| 陈…………………………………………………………………(148) |
| 桧…………………………………………………………………(154) |
| 曹…………………………………………………………………(157) |
| 豳…………………………………………………………………(161) |

《毛诗正韵》卷三 …………………………………………(168)
  小　雅…………………………………………………………(168)

《毛诗正韵》卷四 …………………………………………(227)
  大　雅…………………………………………………………(227)
  颂………………………………………………………………(260)
    周　颂………………………………………………………(260)
    鲁　颂………………………………………………………(273)
    商　颂………………………………………………………(278)

参考文献 ……………………………………………………(282)

《毛诗正韵》四卷、《韵例》一卷

清　日照丁以此撰 余杭章炳麟 仪征刘师培 日照丁惟汾等评
济南市图书馆藏 民国十三年日照丁氏留余堂刻本（云渠跋）

序

　　诗之韵不专在句末。《召南》有"草虫、阜螽"，《唐风》有"角枕、锦衾"，此韵于句中者也。其韵在句中末者，不专以二句相间。《小弁》有"决拾既佽、助我举柴"，此韵于起止者也。自钱晓徵始见端兆，及孔㧑约作《诗声类》，例益繁矣。日照丁惟汾以其父丁君《毛诗正韵》见示，其例则视㧑约尤密，有经韵、纬韵、间句韵、连句韵、连章韵、起韵、收韵、线韵、正射韵诸目。就其所次，一篇之中，取韵者盖过半。昔太史公以为："诗三百篇，孔子皆弦歌之，以合《韶》《武》雅颂之音。"末世节奏已失，然其用韵可见于今者，严栗如此。自非太师之教，瞽宗之化，孰得其度划哉？然后知风雅之非徒歌，《补亡》之为妄作也。往者顾宁人始作《本音》，分部以十，孔㧑约分部十八，丁君复参王怀祖孔㧑约二家，分部以二十二，经界益正，条理益密，斯所谓集其大成，金声而玉振之者乎？允非苗夔之伦，所得赴其步骤者也。世俗燕乐，如周美成、张炎所为，字皆中律，不可假贷。至于古诗则谓之纵意抑扬，无有成式。今观正韵所明，若大匠之执规矩，犹王府之有和钧，分刌絫黍，亡得出入。古之风律自是始宣明矣。然则关雎之乱，师挚治之，旷岁二千，未有丁氏。斯乃成均之贞符，东序之秘宝，凡百小大，宜所紬读，佚在闾巷，无由布宣。余甚惜之，故为之赞序，道其隐约云尔。
　　章炳麟序。

序

　　《毛诗正韵》五卷、《韵例》一卷，日照丁竹筠（以此）先生著也。序其端曰：粤在殷周，诗必合乐。六诗之作，以律为音。音以损益为宗律，以阴阳为判。音律之协，非徒声类。然音区侈弇，律有浊清，部同则侈弇易齐，韵别则浊清顿判，是其洪纤之等，发敛之度，合变赴节，则异音相从。审一定和，必同声相应。故音和类隔，实条理共贯。往者浮声之辨，诤于沈陆。响有双叠，杜律綦祥。拨后征前，宜无差互。况馨宗弦诵，经制所昭。诗合《韶》《武》，抑闻洙泗。顾云随音所会，莫见定臬，成均之法，当弗其然。然则诗之为韵，匪徒语末声类所协，必综全简。顾陈第以前，斯秘未睹。顾孔而下，说始萌芽。虽达例克祥，亦婶帙莫次。先生思亚子云，学综许郭，究体语之大，原辨声势之区。合爰肇类，分组以经纬，起止以齐之，正射以通之。原始要终，啧而弗乱，是则隐侯可作。嘉其入神张敞之功，逊其正读者矣。夫六艺之文，归于缜密；研经之术，今密昔疏。韵之于诗，辨章綦易；端绪未启，所昧实多；甄辨偶施，典据遂显。世有达者，触类而长；即韵比音，以达神旨；则师挚之始，不远可复；雅颂得所，重验于今。岂徒侈铿锵之节，饰《补亡》之陋哉？

　　刘师培序。

《毛诗正韵》赞

蕲春黄侃（季子）撰

　　求古韵者以诗三百为埻则。然自顾江以降，但求之于句末。王孔始知句中有韵，而推索未周。日照丁先生冥心覃思数十年，至老乃成《毛诗正韵》一书。据古韵二十二部以求诗句中之韵，立例数十。稽撰其说，信而有征，盖王孔所不能上。夫诗歌声律，其事相依。律之调均，不限于结声。诗之取韵，宁局于句末？且成均乐语、言语并蒙其名。诵诗三百，应对实觇其效尔。则文之有韵，不必有终；发言成调，参差相应。譬犹珩珮，随步而宫玉杂鸣，绮组成文而玄黄合采。知丁氏之义，则于有韵为文之说，复何疑乎？若沈休文，徒知低昂浮切之殊，尚自矜为创获。况于先生远溯遗经，独明成均之法者哉？诚欢拼赞叹所不能已者也。

丁君墓表

余杭　章炳麟撰

言古韵者，始顾宁人，至孔㧑约王怀祖然后备。虽三百篇韵例，亦始是。间三句为韵，发自顾氏；连章为韵，句中为韵，发自钱晓徵；及孔氏为诗声分例，得通例十，别例十三，杂例四，其法大具。日照丁君出孔氏后，以为不完，又分单句、连句、间句、连章、隔章、变韵六类，都为七十三例，谱以为《毛诗正韵》四卷。由是言韵例者益繁。君为是谱盖十余岁，始就声类，与孔王大同，独密于例。自一话一言，冥心参会不闲。翿忽若有天理，而人莫能解，其用力亦勤矣。余始在日本东京得其书，伟其敹穿之精，时轶出孔氏外。序而复之以为成均之贞符，神瞽之遗教。然未暇证明其义也。其后自日本归，紬周讼得其韵，因与学者论韵例，远及钱孔近即君。闻者以为佹离不常，余亦颇自疑。寻汉以来，诗赋大抵不出孔氏十通例。其连章为韵者，自《国风·麟趾》以降，独魏武帝《步出夏门行》耳。句中有韵，于咏歌若疣赘，疑其寡用久之。观墨翟书称"古者诵诗三百，歌诗三百"，明"歌"与"诵"异。齐诵者按偶章句而歌者作，与阕不恒。《匏有苦叶》之二章，诵之为句四，歌之为句八，皆得成韵，其疑为少解。顾念钱孔所称说者，行列犹有法，及君演之，棽俪相入，常患其不齐。又久之复发簦，得"原壤登木"与"声伯梦涉洹"之歌。壤歌为句二，为韵者四；声伯歌为句四，为韵者八。其上下相应者，率多不就行列，乃知君之言至矣。孔氏所谓繁声促奏则字皆有韵者是也。自余为序十二年而君殁。又十年其子惟汾以状来，道君临终时犹举南蒯乡人之詟，依通例为韵者五，杂出为韵者二十。盖二十六言而入韵者二十五。视余所举原壤、声伯事尤悉。呜呼，君之好学也！耄不惛忘，病亟而称道不乱，盖年七十又六矣。君讳以此字竹筠，为日照望。君少遇乱贫困，未弱冠即从许瀚（印林）游，得闻古学。以诸生再赴乡试不中式，旋弃去。以故治声音文字益专。中间博识史书、百家杂说，时亦论兵。尝北游京师，西抵晋阳，得《诗草》二卷。然非其至，至者独在《毛诗正韵》。晚为甘肃李云章订《尔雅声类》，亦其余绪。云齐鲁间儒者，自清时善为小学音训，其精与皖南班。而君实要其终。君之殁，嗣之者寡矣。时中华民国十年也。余既论次其事，又念《周颂·般》一章七句，"高""乔""敷""下"，皆韵于句中，顾句末不可得其韵。孔氏以"山""河""对""命"对转相协，盖强为之辞。余尝紬郑笺，犹图也，小山及高岳皆信，案山川之图而次序祭之，知郑以"隓山乔岳允犹"为句，"翕河"乃自为句。六言成文，犹"夙夜基命宥密"，二言成文，犹"肇禋"。然则"周、犹"相韵，不烦于曲解。惜君死矣，余不得而质之也。系曰：

  肇自曲阜，孔之诗商，桂之名守。
  青齐而东，越有郝公，雅故洞通。
  安丘后出，建文有类，亦代其匮。
  汲汲印林，邵是德音，与数子参。
  君受其言，理三百篇，继孔而宣。
  大文不采，世有真宰，以表东海。
  绝于君乎，德邻遂孤，道衰人痡。

毛诗韵例

日照丁以此（竹筠）

上叠韵

《葛覃》三章，"薄、污"；《卷耳》一章，"嗟、我"；《甘棠》一二三章，"蔽、芾"；《凯风》四章，"睍、睆"之类。

【注释】

上叠韵，即诗句句首二字韵相同。如《葛覃》第三章"薄污我私"的"薄、污"；《卷耳》第一章"嗟我怀人"的"嗟、我"；《甘棠》第一二三章的"蔽芾甘棠"的"蔽、芾"；《凯风》第四章"睍睆黄鸟"的"睍、睆"等。

下叠韵

《卷耳》三章，"永、伤"；《兔罝》二章，"好、仇"；《卷耳》二章，"崔、嵬""虺、隤"之类。

【注释】

下叠韵，即诗句句尾二字韵相同。如《卷耳》第二章"陟彼崔嵬，我马虺隤"的"崔、嵬、虺、隤"；第三章"维以不永伤"的"永、伤"；《兔罝》第二章"公侯好仇"的"好、仇"等。

中叠韵

《卷耳》一章，"盈、顷"；《樛木》一章，"履、绥"；《采蘩》一二三章，"以、采""言、还"之类。

【注释】

中叠韵，即诗句句中二字韵相同。如《卷耳》第一章"不盈顷筐"的"盈、顷"；《樛木》第一章"福履绥之"的"履、绥"；《采蘩》第一、二、三章"于以采蘩"的"以、采"，"薄言还归"的"言、还"等。

上三叠韵

《关雎》四章,"辗、转、反";《定之方中》一章,"作、于、楚";《氓》六章,"淇、则、有""不、思、其"之类。兼同韵者,《殷其雷》,"振振、君";《鸨羽》,"肃肃、鸨"之类。兼隔字同韵者,《无羊》二章,"何、蓑、何";《绵》一章,"陶、复、陶"之类。

【注释】

上三叠韵与上叠韵类似,是句首三个字韵相同。如《关雎》第四章"辗转反侧"的"辗、转、反";《定之方中》第一章"作于楚宫"的"作、于、楚"等。兼同韵,即三叠韵的三个字中又有两个字是相同的(本书所谓同韵,皆指同字同韵现象),如《殷其雷》中"振振君子"的"振振、君",《鸨羽》中"肃肃鸨羽"的"肃肃、鸨"等。兼隔字同韵,指三叠韵中两个相同的字被中间一字隔开的情况,如《无羊》第二章"何蓑何笠"的"何蓑、何",《绵》第一章"陶复陶冗"的"陶、复、陶"等。

下三叠韵

《关雎》三章,"之、不、得";四章,"右、采、之";《行露》二章,"女、无、家";三章,"鼠、无、牙"之类。兼同韵者,《新台》一章,"水、弥弥";《氓》一章,"之、蚩蚩"之类。兼隔字同韵者,《绵蛮》"之、诲、之""之、载、之"之类。

【注释】

下三叠韵与下叠韵类似,是句尾三个字韵相同。如《关雎》第三章"求之不得"的"之、不、得",第四章"左右采之"的"右、采、之"等。兼同韵,即三叠韵的三个字中又有两个字是相同的,如《新台》第一章"河水弥弥"的"水、弥弥",《氓》第一章"氓之蚩蚩"的"之、蚩蚩"等。兼隔字同韵,指三叠韵中两个相同的字被中间一字隔开的情况,如《绵蛮》中"教之诲之""谓之载之"的"之、诲、之""之、载、之"等。

间第二字三叠韵

《终风》一章,"谑、笑、傲";《凯风》三章,"爰、寒、泉";《大

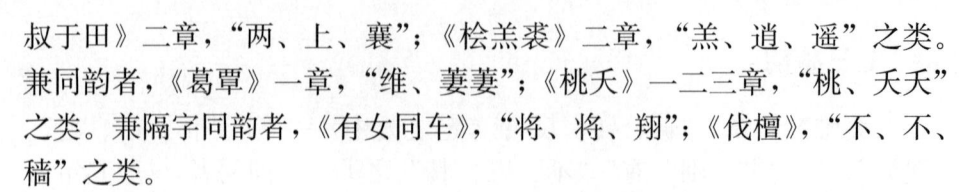

叔于田》二章，"两、上、襄"；《桧羔裘》二章，"羔、逍、遥"之类。兼同韵者，《葛覃》一章，"维、萋萋"；《桃夭》一二三章，"桃、夭夭"之类。兼隔字同韵者，《有女同车》，"将、将、翔"；《伐檀》，"不、不、穑"之类。

【注释】

间第二字三叠韵，指一句中三个字韵相同，但被第二字隔开的情况。如《终风》第一章"谑浪笑傲"的"谑、笑、傲"，《凯风》第三章"爰有寒泉"的"爰、寒、泉"等。兼同韵，指三叠韵中有两字相同，如《葛覃》第一章"维叶萋萋"的"维、萋萋"，《桃夭》第一、二、三章的"桃之夭夭"的"桃、夭夭"等。兼隔字同韵，即相同的两字被另一字隔开，又与第三字韵相同。如《有女同车》"将翱将翔"的"将、将、翔"，《伐檀》"不稼不穑"的"不、不、穑"等。

间第三字三叠韵

《简兮》三章，"赫、如、赭"；《北风》三章，"莫、赤、狐"之类。兼同韵者，《卷耳》一章，"采采、耳"；《思齐》三章，"雍雍、宫"之类。

【注释】

间第三字三叠韵，指一句中三个字韵相同，但被第三字隔开的情况。如《简兮》第三章"赫如渥赭"的"赫、如、赭"，《北风》第三章"莫赤匪狐"的"莫、赤、狐"等。兼同韵，指三叠韵中有两字相同的情况。如《卷耳》第一章"采采卷耳"的"采采、耳"，《思齐》第三章"雍雍在宫"的"雍雍、宫"等。

间第二字第四字三叠韵

《驺虞》一二章，"吁、乎、虞"；《式微》一章，"胡、乎、露"之类。

【注释】

间第二字第四字三叠韵，指一句中三个字韵相同，但被第二字和第四字隔开的情况。如《驺虞》第一、二章"于嗟乎驺虞"的"吁（案，吁应为于）、乎、虞"；《式微》第一章"胡为乎中露"的"胡、乎、露"等。

上下叠韵

《葛覃》,"服之、无斁";《蜉蝣》,"蜉蝣、之翼";《四牡》,"周道、委迟"之类。兼同韵者,《兔罝》,"肃肃、兔罝""赳赳、武夫"之类。

【注释】

上下叠韵,指句首和句尾同时出现叠韵现象。如《葛覃》中的"服之无斁"一句,"服之"上叠韵,"无斁"下叠韵。《蜉蝣》中的"蜉蝣之翼"一句,"蜉蝣"上叠韵,"之翼"下叠韵。《四牡》的"周道委迟"一句,"周道"上叠韵,"委迟"下叠韵。兼同韵,指同韵且同字的情况(案,同韵可以看作叠韵的一种类型),如《兔罝》中的"肃肃兔罝"一句,"肃肃"上叠韵兼同韵,"兔罝"下同韵。"赳赳武夫"一句,"赳赳"上叠韵兼同韵,"武夫"下叠韵。

四叠韵

《鸤鸠》,"其、子、在、梅""其、子、在、棘"之类。兼同韵者,《芣苢》,"采采、芣苢";《小弁》,"踧踧、周道"之类。兼隔字同韵者,《女曰鸡鸣》,"子、之、来、之";《常武》,"不、测、不、可"之类。

【注释】

四叠韵,指一句中有四字同韵。如《鸤鸠》中的"其、子、在、梅""其、子、在、棘"等。兼同韵,即四字中有两字相同,如《芣苢》中的"采采、芣苢",《小弁》中的"踧踧、周道"等。兼隔字同韵,指四字之中有两字相同,相同的两字又被隔开,如《女曰鸡鸣》中的"子、之、来、之",《常武》中的"不、测、不、可"等。

上间字韵

《关雎》一章,"在、之""窈、淑";《羔羊》一二三章,"素、五";《候人》四章,"荟、蔚";《巷伯》一章,"萋、菲"之类。

【注释】

上间字韵,指句首一字间隔一字与第三字押韵。如《关雎》第一章

"在河之洲"的"在、之","窈窕淑女"的"窈、淑";《羔羊》第一、二、三章"素丝五紽""素丝五緎""素丝五总"的"素、五";《候人》第四章"荟兮蔚兮"的"荟、蔚";《巷伯》第一章"萋兮斐兮"的"萋、菲"等。

下间字韵

《关雎》二四五章,"右、之";《汉广》一二三章,"之、矣";《邶柏舟》三章,"可、也";五章,"居、诸"之类。

【注释】

下间字韵,指句尾一字隔字与上一字押韵。如《关雎》第二、四、五章的"左右流之""左右采之""左右芼之"的"右、之";《汉广》第一、二、三章"汉之广矣"的"之、矣";《邶柏舟》第三章"不可选也"的"可、也",第五章"日居月诸"的"居、诸"等。

中间字韵

《载驰》四章,"如、所";《鹿鸣》二章,"子、则""式、以"之类。

【注释】

中间字韵,指句中两字隔一字押韵。如《载驰》第四章"不如我所之"的"如所";《鹿鸣》第二章"君子是则是效"的"子、则","嘉宾式燕以敖"的"式、以"等。

上下间字韵

《羔羊》,"素、丝、五、緎";《郑羔裘》,"羔、裘、豹、饰";《斯干》,"鸟、鼠、攸、去"之类。兼同韵者,《甫田》"无、田、甫、田""婉、兮、娈、兮"之类。

【注释】

上下间字韵,指句首和句尾各有间隔一字押韵的情况。如《羔羊》的"素丝五緎"一句,"素、五"上间字韵,"丝、緎"下间字韵;《郑羔裘》的"羔裘豹饰"一句,"羔、豹"上间字韵,"裘、饰"下间字韵；《斯干》，"鸟鼠攸去"一句，"鸟、攸"上间字韵，"鼠、去"下间字韵；兼同韵，指四字中有两字相同的情况，如《甫田》"无田甫田"的"无、甫"上间字韵，"田、田"下间字同韵，"婉兮娈兮"的"婉、娈"上间字韵，"兮、兮"下间字同韵。

间二字韵

《行露》二三章，"何、我"；《狡童》一二章，"不、食"之类。
【注释】
间二字韵，即间隔二字押韵。如《行露》第二、三章"何以穿我屋""何以穿我墉"的"何、我"；《狡童》第一、二章"不与我食兮"的"不、食"等。

首尾韵

《汝坟》一二章，"遵、坟"；《北风》三章，"莫、乌"；《定之方中》二章，"忘、堂"；《景京》三章，"命、人"之类。
【注释】
首尾韵，即一句之中句首与句尾押韵。如《汝坟》第一、二章"遵彼汝坟"的"遵、坟"；《北风》第三章"莫黑匪乌"的"莫、乌"；《定之方中》第二章"望楚与堂"的"忘、堂"；《景京》第三章"命、人"（案，此列存疑，通用《诗经》版本未见此篇）等。

上同韵

《关雎》一章，"关、关"；《螽斯》一章，"诜、诜""振、振"之类。【注释】
上同韵，指二字相同，下一字与上一字同字同韵，通常在句首位置。如《关雎》第一章"关关雎鸠"的"关、关"；《螽斯》第一章"螽斯羽，诜诜兮，宜尔子孙，振振兮"的"诜、诜""振、振"等。

下同韵

《葛覃》一二章，"喈、喈""莫、莫"；《鹑奔》一二章，"奔、奔"

· 11 ·

"疆、疆"之类。

【注释】

下同韵，指二字相同，上一字与下一字同字同韵，通常在句尾位置。如《葛覃》第一、二章"其鸣喈喈""维叶莫莫"的"喈、喈""莫、莫"；《鹑奔》第一、二章"鹑之奔奔""鹊之疆疆"的"奔、奔""疆、疆"等。

中同韵

《溱洧》一章，"涣、涣"；《素冠》一章，"栾、栾""慱、慱"；《北山》三章，"燕、燕"；四章，"惨、惨"之类。

【注释】

中间韵，指句中二字字同韵同的情况。如《溱洧》第一章"溱与洧，方涣涣兮"的"涣、涣"；《素冠》第一章"棘人栾栾兮，劳心慱慱兮"的"栾、栾""慱、慱"；《北山》第三章"或燕燕居息"的"燕、燕"，第四章"或惨惨劬劳"的"惨、惨"等。

上下同韵

《采芑》，"啴啴、焞焞"；《常武》，"赫赫、明明"；《君子偕老》，"委委、佗佗"之类。

【注释】

上下同韵，指句首和句尾各有二字字同韵同。如《采芑》第四章"啴啴、焞焞"；《常武》第一章"赫赫、明明"；《君子偕老》第一章"委委、佗佗"等。

上间字同韵

《葛覃》二章，"是、是""为、为"；三章，"言、言""曷、曷"之类。

【注释】

上间字同韵，指句首位置二字字同韵同又被一字隔开的情况。如《葛覃》第二章"是刈是濩，为絺为绤"的"是、是""为、为"，第三章"言告言归，害澣害否"的"言、言""曷、曷（害害）"等。

下间字同韵

《殷其雷》一二三章，"斯、斯"；《绿衣》；一二三四章，"兮、兮"之类。

【注释】

下间字同韵，指句尾位置二字字同韵同又被一字隔开的情况。如《殷其雷》第一、二、三章"何斯违斯"的"斯斯"；《绿衣》第一、二、三、四章"绿兮衣兮"的"兮、兮"等。

中间字同韵

《谷风》五章"育、育"《还》一二三章"我、我"类之。

【注释】

中间字同韵，指同一句中间隔一字同字同韵相押的情况。如《谷风》第五章"昔育巩育鞫"的"育、育"，《还》第一、二、三章"我谓我"的"我、我"等。

上下间字同韵

《关雎》，"悠、哉、悠、哉"；《殷其雷》，"归、哉、归、哉"；《硕鼠》，"硕、鼠、硕、鼠""乐、郊、乐、郊"之类。

【注释】

上下间字同韵，指句中四字两两相同且互相交叉同韵的情况。如《关雎》"悠哉悠哉"的"悠悠、哉哉"；《殷其雷》"归哉归哉"的"归归、哉哉"；《硕鼠》"硕鼠硕鼠""乐郊乐郊"的"硕硕、鼠鼠""乐乐、郊郊"等。

首尾同韵

《硕人》一章，"衣、衣"；《丰》三四章，"衣、衣""裳、裳"；《东门之枌》一章，"子、子"之类。

【注释】

首尾同韵，指句首和句尾二字同字同韵。如《硕人》第一章"衣锦褧衣"的"衣、衣"；《丰》三四章"衣锦褧衣，裳锦褧裳"的"衣、衣""裳、裳"；《东门之枌》第一章"子仲之子"的"子子"等。

右单句类

连句叠韵

《卷耳》一章，"人、寘"；《草虫》二三章，"山、言"；《载驰》一章，"侯、驱"之类。

【注释】

连句叠韵，指上句句尾与下句句首二字同韵。如《卷耳》第一章"嗟我怀人，寘彼周行"的"人、寘"；《草虫》第二、三章"陟彼南山，言采其蕨""陟彼南山，言采其薇"的"山、言"；《载驰》第一章"归唁卫侯、驱马悠悠"的"侯、驱"等。

连句间字韵

《谷风》一章，"风、阴"；《竹竿》二章，"行、兄"之类。

【注释】

连句间字韵，指上句句尾与下句句首间隔一字押韵。如《谷风》第一章"习习谷风，以阴以雨"的"风、阴"；《竹竿》第二章"女子有行，远兄弟父母"的"行、兄"等。

连句第一字韵

《野有死麕》一章，"野、白"；《绿衣》四章，"绤、凄"；《凯风》一章，"棘、母"；《雄雉》三章，"悠、道"之类。

【注释】

连句第一字韵，指相连两句句首第一字押韵，即句首韵。如《野有死麕》第一章"野有死麕，白茅包之"的"野、白"；《绿衣》第四章

"绤兮绤兮，凄其以风"的"绤、凄"；《凯风》第一章"棘心夭夭，母氏劬劳"的"棘、母"；《雄雉》第三章"悠悠我思、道之云远"的"悠、道"等。

连句第二字韵

《卷耳》二三章，"马、姑"；《桃夭》一二三章，"子、其"；《汝坟》三章，"则、母"；《羔羊》一章，"丝、食"之类。

【注释】

连句第二字韵，即相连两句的第二字押韵。如《卷耳》第二、三章"我马虺隤、我姑酌彼金罍""我马玄黄、我姑酌彼兕觥"的"马姑"；《桃夭》第一、二、三章"之子于归，宜其室家""之子于归，宜其家室""之子于归，宜其家人"的"子、其"；《汝坟》第三章"虽则如毁，父母孔迩"的"则、母"；《羔羊》第一章"素丝五紽、退食自公"的"丝、食"等。

连句第三字韵

《桃夭》二章，"于、家"；《草虫》一章，"草、阜"；《击鼓》五章，"阔、活""洵、信"之类。

【注释】

连句第三字韵，即相连两句的第三字押韵。如《桃夭》第二章"之子于归，宜其家室"的"于、家"；《草虫》第一章"喓喓草虫，趯趯阜螽"的"草、阜"；《击鼓》第五章"于嗟阔兮，不我活兮""于嗟洵兮，不我信兮"的"阔、活""洵、信"等。

连句第四字韵

《关雎》一章，"鸠、洲"；《葛覃》一章，"萋、飞"；三章，"否、母"；《草虫》一章，"虫、螽"之类。

【注释】

连句第四字韵，指相连两句的第四字押韵。如果第四字是句尾，即为通常所说的连句韵。如《关雎》第一章"关关雎鸠，在河之洲"的"鸠、洲"；《葛覃》第一章"维叶萋萋、黄鸟于飞"的"萋、飞"，第三章"害澣害否，归宁父母"的"否、母"；《草虫》第一章"喓喓草虫，趯趯阜螽"的"虫、螽"等。

连数句第一字韵

《野有死麇》三章，"舒、无、无"；《凯风》三章，"在、有、母"；《旄丘》四章，"流、叔、衰"；《鄘柏舟》一二章，"之、母、不"之类。

【注释】

连数句第一字韵，指两句以上的句首第一字押韵。如《野有死麇》第三章"舒而脱脱兮，无感我帨兮，无使尨也吠"的"舒、无、无"；《凯风》第三章"爰有寒泉，在浚之下，有子七人，母氏劳苦"的"在、有、母"；《旄丘》第四章"流离之子，叔兮伯兮，褎如充耳"的"流、叔、褎"；《鄘柏舟》第一、二章"之死矢靡它，母也天只，不谅人只""之死矢靡慝，母也天只，不谅人只"的"之、母、不"等。

连数句第二字韵

《日月》二章，"居、土、如"；《叔于田》一二章，"于、无、无、如"之类。

【注释】

连数句第二字韵，指两句以上的每句第二字押韵。如《日月》第二章"日居月诸，下土是冒，乃如之人兮"的"居土如"；《叔于田》第一、二章"叔于田，巷无居人，岂无居人，不如叔也""叔于狩，巷无饮酒，岂无饮酒，不如叔也"的"于、无、无、如"等。

连数句第三字韵

《卷耳》四章，"砠、瘏、痡、吁"；《乔木》一章，"休、游、求、广、泳、永、方"；《鹊巢》一章，"居、于、御"之类。

【注释】

连数句第三字韵，指两句以上的每句第三字押韵。如《卷耳》第四章"陟彼砠矣，我马瘏矣，我仆痡矣，云何吁矣"的"砠、瘏、痡、吁"；《乔木》（案，应为《汉广》）第一章"不可休思，汉有游女，不可求思，汉之广矣，不可泳思，江之永矣，不可方思"的"休、游、求、广、泳、永、方"；《鹊巢》第一章"维鸠居之，之子于归，百两御之"的"居、于、御"等。

连数句第四字韵

《关雎》三章，"得、服、哉、侧"；《葛覃》二章，"莫、濩、绤、斁"之类。

【注释】

连数句第四字韵，指两句以上的每句第四字押韵，也是连句韵的一种形式。如《关雎》第三章"求之不得，寤寐思服，悠哉悠哉，辗转反侧"的"得、服、哉、侧"；《葛覃》第二章"维叶莫莫，是刈是濩，为絺为绤，服之无斁"的"莫、濩、绤、斁"等。

连句同韵

《北门》二三章，"我、我"；《君子偕老》三章，"扬、扬"；《氓》六章，"老、老"之类。

【注释】

连句同韵，指上句句尾与下句句首是同字同韵的情况。如《北门》第二、三章"政事一埤益我，我人自外""政事一埤遗我，我人自外"的"我、我"；《君子偕老》第三章"子之清扬，扬且之颜也"的"扬、扬"；《氓》第六章"及尔偕老，老使我怨"的"老、老"等。

连句间字同韵

《凯风》一章，"心、心"；《鹿鸣》一章，"我、我"之类。

【注释】

连句间字同韵，指上句句尾与下句句首第二字是同字同韵的情况。

如《凯风》第一章"吹彼棘心，棘心夭夭"的"心、心"；《鹿鸣》第一章"人之好我，示我周行"的"我、我"等。

连句第一字同韵

《匏有苦叶》二章，"有、有"；四章，"人、人"；《谷风》三章，"毋、毋"；《君子偕老》二章，"胡、胡"之类。

【注释】

连句第一字同韵，即相连诗句的句首是同字同韵的情况。如《匏有苦叶》第二章"有弥济盈，有鷕雉鸣"的"有、有"，第四章"人涉卬否，人涉卬否"的"人、人"；《谷风》第三章"毋逝我梁，毋发我笱"的"毋、毋"；《君子偕老》第二章"胡然而天也，胡然而帝也"的"胡、胡"等。

连句第二字同韵

《葛覃》三章，"告、告""澣、澣"；《相鼠》一二三章，"而、而"；《葛藟》一二三章，"他、他"之类。

【注释】

连句第二字同韵，即相连诗句的第二字是同字同韵的情况。如《葛覃》第三章"言告师氏，言告言归""薄澣我衣，害澣害否"的"告、告""澣、澣"；《相鼠》第一、二、三章"人而无仪，人而无仪""人而无止，人而无止""人而无礼，人而无礼"的"而、而"；《葛藟》第一、二、三章"谓他人父，谓他人父""谓他人母，谓他人母""谓他人昆，谓他人昆"的"他、他"等。

连句第三字同韵

《汝坟》三章，"如、如"；《江有汜》一二三章，"我、我"；《燕燕》一章三四句，"于、于"之类。

【注释】

连句第三字同韵，即相连诗句的第三字是同字同韵的情况。如《汝坟》第三章"王室如毁，虽则如毁"的"如、如"；《江有汜》第一、

二、三章,"我、我"(案,此例存疑,"我"非第三字);《燕燕》第一章三、四句"之子于归,远送于野"的"于、于"等。

连句第四字同韵

《草虫》一二三章,"止、止";《鄘柏舟》一二章,"只、只"之类。
【注释】
　　连句第四字同韵,即相连诗句的第四字是同字同韵的情况。如《草虫》第一、二、三章"亦既见止,亦既觏止""亦既见止,亦既觏止""亦既见止,亦既觏止"的"止、止";《鄘柏舟》第一、二章"母也天只,不谅人只"的"只、只"等。

连句上同韵

《草虫》一章,"喓喓、趯趯";《卷阿》九章,"雝雝、喈喈"之类。
【注释】
　　连句上同韵,上同韵一般指句首二字同字同韵,连句上同韵,即相连诗句的句首都是同字同韵的情况。如《草虫》第一章"喓喓草虫,趯趯阜螽"的"喓喓、趯趯";《卷阿》第九章"喈喈萋萋,雝雝喈喈"的"雝雝、喈喈"等。

连句下同韵

《硕人》四章,"活活、濊濊、发发、揭揭、孽孽";《氓》六章,"晏晏、旦旦"之类。
【注释】
　　连句下同韵,下同韵一般指句尾二字同字同韵,连句下同韵,即相连诗句的句尾都是同字同韵的情况。如《硕人》第四章"北流活活,施罛濊濊,鱣鲔发发,葭菼揭揭,庶姜孽孽"的"活活、濊濊、发发、揭揭、孽孽";《氓》第六章"言笑晏晏,信誓旦旦"的"晏晏、旦旦"等。

右连句类

间句第一字韵

《摽有梅》一章,"其、迨";《邶柏舟》一章,"亦、如";二章,"亦、薄";《日月》四章,"父、胡"之类。

【注释】

间句第一字韵,即两句句首第一字间隔一句押韵。如《摽有梅》第一章"其实七兮,求我庶士,迨其吉兮"的"其、迨";《邶柏舟》第一章"泛亦其流,耿耿不寐,如有隐忧"的"亦、如",第二章"亦有兄弟,不可以据,薄言往愬"的"亦、薄";《日月》第四章"父兮母兮,畜我不卒,胡能有定"的"父、胡"等。

间句第二字韵

《小星》一章,"五、夜",二章,"参、衾";《凯风》一章,"风、心";《简兮》四章,"谁、美"之类。

【注释】

间句第二字韵,即两句句首第二字间隔一句押韵。如《小星》第一章"三五在东,肃肃宵征,夙夜在公"的"五、夜",第二章"维参与昴,肃肃宵征,抱衾与裯"的"参、衾";《凯风》第一章"凯风自南,吹彼棘心,棘心夭夭"的"风、心";《简兮》第四章"云谁之思,西方美人,彼美人兮"的"谁、美"等。

间句第三字韵

《汝坟》一章,"条、调";《邶柏舟》二章,"兄、往";《摽有梅》一章,"七、吉",二章,"三、今"之类。

【注释】

间句第三字韵,即两个诗句的第三字间隔一句押韵。如《汝坟》第一章"伐其条枚,未见君子,惄如调饥"的"条、调";《邶柏舟》第二章"亦有兄弟,不可以据,薄言往愬"的"兄、往";《摽有梅》第一章

"其实七兮，求我庶士，迨其吉兮"的"七、吉"，第二章"其实三兮，求我庶士，迨其今兮"的"三、今"等。

间句第四字韵

《关雎》一章，"洲、逑"；《葛覃》一章，"飞、喈"；《卷耳》一章，"筐、行"；《桃夭》一章，"华、家"之类。

【注释】

间句第四字韵，指两个诗句的第四字间隔一句押韵，即通常的隔句句尾韵。如《关雎》第一章"在河之洲，窈窕淑女，君子好逑"的"洲、逑"；《葛覃》第一章"黄鸟于飞，集于灌木，其鸣喈喈"的"飞、喈"；《卷耳》第一章"不盈顷筐，嗟我怀人，寘彼周行"的"筐、行"；《桃夭》第一章"灼灼其华，之子于归，宜其室家"的"华、家"等。

间句第一字数韵

《谷风》四章，"方、泳、黾"；《东山》二章，"我、我、果"之类。

【注释】

间句第一字数韵，指两个以上的诗句句首第一字间隔一句押韵的情况。如《谷风》第四章"方之舟之，就其浅矣，泳之游之，何有何亡，黾勉求之"的"方、泳、黾"；《东山》第二章"我徂东山，慆慆不归，我来自东，零雨其濛，果臝之实"的"我、我、果"等。

间句第二字数韵

《氓》一章，"之、来、子"；《黄鸟》一二三章，"于、车、夫"之类。

【注释】

间句第二字数韵，指两个以上的诗句句首第二字间隔一句押韵的情况。如《氓》第一章"氓之蚩蚩，抱布贸丝，匪来贸丝，来即我谋，送子涉淇"的"之、来、子"；《黄鸟》第一、二、三章"止于棘，谁从穆公，子车奄息，维此奄息，百夫之特""止于桑，谁从穆公，子车仲行，维此仲行，百夫之防""止于楚，谁从穆公，子车针虎，维此针虎，百

夫之御"的"于车夫"等。

间句第三字数韵

《谷风》四章,"舟、游、求、救";《君子偕老》三章,"展、袢、颜、媛"之类。

【注释】

间句第三字数韵,指两个以上的诗句第三字间隔一句押韵的情况。如《谷风》第四章"方之舟之,就其浅矣,泳之游之,何有何亡,黾勉求之,凡民有丧,匍匐救之"的"舟、游、求、救";《君子偕老》第三章"其之展也,蒙彼绉𫄨,是绁袢也,子之清扬,扬且之颜也,展如之人兮,邦之媛也"的"展、袢、颜、媛"等。

间句第四字数韵

《兔爰》一章,"罗、为、罹",三章,"罿、庸、凶";《园有桃》一章,"殽、谣、骄";《蟋蟀》一章,"莫、除、居、瞿"之类。

【注释】

间句第四字数韵,指两个以上的诗句第四字间隔一句押韵的情况,即通常所说的隔句尾韵。如《兔爰》第一章"雉离于罗,我生之初,尚无为,我生之后,逢此百罹"的"罗、为、罹",第三章"雉离于罿,我生之初,尚无庸,我生之后,逢此百凶"的"罿、庸、凶";《园有桃》第一章"其实之殽,心之忧矣,我歌且谣,不我知者,谓我士也骄"的"殽、谣、骄";《蟋蟀》第一章"岁聿其莫,今我不乐,日月其除,无已大康,职思其居,好乐无荒,良士瞿瞿"的"莫、除、居、瞿"等。

间数句第四字韵

间二句,《葛覃》一章,"谷、木";间三句,《楚茨》五章,"位、尸";间四句,《宾筵》一章,"秩、设";间五句,《抑》三章,"政、刑";间六句,《云汉》二章,"甚、临"之类。

【注释】

间数句第四字韵，指两个诗句间隔两句或多句第四字押韵的情况。如间二句，《葛覃》第一章"施于中谷，维叶萋萋，黄鸟于飞，集于灌木"的"谷、木"；间三句，《楚茨》第五章"孝孙徂位，工祝致告，神具醉止，皇尸载起，鼓钟送尸"的"位、尸"；间四句，《宾筵》第一章"左右秩秩，笾豆有楚，殽核维旅，酒既和旨，饮酒孔偕，钟鼓既设"的"秩、设"；间五句，《抑》第三章"兴迷乱于政，颠覆厥德，荒湛于酒，女虽湛乐从，弗念厥绍，罔敷求先王，克共明刑"的"政、刑"；间六句，《云汉》第二章"旱既大甚，蕴隆虫虫，不殄禋祀，自郊徂宫，上下奠瘗，靡神不宗，后稷不克，上帝不临"的"甚、临"等。

间句第一字同韵

《乔木》二三章，"不、不"；《采蘋》一二章，"于、于"；《行露》二三章，"谁、谁"之类。

【注释】

间句第一字同韵，即间隔一个句子的两个诗句句首第一字为同字同韵。如《乔木》（案，即《汉广》）第二、三章"不可泳思，江之永矣，不可方思"的"不、不"；《采蘋》第一、二章"于以采蘋，南涧之滨，于以采藻""于以盛之，维筐及筥，于以湘之"的"于、于"；《行露》第二、三章"谁谓雀无角，何以穿我屋，谁谓女无家""谁谓鼠无牙，何以穿我墉，谁谓女无家"的"谁、谁"等。

间句第二字同韵

《芣苢》一二三章，"言、言"；《采蘩》一二章，"以、以"；《邶柏舟》三章，"心、心""可、可"之类。

【注释】

间句第二字同韵，即间隔一个句子的两个诗句句首第二字为同字同韵。如《芣苢》第一、二、三章"薄言采之，采采芣苢，薄言有之""薄言掇之，采采芣苢，薄言捋之""薄言袺之，采采芣苢，薄言襭之"的"言、言"；《采蘩》第一、二章"于以采蘩，于沼于沚，于以用之"

"于以采蘩，于涧之中，于以用之"的"以、以"；《邶柏舟》第三章"我心匪石，不可转也，我心匪席"的"心、心"，"不可卷也，威仪棣棣，不可选也"的"可、可"等。

间句第三字同韵

《采蘋》一章，"采、采"，二章，"及、及"；《邶柏舟》三章，"匪、匪"之类。

【注释】

间句第三字同韵，即间隔一个句子的两个诗句第三字为同字同韵。如《采蘋》第一章"于以采蘋，南涧之滨，于以采藻"的"采、采"，第二章"维筐及筥，于以湘之，维锜及釜"的"及、及"；《邶柏舟》第三章"我心匪石，不可转也，我心匪席"的"匪、匪"等。

间句第四字同韵

《关雎》二四五章，"之、之"；《螽斯》一二三章，"兮、兮"；《乔木》一二三章，"矣、矣""思、思"之类。

【注释】

间句第四字同韵，即间隔一个句子的两个诗句第四字为同字同韵。如《关雎》第二、四、五章"左右流之，窈窕淑女，寤寐求之""左右采之，窈窕淑女，琴瑟友之""左右芼之，窈窕淑女，钟鼓乐之"的"之、之"；《螽斯》第一、二、三章的"兮、兮"（案，此例存疑，"兮"非第四字）；《乔木》（案，即《汉广》）第一、二、三章三处"汉之广矣，不可泳思，江之永矣，不可方思"的"矣、矣""思、思"等。

间句上同韵

《螽斯》一章，"诜诜、振振"；二章，"薨薨、绳绳"；三章，"缉缉、蛰蛰"之类。

【注释】

间句上同韵，指间隔一个句子的两个诗句句首二字同字同韵且互相押韵。如《螽斯》第一章"诜诜兮，宜尔子孙，振振兮"的"诜诜、振振";第二章"薨薨兮,宜尔子孙,绳绳兮"的"薨薨、绳绳";第三章"揖揖兮,宜尔子孙,蛰蛰兮"的"揖揖、蛰蛰"等。

间句下同韵

《黍离》一二三章,"离离、靡靡";《甫田》一章,"骄骄、忉忉"之类。

【注释】

间句下同韵,指间隔一个句子的两个诗句句尾二字同字同韵且互相押韵。如《黍离》第一、二、三章"彼黍离离,彼稷之苗,行迈靡靡""彼黍离离,彼稷之穗,行迈靡靡""彼黍离离,彼稷之实,行迈靡靡"的"离离、靡靡";《甫田》第一章"维莠骄骄,无思远人,劳心忉忉"的"骄骄、忉忉"等。

右间句类

连章连句韵

《雄雉》三四章,"来、子";《谷风》五六章,"毒、蓄";《正月》九十章,"予、辅";《绵》二三章,"父、马、浒、下、女、宇、膴",五六章,"直、载、翼、陾";《召旻》四五章,"止、富、时、疚、兹"之类。

【注释】

连章连句韵,指诗文前后两个章节相连的句子押韵。如《雄雉》第三、四章"曷云能来,百尔君子"的"来、子";《谷风》第五、六章"比予于毒,我有旨蓄"的"毒、蓄";《正月》九十章"将伯助予,无弃尔辅"的"予、辅";《绵》第二、三章"古公亶父,来朝走马,率西水浒,至于岐下,爰及姜女,聿来胥宇,周原膴膴"的"父、马、浒、下、女、宇、膴",第五、六章"其绳则直,缩版以载,作庙翼翼,捄之陾陾"的"直、载、翼、陾";《召旻》第四、五章"无不溃止,维昔之富,不如时,维今之疚,不如兹"的"止、富、时、疚、兹"等。

连章间句韵

《凯风》二三章,"善、泉";《静女》一二章,"见、娈";《信南山》四五章,"考、酒";《绵》四五章,"东、空"之类。

【注释】

连章间句韵,指诗文前后两个章节相连的句子出现间隔一句押韵的情况。如《凯风》第二、三章"母氏圣善,我无令人,爰有寒泉"的"善、泉";《静女》第一、二章"爱而不见,搔首踟蹰,静女其娈"的"见、娈";《信南山》第四、五章"曾孙寿考,受天之祜,祭以清酒"的"考、酒";《绵》第四、五章"自西徂东,周爰执事,乃召司空"的"东、空"等。

连章间数句韵

间二句,《抑》二三章,"则、德";间三句,《皇矣》三四章,"方、明";间五句,《邶柏舟》一二章,"寐、弟";间七句,二三章,"弟、棣"之类。

【注释】

连章间数句韵,指诗文前后两个章节相连的句子间隔数句押韵。间二句,如《抑》第二、三章"维民之则,其在于今,兴迷乱于政,颠覆厥德"的"则、德";间三句,如《皇矣》第三、四章"奄有四方,维此王季,帝度其心,貊其德音,其德克明"的"方、明";间五句,如《邶柏舟》第一、二章"耿耿不寐,如有隐忧,微我无酒,以敖以游,我心匪鉴,不可以茹,亦有兄弟"的"寐、弟";间七句,如《邶柏舟》第二、三章"亦有兄弟,不可以据,薄言往愬,逢彼之怒,我心匪石,不可转也,我心匪席,不可卷也,威仪棣棣"的"弟、棣"等。

连数章第一字正射同韵

《关雎》四"窈";《生民》六"诞";《凫鹥》五"凫";《荡》七"文"之类。

【注释】

正射韵，指在不同章节相同位置出现押韵现象，同韵指同字同韵。连数章第一字正射同韵，就是相连数章相同位置句子的句首是同字同韵。如《关雎》第一、二、四、五章的第三句"窈窕淑女"句首的"窈"；《生民》第二至七章第一句的句首"诞"；《凫鹥》第一至五章第一句的句首"凫"；《荡》第二至八章第一句"文王曰咨"的句首"文"等。

连数章第二字正射同韵

《葛藟》，三"藟"；《七月》，七"月"；《东山》，四"徂"；《荡》，七"王"之类。

【注释】

连数章第二字正射同韵，就是相连数章相同位置句子的句首第二字同字同韵。如《葛藟》（案，此例《葛藟》应为《樛木》）三处"葛藟"的"藟"；《七月》七处"七月"的"月"；《东山》四处"我徂东山"的"徂"；《荡》七处"文王曰咨"的"王"等。

连数章第三字正射同韵

《螽斯》，三"斯"；《东山》，四"不"；《文王有声》，八"烝"之类。

【注释】

连数章第三字正射同韵，就是相连数章相同位置句子的第三字同字同韵。如《螽斯》三处"螽斯羽"的"斯"（案，此例"斯"应为第三字"羽"之误）；《东山》四处"慆慆不归"的"不"；《文王有声》八处"烝哉"的"烝"等。

连数章第四字正射同韵

《东山》，四"归"；《文王有声》，八"哉"；《凫鹥》，五"饮"之类。

【注释】

连数章第四字正射同韵，就是相连数章相同位置句子的第四字同字同韵。如《东山》四处"慆慆不归"的"归"；《文王有声》八处"烝哉"的"哉"；《凫鹥》五处"公尸燕饮"的"饮"等。

右连章类

隔章正射韵

《葛覃》一章"鸣"与三章"宁"韵；《正月》五章"圣"与八章"正"韵之类。

【注释】

隔章正射韵，指间隔一章的两个章节的句子在相同位置出现押韵的情况。如《葛覃》第一章"其鸣喈喈"的"鸣"与第三章"归宁父母"的"宁"押韵；《正月》第五章"具曰予圣"的"圣"与第八章"今兹之正"的"正"押韵等。

隔章遥韵

《击鼓》一章"漕"与四章"手、老"韵；《谷风》二章"苦"与六章"者"韵之类。

【注释】

隔章遥韵，指间隔两章或两章以上的两个章节的句子出现押韵的情况。《击鼓》第一章"土国城漕"的"漕"与第四章"执子之手，与子偕老"的"手、老"押韵；《谷风》第二章"谁谓荼苦"的"苦"与第六章"不念昔者"的"者"押韵等。

右隔章类

错韵

《螽斯》一章，"诜、孙、振"；《何彼秾矣》一章，"秾、雝"；《匪风》三章，"鱼、釜"；《葛覃》一章，三"于"之类。

【注释】

错韵，即不同诗句不同位置交错押韵的现象。如《螽斯》第一章"螽斯羽，诜诜兮，宜尔子孙，振振兮"的"诜、孙、振"；《何彼秾矣》第一章"何彼秾矣，唐棣之华，曷不肃雝"的"秾、雝"；《匪风》第三章"谁能亨鱼，溉之釜䰞"的"鱼、釜"；《葛覃》第一章"施于中谷，维叶萋萋，黄鸟于飞，集于灌木"的三处"于"等。

短句韵

《兔爰》一章，"尚无为"之"无"与"兔"韵，亦与"于、百、无"韵；《叔于田》一二章，"于"字与"无、无、如"韵，亦与"居、居、且"韵之类。

【注释】

短句韵，指章节中较短的句子中的一字与多个句子同时押韵。如《兔爰》第一章"有兔爰爰，雉离于罗，我生之初，尚无为，我生之后，逢此百罹，尚寐无吪"的"尚无为"之"无"与"兔"押韵，又与"于百无"押韵；《叔于田》第一、二章"叔于田，巷无居人，岂无居人，不如叔也，洵美且仁""叔于狩，巷无饮酒，岂无饮酒，不如叔也，洵美且好"的"于"字与"无、无、如"押韵，同时又与"居、居、且"押韵等。

长句韵

《卷耳》，"维以不永怀"，"永"与下章"冈、黄"韵，"怀"与本章"嵬、隤、罍"韵；《蝃蝀》，"远父母兄弟"，"兄"与"行"韵，"弟"与"指"韵；《皇矣》，"四方以无侮"，"无"与"祸"韵，"侮"与"附"韵之类。

【注释】

长句韵，指章节中较长的句子中的一字或两字与多个句子同时押韵。如《卷耳》第二章"维以不永怀"的"永"与下章"陟彼高冈，我马玄黄"的"冈、黄"押韵，"怀"与本章"陟彼崔嵬，我马虺隤，我姑酌彼金罍"的"嵬、隤、罍"押韵；《蝃蝀》第二章"莫之敢指，女子有行，远父母兄弟"的"兄"与"行"押韵，"弟"与"指"押韵；

《皇矣》第八章"是类是祃，是致是附，四方以无侮"的"无"与"祃"押韵，"侮"与"附"押韵等。

起韵

《关雎》四"女"韵，二"得"韵，用"雎"引起；三"差"韵，三"左"韵，用"河"引起。《邶柏舟》一章"亦、如"韵；二章"亦、薄"韵，"茹、据、愬、怒"韵；三章"石、席"韵；四章"于"线韵，"瘉"与下章"胡、如"韵；五章"居、诸"韵，用"柏"引起之类。

【注释】

起韵，一篇中有多处押同一韵，篇首部分的用韵可以起到引起作用，称起韵。如《关雎》四处"窈窕淑女"的四"女"押韵，"寤寐求之""寤寐思服"的二"得"押韵，但同时又都与第一章首句"关关雎鸠"的"雎"押韵。"雎"在最前面起引起作用，谓之起韵。同理，"参差荇菜"的三"差"押韵，"左右流之、左右采之、左右芼之"的三"左"押韵，用"在河之洲"的"河"引起。《邶柏舟》第一章"泛亦其流，耿耿不寐，如有隐忧"的"亦、如"押韵；第二章"不可以茹，亦有兄弟，不可以据，薄言往愬，逢彼之怒"的"亦、薄"押韵，"茹据愬怒"押韵；第三章"我心匪石，不可转也，我心匪席"的"石、席"押韵；第四章"愠于群小、觏闵既多"的"于"是线韵，"瘉"与下章"胡迭而微、如匪澣衣"的"胡、如"押韵；第五章"日居月诸"的"居、诸"押韵。以上多处用韵都以第一章"泛彼柏舟"的"柏"作为起韵引起。

收韵

《关雎》四"女"韵，二"得"韵，用"鼓"为收；《日月》三章，"方、良、忘"韵，四章用"方"为收；《终风》三"风"一"心"韵，用"阴"为收之类。

【注释】

收韵，一篇中有多处押同一韵，篇尾部分的用韵可以起到收尾作用，称收韵。如《关雎》四处"女"押韵，两处"得"押韵，但同时又都与第五章尾句"钟鼓乐之"的"鼓"押韵。"鼓"在最后面起收尾作用，谓之收韵。《日月》第三章"日居月诸、出自东方、俾也可忘"的"方、良、忘"押韵，以第四章"东方自出"的"方"为收韵；《终风》"终风且暴、中心是悼、终风且霾、终风且曀"的三处"风"一处"心"押韵，以第四章首句"曀曀其阴"的"阴"为收韵。

线韵

《七月》二章，"阳、庚、筐、行、桑"，三章，"桑、戕、阳、桑、黄、阳、裳"韵，中用"伤"作线；三章"斧、女"韵，四章"获、蓘、貉"韵，"于、狐、武、于"韵，用第二句"五"作线之类。

【注释】

线韵，一篇之中有多处押同一韵，且中间有多句间隔或换韵，在间隔的句子中如有一字与前后用韵相同，起到连结作用，称为线韵。如《七月》第二章"春日载阳，有鸣仓庚，女执懿筐，遵彼微行，爰求柔桑"的"阳、庚、筐、行、桑"，第三章"蚕月条桑，取彼斧斨，以伐远扬，猗彼女桑，七月鸣鵙，八月载绩，载玄载黄，我朱孔阳，为公子裳"的"桑、戕、阳、桑、黄、阳、裳"押韵，中间用"女心伤悲"的"伤"作线韵；第三章"取彼斧斨，伐远扬，猗彼女桑"的"斧、女"押韵，第四章"四月秀葽，五月鸣蜩，八月其获，十月陨蘀，一之日于貉，取彼狐狸，为公子裘，二之日其同，载缵武功，言私其豵，献豜于公"的"获、蘀、貉"押韵，"于、狐、武、于"押韵，用第四章第二句"五月鸣蜩"的"五"作线韵。

右变韵类

毛诗韵例

    山西景定成 湖北黄侃校雠
    安丘刘穆 高密刘冠三恭校
    次男丁惟汾付梓

《毛诗正韵》卷一

日照丁以此（竹筠）著

国　风

周　南

关关雎鸠，在河之洲。窈窕淑女，君子好逑。
参差荇菜，左右流之。窈窕淑女，寤寐求之。
求之不得，寤寐思服。悠哉悠哉，辗转反侧。
参差荇菜，左右采之。窈窕淑女，琴瑟友之。
参差荇菜，左右芼之。窈窕淑女，钟鼓乐之。

幽、之二部①为经韵②，宵、鱼、歌、元、阳、脂、侵七部为纬③。"鸠、洲"间句与"逑"韵④，四"淑"与"好、流、求"、下一"悠"⑤韵，句首"求"与上一"悠"⑥韵，四"窈、淑"与二"悠"间字正射韵⑦，幽部；"在、之"间字韵⑧，"子"与三"右"、句中"之"、上一"哉"韵，"瑟"合韵⑨，句尾六"之"、三"菜"与"得、服、哉、侧"联章韵⑩，"不得""思服"下叠连句韵⑪，"右采之""瑟友之"三叠间句韵⑫，二"右、之"间字韵，二"哉"间字同韵⑬，之部。

四"窈"正射韵⑭，"芼、乐"间句韵，宵部；四"女"正射韵，二"寤"连章间句韵，"雎"起韵，"鼓"收韵，鱼部；三"左"正射韵，"河"与三"差"遥韵⑮，歌部；"关关"上同韵⑯，"辗转反"三叠

· 32 ·

韵，"君"相合线韵[17]，元部；三"荇"正射韵，"钟"相合收韵[18]，阳部；二"寐"连章间句韵[19]，脂部；三"参"与"琴"韵，侵部。

《关雎》五章，章四句。故言三章，一章四句，二章章八句[20]。

【注释】

①部，即韵部，古韵研究把互相押韵的字归纳在一起，称为韵部，每一个韵部用一个字代表，如此处"幽、之"代表幽部和之部。古韵分部各家不同，丁氏本书参照孔广森、王念孙古韵部分法，把《诗经》用韵分为东、冬、蒸、侵、谈、阳、耕、真、谆、元、歌、支、至、脂、祭、盍、缉、之、鱼、侯、幽、宵二十二部。

②经韵，纵贯全诗的一个或两个韵部，下同。

③纬韵，不同章节或不同诗句间的变化用韵，下同。

④间句韵，即间隔一句押韵，是古诗常用韵例，也称隔句韵。

⑤下一"悠"，指"悠哉悠哉"的第三字"悠"。

⑥上一"悠"，指"悠哉悠哉"的第二字"悠"。

⑦间字正射韵，正射韵指不同章节中相同位置的字押韵，四"窈、淑"与二"悠"分别押韵，间隔一字位置相同，称间字正射韵。

⑧间字韵，间隔一字的用韵，下同。"在、之"间隔"河"字韵。

⑨合韵，又称叶韵，自六朝至宋，人们在读前代韵文觉得不押韵时，临时改读字音，以求谐合，下同。古时同韵的字今音不相押，是因为语音发生了历史变化，而不是本来如此。这种以今律古的做法是错误的。作为音韵学术语，"合韵"的另一个常用含义是指邻近的韵（韵母读音相近）互相通押。

⑩联章韵，又称连章韵，不同章节之间使用同一韵部的字，把各章串联起来的情况，下同。

⑪下叠连句韵，下叠韵指诗句句尾二字韵相同，"不、得"相押，"思、服"相押。连句韵指相连两句用韵，即"求之不得，寤寐思服"在句尾押韵。

⑫三叠间句韵，三叠韵，指相连的三字"右采之""瑟友之"是同韵相押。间句韵即隔句用韵的情况。

⑬间字同韵，本书中所说"同韵"指字同韵同的情况，此处二

"悠"同韵，中间隔一"哉"字，称间字同韵。

⑭正射韵，指不同章节但位置相同的字押韵，四处"窈"位置相同且同字同韵，又称正射同韵，下同。

⑮遥韵，不同章节的诗句在不同位置出现相押的字且有句子或章节相隔的情况，即遥相为韵，下同。

⑯上同韵，指在句首位置二字同形同韵的情况，下同。

⑰相合线韵，相合，即相协，合韵，见上文。线韵，指在押同一韵的各个句子之间起到连结或过渡作用的字。此处"君"在"关关""辗转反"之间具有连结作用，即为线韵。

⑱相合收韵，相合，即相协，合韵，见上文。收韵，一篇中有多处押同一韵，篇尾部分的用韵可以起到收尾作用，称收韵，下同。此处三"参差荇菜"的"荇"是正射韵，与"钟鼓乐之"的"钟"相合，"钟"处在篇尾最后一句，故称收韵。

⑲连章间句韵，连章韵又称联章韵，见上文。连章间句韵，即相连两章押同一韵，但中间有间隔的句子。此处"寤寐求之"与"寤寐思服"的"寐"分处上下两章，皆为句中第二字，中间有"求之不得"一句隔开。

⑳《关雎》共五章，每章四句。过去认为分为三章，第一章四句，第二、三章每章八句。

葛之覃兮，施于中谷，维叶萋萋。黄鸟于飞，集于灌木，其鸣喈喈。

葛之覃兮，施于中谷，维叶莫莫。是刈是濩，为絺为绤，服之无斁。

言告师氏，言告言归。薄污我私，薄澣我衣。害澣害否，归宁父母。

鱼、脂二部为经韵，祭、支、之、侯、幽、元、侵、歌、盍、耕十部为纬韵。

四"于"错韵①，二"薄"连句韵②，"莫、濩、绤、斁"连句韵③，

"莫莫"间二句与"斁"韵，"薄污"叠韵④，"父"与"无"正射收韵⑤，鱼部；"萋、飞、喈"遥与"归、私、衣"韵，"萋萋""喈喈"间二句下同韵⑥，"绤"线韵，末句"归"与两"维"遥应收韵⑦，脂部。

二"葛"正射韵，二"害"间字韵，"刈"线韵，祭部；"兮、兮、氏"正射韵，二"是"间字韵，"师"与"氏"相合叠韵，支部；（刘师培曰，古音"师"在脂部，自与"归、衣"同韵，非与"氏"字相合叠韵也。）一二章首句二"之"正射韵，"其、服"正射韵，"服之"叠韵，"否、母"连句韵，之部；"谷、木、谷"连章间二句韵⑧，侯部；二"告"连句韵，"鸟"相合起韵⑨，幽部；句首二"言"连句韵，下二"言"间字韵⑩，二"澣"连句韵⑪，"灌"起韵，元部；二"中"与二"覃"相合连句韵⑫，侵部；二"施"正射韵，二"为"间字韵，二"我"连句韵⑬，歌部；二"叶"正射韵，盍部；"鸣""宁"隔章正射⑭，"黄"相合起韵，耕部；"集"韵阙疑⑮。

《葛覃》三章，章六句。

【注释】

①错韵，交错用韵，四"于"字处于不同句子的不同位置，互相交错相押。

②连句韵，二"薄"字在相连两句的句首相押。

③连句韵，此处连续四句句尾相押。

④叠韵，指相连两字韵相同（韵腹和韵尾相同，韵头不论）的情况，下同。

⑤正射收韵，"父"与"无"处于前后两章相同的位置，是正射韵，同时"父"处于篇尾，是收韵。

⑥间二句下同韵，下同韵指处于句尾的两字同形同韵的情况。此处"萋萋"与"喈喈"间隔两个句子且处于句尾，是间二句下同韵。

⑦遥应，与前面"遥与……韵"相同，都是遥相为韵的意思。

⑧连章间二句韵，"施于中谷""集于灌木"位于第一章，"施于中谷"位于第二章，句尾"谷、木、谷"间隔两个句子相押。

⑨起韵，一篇中有多处押同一韵，篇首部分的用韵可以起到引起作

用,称起韵,下同。

⑩此处"言告师氏,言告言归",句首二"言"是句首连句韵,后二"言"间隔一"告"同韵。

⑪连句韵,此处二"澣"为句首第二字连句相押。

⑫连句韵,此二"中"字与二"罩"字为句中第三字相合相押。

⑬连句韵,此处"薄污我私,薄澣我衣"二"我"字为第三字连句相押。

⑭隔章正射,第一章"鸣"与第三章"宁"位置相对,隔章相押。

⑮阙疑,缺失,存疑,无法确定,下同。

采采卷耳,不盈顷筐。嗟我怀人,置彼周行。
陟彼崔嵬,我马虺隤。我姑酌彼金罍,维以不永怀。
陟彼高冈,我马玄黄。我姑酌彼兕觥,维以不永伤。
陟彼砠矣,我马瘏矣,我仆痡矣,云何吁矣!

歌、之二部为经韵,鱼、阳、脂、宵、真、耕六部为纬韵。

句中"我"与六"彼"一"何"联章韵①,句首六"我"联章韵②,"嗟我"叠韵,歌部;"采、不"与三"陟"遥韵,"耳"与四"矣"遥韵,"采采、耳"间字三叠韵③,二"以不"中叠韵④,之部。

"仆"与三"马"二"姑"相合联章韵,"砠、瘏、痡、吁"连句韵⑤,鱼部;"筐、行"遥与"冈、黄、觥、伤"韵,二"永"正射韵,阳部;句中"怀"起韵,"嵬、隤、罍、怀"连句韵,"崔嵬""虺隤"下叠连句韵⑥,二"维"正射韵,脂部;"周"与二"酌"一"高"相合遥韵,宵部;"人""置"连句叠韵⑦,"金"与"玄"相合连章间二句韵⑧,"卷"相合起韵,"云"相合收韵,真部;(刘师培曰,"金""玄"音远,似当缺疑。)"盈顷"叠韵,耕部。

《卷耳》四章,章四句。

【注释】

①联章韵,这里句中第二字"我",四个句中第二字"彼"和两个句中第四字"彼",以及句中第二字"何",属于不同章节不同位置串联

相押的情况。

②联章韵，此六"我"为第二、三、四章中各句句首第一字同字同韵相押。

③间字三叠韵，"采采、耳"三字韵相同（韵腹和韵尾相同，韵头不论），中间间隔"卷"字。

④中叠韵，二"以不"叠韵，且处于句子中间位置，称中叠韵。

⑤连句韵，"咀、瘏、痡、吁"连句第三字押韵，第四字"矣"是语气词。

⑥下叠连句韵，下叠韵即句尾叠韵，"崔嵬""虺隤"是两个连句的句尾，谓之下叠连句韵。

⑦连句叠韵，此处句尾"人"与句首"寘"韵同，称连句叠韵。

⑧连章间二句韵，第二章"金"与第三章"玄"间隔两个句子相合相押。

南有樛木，葛藟累之。乐只君子，福履绥之。
南有樛木，葛藟荒之。乐只君子，福履将之。
南有樛木，葛藟萦之。乐只君子，福履成之。

之部为径韵，脂、侯、祭、侵、宵、之、谆、阳、耕九部为纬韵。六"之"三"子"联章韵，三"有"正射韵，三"福、之"首尾韵①，之部。

三"藟"三"履"联章韵，"藟累""履绥"中叠间句韵②，脂部；三"樛"与三"木"相合叠韵③，侯部；三"葛"正射韵④，祭部；三"南"正射韵，侵部；三"乐"正射韵，宵部；三"只"正射韵，支部；三"君"正射韵，谆部；"荒""将"间句韵⑤，阳部；"萦""成"间句韵，耕部。

《樛木》三章，章四句。

【注释】

①首尾韵，句子的首字"福"与尾字"之"相押。

②中叠间句韵，中叠韵指句子中间部分出现韵同的情况，"藟累"

"履绥"韵同且间隔一个句子,谓之中叠间句韵。

③相合,相合即合韵,见上文。相合叠韵,即三"樛"与三"木"相合之后是叠韵关系。

④正射韵,三"葛"皆位于每章第二句的句首,是正射同韵。

⑤间句韵,"荒""将"间隔"乐只君子"一句相押。

　　　　螽斯羽,诜诜兮。宜尔子孙,振振兮。
　　　　螽斯羽,薨薨兮。宜尔子孙,绳绳兮。
　　　　螽斯羽,揖揖兮。宜尔子孙,蛰蛰兮。

支部为经韵,谆、蒸、缉、冬、鱼、哥、脂、之八部为纬韵。

三"斯"正射韵,六"兮"联章韵,支部。

三"孙"与"诜、振"错韵①,"诜诜""振振"上同间句韵②,谆部;"薨薨""绳绳"上同间句韵,蒸部;"揖揖""蛰蛰"上同间句韵,缉部;三"螽"正射韵,冬部③;三"羽"正射韵,鱼部;三"宜"正射韵,歌部;三"尔"正射韵,脂部;三"子"正射韵,之部。

《螽斯》三章,章四句。

【注释】

①错韵,交错用韵,三"孙"与"诜、振"分别相押。

②上同间句韵,上同韵指句首二字同形同韵,"诜诜""振振"在上同韵的前提下又间隔一句相押。

③正射韵,三"螽"皆位于每章首句第一字位置,字同韵同,这种情况又称正射同韵。

　　　　桃之夭夭,灼灼其华。之子于归,宜其室家。
　　　　桃之夭夭,有蕡其实。之子于归,宜其家室。
　　　　桃之夭夭,其叶蓁蓁。之子于归,宜其家人。

之部为经韵,宵、鱼、脂、歌、至、真六部为纬韵。

三"之"与三"子"三"其"联章韵,三"之子"叠韵①,一二章次句二"其"正射韵，二章"有"三章"其"皆与下句"之"韵，之部。

三"桃夭夭"间字三叠韵②，"灼灼"上同韵，宵部；"华""家"间句韵，三"于"与后二"家"③韵，鱼部；三"归"正射韵，脂部；三"宜"正射韵，歌部；"实""室"间句韵，前一"室"起韵④，至部；"蓁蓁"下同韵⑤，"蓁""人"间句韵，"薈"相合起韵，真部；"叶"韵阙疑。

《桃夭》三章，章四句。

【注释】

①叠韵，即相连二字韵相同。三处"之子"位于句子中间部分，这种情况也称中叠韵。

②间字三叠韵，三叠韵指相连三字韵相同，三处"桃夭夭"间隔一"之"字构成叠韵。

③后二"家"，指"宜其家室""宜其家人"之二"家"。

④起韵，起韵即篇首部分起到引起作用的用韵，前一"室"指"宜其室家"之"室"。

⑤下同韵，指句尾二字"蓁蓁"同形同韵。

肃肃兔罝，椓之丁丁。赳赳武夫，公侯干城。
肃肃兔罝，施于中逵。赳赳武夫，公侯好仇。
肃肃兔罝，施于中林。赳赳武夫，公侯腹心。

幽、鱼二部为经韵，侯、东、耕、之、冬、侵六部为纬韵。

三"肃肃"三"赳赳"上同联章韵①，"逵""仇"间句韵，"好""腹"正射韵，幽部；三"兔罝"三"武夫"下叠联章韵②，二"于"正射韵，鱼部。

"椓"起韵，三侯"正射韵"，侯部；三"公"正射韵，东部；"丁丁"下同韵，"丁""城"间句韵，耕部；二"施"正射与"之"合韵③，之部；（刘师培曰，"施、之"古音不相通协，疑非韵。）二"中"正射韵，冬部；"林""心"间句韵，侵部；"于"韵阙疑。

《兔罝》三章，章四句。

【注释】

①上同联章韵，三"肃肃"三"赳赳"是句首同字的上同韵，同时又分布于各章相押，起到串联作用。

②下叠联章韵，三"兔罝"三"武夫"是句尾韵同的下叠韵，同时又分布于各章相押，起到串联作用。

③二"施"是第二、三章位置相同的正射韵，且与"椓之丁丁"的"之"相协合韵。

采采芣苢，薄言采之。采采芣苢，薄言有之。
采采芣苢，薄言掇之。采采芣苢，薄言捋之。
采采芣苢，薄言袺之。采采芣苢，薄言襭之。

之部为经韵，鱼、元、祭、至四部为纬韵。

六"苢"六"之"联章韵①，六"采采芣苢"四叠联章韵②，一章"采""有"间句韵③，之部。

六"薄"联章韵，鱼部；六"言"联章韵，元部；"掇""捋"间句韵，祭部；"袺""襭"间句韵，至部。

《芣苢》三章，章四句。

【注释】

①联章韵，六"苢"六"之"押之部韵连结各章纵贯全篇。

②四叠联章韵，"采采芣苢"四字相叠韵相同，且分布于全篇三章六处，起到连结各章的作用。

③间句韵，"采""有"间隔"采采芣苢"第三字相押。

南有乔木，不可休思。汉有游女，不可求思。汉之广矣，不可泳思。江之永矣，不可方思。

翘翘错薪，言刈其楚。之子于归，言秣其马。汉之广矣，不可泳思。江之永矣，不可方思。

翘翘错薪，言刈其蒌。之子于归，言秣其驹。汉之广矣，不可泳思。江之永矣，不可方思。

之部为经韵，阳、歌、鱼、宵、侯、幽、元、祭、东、真十部为纬韵。

八"思"六"矣"联章韵，二"有"二"子"、句中六"之"联章韵，四"其"间句韵，二"之子"叠韵①，八"不、思"首尾韵②，六"之、矣"间字韵③，之部。

三"广、泳、永、方"皆连句韵，阳部；八"可"联章韵，歌部；"女"与"楚、马"遥韵，二"错"与二"于"间句韵，鱼部；二"翘翘"上同韵，"乔"起韵，宵部；"木"与"萋、驹"遥韵，侯部；"休、游、求"连句韵，幽部；四"汉"四"言"联章韵，元部；二"刈"二"秣"间句韵，祭部；三"江"正射韵，东部；二"薪"正射韵，"南"相合起韵，真部。（刘师培曰，"南"韵当缺疑。）

《汉广》三章，章八句。

【注释】

①叠韵，此处二"之子"句中韵相同，亦称中叠韵。
②首尾韵，此处八"不、思"是同句首尾相押。
③间字韵，此处六"之、矣"属同句间字相押。

    遵彼汝坟，伐其条枚。未见君子，惄如调饥。
    遵彼汝坟，伐其条肄。既见君子，不我遐弃。
    鲂鱼赪尾，王室如毁。虽则如毁，父母孔迩。

脂部为经韵，之、鱼、谆、幽、祭、歌、元、阳八部为纬韵。

"枚、饥、肄、弃、尾、毁、毁、迩"联章韵，"未、既、虽"正射韵，脂部。

二"子"正射韵，"室"与二"其"相合正射韵，与"则、母"连句韵①，之部；"遐"与二"汝"、后二"如"联章韵②，一章"如"与"鱼"遥韵，"父"收韵，鱼部；二"遵、坟"首尾韵，二"君"正射韵，谆部；二"条"与"调"连章间句韵③，"惄、调"间字韵，幽部；

二"伐"正射韵，祭部；二"彼"与"我"韵④，歌部；二"见"正射韵，元部；"鲂、王"连句韵⑤，阳部；"赪""孔"韵阙疑。

《汝坟》三章，章四句。

【注释】

①第三章"室"与第一、二章"其"韵相协且位置相同属正射韵，又与本章下二句"则、母"第二字相押。

②联章韵，第二章末句"遐"与第一、二章首句"汝"及第三章二"如"连结各章相押。

③连章间句韵，第一章"调"与第一、二章"条"前后各间隔一句相押。

④第二章末句"我"与第一、二章首句"彼"联章间句相押。

⑤连句韵，"鲂、王"连句首字相押。

麟之趾，振振公子，于嗟麟兮！
麟之定，振振公姓，于嗟麟兮！
麟之角，振振公族，于嗟麟兮！

谆与真合为经韵，之、东、鱼、歌、耕、侯六部为纬韵。

上三"振"与上三"麟"相合连句韵①，下三"麟"正射韵，"振振"上同韵，真部。

三"之"正射韵，"趾、子"连句韵，之部；三"公"正射韵，东部；三"于"正射韵，鱼部；三"嗟"正射韵，歌部；"定、姓"连句韵，耕部；"角、族"连句韵，侯部。

《麟之趾》三章，章三句。

【注释】

①相合连句韵，上三"振"指"振振"的第一个字，上三"麟"指每章首句第一字"麟"。相合，指读音相协（见前注）。三"振"与三"麟"连句首字相押。

周南之国十一篇，三十六章，百五十九句。

召　南

　　维鹊有巢，维鸠居之。之子于归，百两御之。
　　维鹊有巢，维鸠方之。之子于归，百两将之。
　　维鹊有巢，维鸠盈之。之子于归，百两成之。

　　之、鱼二部为经韵，脂、阳、宵、幽、耕五部为纬韵。
　　句尾六"之"联章韵，三"之子"叠韵，三"有"正射韵，之部；三"鹊"三"百"皆正射韵，"居""御"与三"于"韵①，鱼部。
　　六"维"联章韵，三"归"正射韵，脂部；三"两"正射韵，"方、将"间句韵，阳部；三"巢"正射韵，宵部；三"鸠"正射韵，幽部；"盈、成"间句韵，耕部。
　　《鹊巢》三章，章四句。

【注释】

　　①连章韵，此处第一章"居""御""于"连句第三字韵，与第二、三章"于"连章相押。

　　于以采蘩，于沼于沚。于以用之，公侯之事。
　　于以采蘩，于涧之中。于以用之，公侯之宫。
　　被之僮僮，夙夜在公。被之祁祁，薄言还归。

　　之、鱼二部为经韵，东、冬、侯、元、歌、脂六部为纬韵。
　　四"以"与三章二"之"联章韵，二"采"与一二章句中三"之"、三章一"在"韵①，"沚、事"与句尾二"之"韵，之部；"夙"与"薄"、句首六"于"相合联章韵，与"夜"相合叠韵，一章次句二"于"间字韵②，鱼部。
　　二"用、公"连句间字韵③，"僮僮"下同韵，"僮、公"连句韵，东部；"中、宫"间句韵，冬部；"沼"与二"侯"合韵，侯部；二"蘩"正射韵，"蘩、涧"连句间字韵④，"言还"叠韵，元部；二"被"

间句韵，歌部；"祁祁"下同韵，"祁、归"连句韵，脂部。

《采蘩》三章，章四句。

【注释】

①连章韵，"公侯之事""于涧之中""公侯之宫"三"之"和"夙夜在公"一"在"与句首二"采"连章间句第三字相押。

②间字韵，"于沼于沚"二"于"间隔"沼"字同韵。

③连句间字韵，上句第三字"用"与下句句首"公"相押。

④连句间字韵，上句句尾"蘩"与下句句首第二字"涧"相押。

喓喓草虫，趯趯阜螽。未见君子，忧心忡忡。亦既见止，亦既觏止，我心则降。

陟彼南山，言采其蕨。未见君子，忧心惙惙。亦既见止，亦既觏止，我心则说。

陟彼南山，言采其薇。未见君子，我心伤悲。亦既见止，亦既觏止，我心则夷。

之、侵二部为经韵，元、脂、鱼、幽、侯、宵、歌、冬、祭九部为纬韵。

三"子"与六"止"联章韵，二"其"与三"则"韵，二"采其"中叠韵，二"陟"正射韵，之部；六"心"联章韵，二"南"正射韵，侵部。

六"见"错韵①，二"山、言"连句叠韵②，元部；六"既"联章韵，三"未"正射韵，"薇、悲、夷"间句韵③，脂部；六"亦"联章韵，鱼部；"草、阜"连句韵，二"忧"正射韵，幽部；三"觏"正射韵，侯部；"喓喓""趯趯"上同连句韵，宵部；四"我"遥韵，二"彼"正射韵，歌部；"虫、螽"间句与"忡""降"韵④，"忡忡"下同韵，冬部；"蕨、说"间句韵，祭部；（惟汾谨案，"蕨、惙、说"间句韵，"惙惙"下同韵。）"伤"韵阙疑。

《草虫》三章，章七句。

【注释】

①错韵，即交错相押，三"未见君子"之"见"第二字，三"亦即见止"之"见"第三字，六"见"交错相押。

②连句叠韵，二"山、言"上句句尾与下句句首韵相同。

③间句韵，"薇"与"悲"间隔一句，"悲"与"夷"间隔三句，彼此互押。

④间句韵，"虫、螽"押韵，"虫"间隔二句、"螽"间隔一句与"忡"相押，同时又都间隔多句与篇尾的"降"相押。

于以采蘋，南涧之滨。于以采藻，于彼行潦。
于以盛之，维筐及筥。于以湘之，维锜及釜。
于以奠之，宗室牖下。谁其尸之，有齐季女。

之、鱼二部为经韵，真、宵、耕、歌、脂、缉、侵七部为纬韵。

五"以"一"其"联章韵，"室"合韵，一章二"采"一"之"连句韵①，三"以、之"一"其、之"间字间句韵，"有"收韵，之部；六"于"联章韵，"筥、釜、下、女"连章间句韵，鱼部。

"蘋、滨"连句韵，真部；"藻、潦"连句韵，宵部；"行、湘"与"盛、奠"合韵，"筐"相合线韵②，耕部；"彼、锜"正射韵，歌部；二"维"与"谁"遥韵；"齐季"中叠韵，脂部；二"及"间句韵③，缉部；"宗"与"南"相合，隔章正射韵④，侵部。

《采蘋》三章，章四句。

【注释】

①连句韵，第一章二"采"一"之"连句第三字相押。

②相合线韵，"筐"与耕部相协，且在各个句子之间起过渡作用。

③间句韵，二"及"间隔一句第三字相押。

④相合正射韵，相合即相协，通过改读相押。第一章第二句"南"与第三章"宗"位置相同，隔章相合押韵。

蔽芾甘棠，勿翦勿伐，召伯所茇。
蔽芾甘棠，勿剪勿败，召伯所憩。
蔽芾甘棠，勿剪勿拜，召伯所说。

脂、祭二部为经韵，谈、阳、元、宵、鱼五部为纬韵。

三"蔽芾"上叠韵，六"勿"间字韵，脂部；"伐、茇、败、憩、拜、说"联章韵，祭部；三"甘"正射韵，谈部；三"棠"正射韵，阳部；三"剪"正射韵，元部；三"召"正射韵，宵部；三"伯所"叠韵[1]，鱼部。

《甘棠》三章，章三句。

【注释】

[1]叠韵，三"伯所"句中韵相同，属中叠韵，鱼部。

厌浥行露，岂不夙夜，谓行多露。
谁谓雀无角，何以穿我屋？谁谓女无家，何以速我狱？虽速我狱，室家不足！
谁谓鼠无牙，何以穿我墉？谁谓女无家，何以速我讼？虽速我讼，亦不女从！

鱼、歌二部为经韵，侯、脂、东、之、元、阳六部为纬韵。

"夜"与二"露"二"家"一"牙"联章韵，四"无"间句韵，一"鼠无牙"、二"女无家"三叠韵[1]，"亦、女"间字韵，"夙"与"夜"相合叠韵[2]，二章末句"家"线韵，鱼部；"多"与六"我"联章韵[3]，四"何、我"间二字韵，歌部。

"角、屋"与"狱、狱、足"韵，二"速、狱"间字韵，后二"速"连句韵[4]，侯部；"岂、谓"与四"谁"、二"虽"联章韵，四"谁谓"上叠连章韵[5]，脂部；"墉"与"讼、讼、从"韵，东部；二"不"与四"以"联章韵，二章"不"线韵，之部；二"穿"正射韵，元部；二"行"错韵[6]，阳部；"厌浥"双声韵[7]。

《行露》三章，一章三句，二章章六句。

【注释】

①三叠韵，一"鼠无牙"、二"女无家"皆三字相连且韵相同。

②相合叠韵，"夙"与"夜"二字相连，在协音的情况下韵相同。

③联章韵，"多"与六"我"分处全篇不同位置相押，起到连结各章的作用。

④连句韵，"何以速我讼，虽速我讼"的二"速"连句相押。

⑤上叠连章韵，"谁谓"位于第二、三章四句句首，韵同相押。

⑥错韵，交错相押，第一章二"行"在第三字和第二字交错相押。

⑦双声韵，"厌浥"二字相连，声类相同，读音相协。

羔羊之皮，素丝五紽。退食自公，委蛇委蛇。
羔羊之革，素丝五緎。委蛇委蛇，自公退食。
羔羊之缝，素丝五总。委蛇委蛇，退食自公。

歌、之二部为经韵，鱼、东、宵、阳、脂五部为纬韵。

"皮、紽"与三"蛇"联章韵，三"委蛇委蛇"四叠韵①，歌部；三"丝"与句中二"食"韵②，"革、緎"与句尾一"食"韵，三"之"正射韵，之部。

三"素、五"间字韵，鱼部；一章"公"与"缝""总""公"韵，二章"公"线韵③，东部；三"羔"正射韵，宵部；三"羊"正射韵，阳部；二"退、自"一"自、退"皆间字韵，脂部。

《羔羊》三章，章四句。

【注释】

①四叠韵，"委蛇委蛇"四字皆韵同相押。

②三"素丝"之"丝"与句中二"退食自公"之"食"押韵。

③线韵，第一章"退食自公"之"公"与第三章各句句尾"缝""总""公"相押，第二章"自公退食"之"公"起连结和过渡作用，称线韵。

殷其雷，在南山之阳。何斯违斯，莫敢或遑。振振君子，归哉归哉!

　　殷其雷,在南山之侧。何斯违斯,莫敢遑息。振振君子,归哉归哉!

　　殷其雷,在南山之下。何斯违斯,莫或遑处。振振君子,归哉归哉!

　　之、脂二部为经韵,阳、鱼、谆、支、侵、元、歌、谈八部为纬韵。

　　三"子"三下一"哉"与"侧,息"联章韵,三"其"三上一"哉"与三章"或"韵①,三"之"与一章"或"韵,三"在""之"间二字韵,六"哉"间字同韵②,之部;三"雷"三"违"三下一"归"联章韵③,六"归"间字同韵,脂部。

　　"阳、遑"间句韵,后二"遑"正射韵,阳部;"下、处"间句韵,三"莫"正射韵,鱼部;三"殷"与三上一"振"间三句韵④,三"振振君"三叠韵,谆部;六"斯"间字韵,支部;三"南"正射韵,侵部;三"山"正射韵,元部;三"何"正射韵,歌部;二"敢"正射韵,谈部。

　　《殷其雷》三章,章六句。

【注释】

①三"殷其雷"之"其"与三"归哉归哉"的上一"哉"及第三章"莫或遑处"之"或"在句中第二字相押。

②同韵,即韵相同,三"归哉归哉"中的六"哉"间字韵同相押。

③连章韵,三"殷其雷"之"雷",三"何斯违斯"之"违"与三"归哉归哉"的下一"归"联章相押。

④间句韵,三"殷其雷"之"殷"与三"振振君子"的上一"振"间隔三句押韵。

　　　　　摽有梅,其实七兮。求我庶士,迨其吉兮。
　　　　　摽有梅,其实三兮。求我庶士,迨其今兮。
　　　　　摽有梅,顷筐墍之。求我庶士,迨其谓之。

之部为经韵，至、支、侵、脂、宵、幽、歌、鱼、耕九部为纬韵。

三"梅"三"士"二"之"联章韵，三"有"与句中三"其"间二句韵①，句首二"其"与三"迨"韵，三"有梅"三"迨其"皆叠韵，之部。

二"实"正射韵，"七""吉"间句韵，至部；四"兮"间句韵，支部；"三""今"间句韵②，侵部；"塈""谓"间句韵，脂部；三"摽"正射韵，宵部；三"求"正射韵，幽部；三"我"正射韵，歌部；三"庶"正射韵，鱼部；"筐"与"顷"相合叠韵，耕部。

《摽有梅》三章，章四句。

【注释】

①间句韵，章首三"摽有梅"之"有"与"迨其吉兮"等句中三"其"间隔二句第二字押韵。

②间句韵，"其实三兮"之"三"与"迨其今兮"之"今"间隔一句第三字相押。

　　嘒彼小星，三五在东。肃肃宵征，夙夜在公，寔命不同。
　　嘒彼小星，维参与昴。肃肃宵征，抱衾与裯，寔命不犹。

耕、幽二部为经韵，东、宵、之、鱼、脂、侵、歌、支八部为纬韵。

二"星"二"征"间句韵，二"命"合韵，耕部；二"肃肃"上同韵，句首二"肃"与"夙""抱"连句韵①，"昴"间句与"裯、犹"韵，幽韵。

"东"间句与"公"同韵②，东部；二"小"二"宵"间句韵，宵部；二"在"与二"不"韵，之部；"五""夜"二"与"皆间句韵，鱼部；二"嘒"与"维"韵，脂部；"参""衾"间句韵，"三"起韵③，侵部；二"彼"正射韵，歌部；二"寔"正射韵，支部。

《小星》二章，章五句。

【注释】

①连句韵，第一章"肃肃宵征"之"肃"与"夙夜在公"之"夙"

连句首字相押，第二章"肃肃宵征"之"肃"与"抱衾与裯"之"抱"连句首字相押。

②同韵，同韵一般指字同韵同，此处"东"间句与"公"字不同但字音相同，属同音同韵。

③起韵，即篇首部分起到引起作用的韵。"参""衾"间句第二字相押，以"三五在东"之"三"引起。

江有汜，之子归，不我以。不我以，其后也悔。
江有渚，之子归，不我与。不我与，其后也处。
江有沱，之子归，不我过。不我过，其啸也歌。

之、歌二部为经韵，鱼、脂、东、侯四部为纬韵。

三"之"六"不"三"其"联章韵，三"有"三"子"连句韵，"汜"与"以、以、悔"韵，之部；六"我"三"也"联章韵，"沱"与"过、过、歌"韵，歌部。

"渚、处"与二"与"韵，鱼部；三"归"正射韵，脂部；三"江"正射韵，东部；"啸"与二"后"相合正射韵①，侯部。

《江有汜》三章，章五句。

【注释】

①正射韵，相合即协音，"啸"与二"后"位于每章尾句第二字，在协音的前提下是正射韵。

野有死麇，白茅包之。有女怀春，吉士诱之。
林有朴樕，野有死鹿。白茅纯束，有女如玉。
舒而脱脱兮，无感我帨兮，无使尨也吠。

之、鱼二部为经韵，幽、侯、谆、脂、支、祭、侵七部为纬韵。

句中三"有"与"士""而""使"联章韵，"吉"与句首二"有"合韵，二"之"间句韵，之部；一"舒"二"野"二"白"二"无"联章韵，上一"女"线韵，"女如"中叠韵，鱼部。

"包""诱"间句韵,二"茅"遥韵①,"茅包"中叠韵,幽部;"朴樕"叠韵,"樕、鹿、束、玉"连句韵,侯部;"麕、春"间句韵,"纯"收韵②,谆部;"怀"与二"死"韵③,脂部;二"兮"间句韵④,支部;"脱脱"下同韵,"脱、悦"与"吠"错韵⑤,祭部;"林""感"遥韵,侵部;"尨也"韵阙疑。

《野有死麕》三章,二章章四句,一章三句。

【注释】

①遥韵,遥相为韵,二"茅"间隔四句同韵。

②收韵,"麕、春"间句韵,与第一章首句"野有死麕"的"麕"间隔一句句尾相押,又与"白茅纯束"之"纯"相押,"纯"位于篇尾部分起收尾作用,称收韵。

③"有女怀春"之"怀"与第一章"死"间隔一句押韵,与第二章死间隔二句押韵。

④案,此处二"兮"应为连句韵,非间句韵。

⑤错韵,"脱、悦"连句第四字押韵,又与下句句尾"吠"交错相押。案,此处如不看语气词"兮"则为连句句尾韵。

何彼秾矣?唐棣之华。曷不肃雝?王姬之车。
何彼秾矣?华如桃李。平王之孙,齐侯之子。
其钓维何?维丝伊缗。齐侯之子,平王之孙。

之部为经韵,东、鱼、谆、歌、阳、脂、耕、幽、侯九部为纬韵。

二"矣"一"李"二"子"联章韵,六"之"联章韵,"不、姬"连句韵,"其、丝"错韵①,之部。

二"秾"与"雝"错韵,东部;"华、车"间句韵,"华如"叠韵,鱼部;二"孙"与"缗"韵②,谆部;二"何彼"叠韵,三章"何"收韵,歌部;"唐、王"间句韵,后二"王"遥韵③,阳部;句首"维"与二"齐"连章韵,句中"维"与"伊"连句韵④,"曷"与"棣"相合错韵⑤,脂部;二"平"遥韵,耕部;"桃"与"肃"合韵,幽部;"钓"与二"侯"合韵,侯部。

《何彼秾矣》三章，章四句。

【注释】

①错韵，第三章首句第一字"其"与第二句第二字"丝"交错相押。

②间句韵，第三章"缗"与第二章"孙"间二句相押，与本章"孙"间隔一句相押。

③遥韵，第二、三章"平王之孙"的"王"间隔四句，遥相为韵。

④连句韵，案，此处"连句韵"应为"间字韵"，"维"与"伊"间隔"丝"相押。

⑤相合错韵，第一章"唐棣之华"第二字"棣"与第三句首字"曷"协音，交错押韵。

彼茁者葭，壹发五豝，于嗟乎驺虞！
彼茁者蓬，壹发五豵，于嗟乎驺虞！

鱼部为经韵，歌、脂、至、东四部为纬韵。

二"者"二"五"二"乎"联章韵，"葭、豝"与二"虞"韵，"于、乎、虞"本句韵①，二"驺"合韵，鱼部。

二"彼"与二"嗟"韵②，歌部；二"发"与二"茁"合韵，脂部；二"壹"正射韵，至部；"蓬、豵"连句韵，东部。

《驺虞》二章，章三句。

【注释】

①本句韵，二句"于嗟乎驺虞"中的"于、乎、虞"各间隔一字相押。

②错韵，首句句首二"彼"各与本章第三句第二字"嗟"押韵。

召南之国十四篇，四十章，百七十七句。

邶

泛彼柏舟，亦泛其流。耿耿不寐，如有隐忧。微我无酒，以敖以游。

我心匪鉴，不可以茹。亦有兄弟，不可以据。薄言往诉，逢彼之怒。

我心匪石，不可转也。我心匪席，不可卷也。威仪棣棣，不可选也。

忧心悄悄，愠于群小。觏闵既多，受侮不少。静言思之，寤辟有摽。

日居月诸，胡迭而微？心之忧矣，如匪澣衣。静言思之，不能奋飞。

之、鱼二部为经韵，歌、幽、宵、脂、元、谆、侵、耕、阳、至十部为纬韵。

一章"其、不"间句韵[1]，二"以"间字韵，"有"线韵，二章二"以"与"之"韵，二"不、以"间字间句韵[2]，"有"线韵，三章三"不"间句韵，四章"不、思、有"连句韵，"思之"叠韵，五章"而"线韵，"之、矣"间字韵，"思之、不能"连句四叠韵[3]，之部；一章"柏、无"正射韵，"亦、如"间句韵，二、三章"亦、薄"间句韵，"茹、据、怼、怒、石、席"连章韵，四、五章"侮"与"于"相合间句韵，"寤、胡、如"连章间句韵[4]，"居、诸"间字韵，鱼部。

句中"我"与二"彼"五"可"一"仪"联章韵，句首三"我"遥韵，三"也"与"多"韵，三"可也"间字间句韵，歌部；"舟、流"间句与"忧、酒、游"韵，"觏"与"忧、受"合韵，后一"忧"收韵，幽部；"敖"起韵，"悄悄"下同韵，下一"悄"与"小、少、摽"韵[5]，宵部；"寐"与"弟、棣、微、衣、飞"遥韵，"威、棣棣"间字三叠韵[6]，"匪、衣"间字韵，脂部；"鉴"与"转、卷、选"错韵[7]，"澣"遥应收韵[8]，三"言"正射韵，元部；"隐、群、奋"遥韵，"愠、群"间字韵,"闵"错韵,谆部;下一"泛"与句中四"心"韵⑨,上一"泛"与句首一"心"遥相呼应,为起收韵⑩,侵部;"耿耿"上同韵,二"静"正射韵,耕部;"兄、往"间句韵,"逢"与"往"相合连句间字韵⑪,阳部;"日、迭"错韵,"辟"合韵,至部。

《柏舟》五章,章六句。

【注释】

①间句韵,案,第一章"亦泛其流,耿耿不寐"的"其、不"为连句,非间句韵。

②间字间句韵,第二章二"不、以"在本句为间字韵,互相之间为间句押韵。

③连句四叠韵,上句句尾"思之"与下句句首"不能"四字相连韵同。

④连章间句韵,第四章"寤"与第五章"胡、如"间隔一句相押。

⑤间句韵,下一句句尾"悄"与"小"连句韵,与"少、摽"间句韵。

⑥间字三叠韵,第三章"威仪棣棣"的"威、棣棣"间隔一字韵相同。

⑦错韵,第二章"我心匪鉴"第四字"鉴"与第三章"不可转也、不可卷也、不可选也"之第三字"转、卷、选"交错押韵。

⑧遥应收韵,指第五章"如匪澣衣"之"澣"与"鉴、转、卷、选"等遥相为韵,又处于篇尾起收尾作用。

⑨指首章第二句"亦泛其流"的"泛"与句中四"心"第二字互相押韵。

⑩起收韵,首章第一句"泛彼柏舟"之"泛"与末章"心之忧矣"之"心"遥相呼应,前者为起韵,后者为收韵。

⑪上句第三字"往"与下句首字"逢"叶韵,间隔一字押韵。

绿兮衣兮,绿衣黄裏。心之忧矣,曷维其已。
绿兮衣兮,绿衣黄裳。心之忧矣,曷维其亡。
绿兮丝兮,女所治兮。我思古人,俾无訧兮。

绨兮绤兮，凄其以风。我思古人，实获我心！

　　之、支二部为经韵，脂、幽、候、鱼、歌、真、阳、侵、祭九部为纬韵。

　　二"矣"与"裏、巳"韵①，二"之"二"思"正射与后一"其"韵，前二"其"与"丝、治、詀"韵②，"其以"中叠韵，二"之、矣"间字韵，之部；各章首句二"兮"间字同韵，句尾六"兮"联章韵，"实"与"俾"合正射韵，支部。

　　首句二"衣"正射韵，次句二"衣"与二"维"间句韵③，"绨凄"连句韵，脂部；二忧正射韵，幽部；五"绿"联章韵，候部；"女所"叠韵，"无、获"正射与"所"韵，二"古"与"绤"连章间句韵，鱼部；二"我"正射韵，歌部；二"人"正射韵，真部；二"黄"正射韵，"裳、亡"间句韵，阳部；前二"心"正射韵，"风、心"间句韵，侵部；二"曷"正射韵，祭部。

　　《绿衣》四章，章四句。

【注释】

①案，此处"曷维其巳"的"巳"通行版本皆作"已"，疑有误。

②连章韵，第一、二章二"其"与第三章"丝、治、詀"连章相押。

③间句韵，第一、二章次句二"衣"与第四句二"维"第二字相押。

　　燕燕于飞，差池其羽。之子于归，远送于野。瞻望弗及，泣涕如雨。

　　燕燕于飞，颉之颃之。之子于归，远于将之。瞻望弗及，伫立以泣。

　　燕燕于飞，下上其音。之子于归，远送于南。瞻望弗及，实劳我心。

　　仲氏任只，其心塞渊。终温且惠，淑慎其身。先君之思，以勖寡人。

鱼、之二部为经韵，脂、元、歌、东、谈、阳、缉、至、侵、幽、冬、支、真十三部为纬韵。

八"于"与"如、且、寡"联章韵，二章第三"于"错韵，"羽、野、雨"间句韵，"伫、下"连章间句韵①，鱼部；句尾二"之"间句韵，三"之子"叠韵，"其、塞"间字韵，"塞"与前二"其"正射韵，又间句与"其、之"韵②，"之思、以"连句三叠韵③，二章"以"线韵，之部。

三"飞"三"归"与"惠"联章韵，三"弗"正射韵，脂部；三"燕燕"上同韵，上三"燕"与三"远"韵，元部；"差池"叠韵，"我"收韵，歌部；二"送"隔章正射韵④，东部；三"瞻"正射韵，谈部；三"望"正射与"上"韵；"颃、将"间句韵，阳部；三"及"与"泣"韵，一章"及、泣"连句叠韵⑤，二章"立、泣"间字韵，缉部；"颉、实"遥韵，至部；"音、南、心"间句韵，"任、心"错韵⑥，侵部；"劳"与"勖"相合正射韵，"淑"错韵⑦，幽部；"仲、终"间句韵，冬部；"氏、只"间字韵，支部；"渊、身、人"间句韵，"温、君"与"慎"相合连句韵⑧，"先君"叠韵，真部。

《燕燕》四章，章六句。

【注释】

①连章间句韵，第二章末句"伫立以泣"之"伫"与第三章第二句"下上其音"之"下"间隔一句押韵。

②第四章"其心塞渊"之"塞"与第一章"差池其羽"、第三章"下上其音"二"其"位置相同正射相押，又间句与本章"其、之"第三字押韵。

③三叠韵，上句句尾"之思"与下句句首"以"连句三字韵同。

④隔章正射韵，第一章"远送于野"与第三章"远送于南"二"送"位置相同隔章相押。

⑤连句叠韵，上句句尾"及"与下句句首"泣"连句二字韵同。

⑥错韵，"仲氏任只，其心塞渊"，上句第三字"任"与下句第二字"心"交错相押。

⑦错韵，第四章末句"勖"与第三章末句"劳"叶韵正射相押，又

与本章第四句"淑"交错为韵。

⑧相合连句韵，第四章第三、四、五句第二字"温、君、慎"叶韵连句相押。

日居月诸，照临下土。乃如之人兮，逝不古处。胡能有定？宁不我顾。

日居月诸，下土是冒。乃如之人兮，逝不相好。胡能有定？宁不我报。

日居月诸，出自东方。乃如之人兮，德音无良。胡能有定？俾也可忘。

日居月诸，东方自出。父兮母兮，畜我不卒。胡能有定？报我不述。

鱼、之二部为经韵，真、耕、阳、幽、脂、祭、支、至、歌、侵十部为纬韵。

四"居"三"如"联章韵，四"诸"正射与"土、处、顾"韵，四"胡"正射与"父"韵，"下土""古处"下叠间句韵①，二章"下土"上叠韵，"无"线韵，鱼部；三"之"四"能"前四"不"联章韵，四"有"正射与"母"、后二"不"韵，三"乃"正射与"德"韵；"俾"合韵，之部；三"人"正射韵，真部；三"定"正射韵，二"定、宁"连句叠韵②，耕部；"方、良、忘"间句韵，二"东"与二"方"相合叠韵，阳部；"冒、好、报"间句韵，"畜、报"间句韵，"照"相合起韵③，幽部；"出自""自出"皆叠韵，"出、卒、述"间句韵，脂部；四"月"二"逝"皆正射韵，祭部；句尾四"兮"正射韵，后二"兮"间字韵，支部；四"日"正射韵，至部；上二"我"与"可"正射韵，下二"我"与"也"遥韵④，"也可"叠韵，歌部；"临、音"隔章遥韵⑤，侵部。

《日月》四章，章六句。

【注释】

①下叠间句韵，"下土""古处"分别是句末二字韵同的下叠韵，又

间隔一句互相押韵。

②连句叠韵,上句句尾"定"与下句句首"宁"二字相连韵同。

③起韵,第四章"畜、报"间句句首相押,与第一章第二句句首"照"叶韵,"照"为起引领作用的起韵。

④遥韵,第四章二"我"与第三章"俾也可忘"之"也"遥相为韵。

⑤隔章遥韵,第一章"照临下土"之"临"与第三章"德音无良"之"音"第二字遥相押韵。

终风且暴,顾我则笑,谑浪笑敖,中心是悼。
终风且霾,惠然肯来,莫往莫来,悠悠我思。
终风且曀,不日有曀,寤言不寐,愿言则嚏。
曀曀其阴,虺虺其雷,寤言不寐,愿言则怀。

之部为经韵,冬、侵、鱼、宵、阳、脂、幽、元、至、歌十部为纬韵。

"肯、有"与三"则"二"其"句中二"不"联章韵,"是"合韵,"霾、来、来、思"连句韵,"不、有"间字韵,之部。

三"终"正射与"中"韵,冬部;三"风"正射与"心"韵,"阴"收韵,侵部;三"且"正射与下一"莫"韵,二"寤"正射与上一莫韵①,二"莫"间字同韵,鱼部;"暴、笑、敖、悼"连句韵;"谑、笑、敖"间字三叠韵,宵部;"浪、往"正射韵,阳部;"惠"起韵,"虺虺、雷"间字三叠韵②,"雷、怀"与二"寐"韵③,脂部;"悠悠"上同韵,幽部;"然"与四"言"遥韵,二"愿言"叠韵,元部;前二"曀"间句与"嚏"字韵,后二"曀"上同韵,"日、曀"间字韵④,至部;二"我"遥错韵⑤,歌部。

《终风》四章,章四句。

【注释】

①第三、四章二"寤"位置相同,为正射韵,又与第二章"莫往莫来"的句首"莫"连章相押。

②三叠韵，"虺虺"句首同音上同韵，与"雷"间隔一字构成三叠韵，即三字韵同。

③第四章"雷、寐、怀"连句句尾押韵，又与上一章的"寐"相押。

④间字韵，上句句尾"曀"与下句"日"间隔一字构成连句间字韵。

⑤遥错韵，第一章"顾我则笑"与第二章"悠悠我思"二"我"间隔五句二、三字交错遥押。

击鼓其镗，踊跃用兵。土国城漕，我独南行。
从孙子仲，平陈与宋。不我以归，忧心有忡。
爰居爰处，爰丧其马。于以求之，于林之下。
死生契阔，与子成说。执子之手，与子偕老。
于嗟阔兮，不我活兮。于嗟洵兮，不我信兮。

之、鱼二部为经韵，支、阳、东、幽、侯、歌、侵、真、冬、祭、耕、元十二部为纬韵。

一章"其""国"错韵①，二章"子、以、有"三章"其"下一"之"连章韵，"不、以"上间字韵②，"以、之"下间字韵③，三"子"连句韵，后二"不"间句韵，"子之"中叠韵，之部；"鼓、土"错韵④，二章"与"线韵，"居、处"间字韵；"处、马"间句与"下"韵⑤，四"于"二"与"联章韵，鱼部。

"击"起韵，四"兮"连句韵⑥，支部；"镗、兵"间句与"行"韵，"丧"收韵⑦，阳部；"踊、用"间字韵，"踊、从"连章间二句韵，东部；"漕"与"手""老"遥韵，"忧""求"线韵⑧，幽部；"跃"与"独"相合间句韵，侯部；第一"我"起韵，第二"我"与二"嗟"、后二"我"遥韵，歌部；"心、林"正射韵，"南"起韵，侵部；"孙"与"陈"相合连句韵，"洵、信"连句韵，真部；"仲、宋"间句与"忡"韵，冬部；"归"与"阔、说"相合遥韵，"死"与"契阔"相合间字三叠韵，祭部；（惟汾谨案，"偕"与"阔""活"相合连章连句韵。）"生、成"错韵,"城"起韵⑨,耕部;三"爰"连句间字韵⑩,元部;"执"韵阙疑。

《击鼓》五章,章四句。

【注释】

①错韵,第一章首句第三字"其"与第三句第二字"国"交错相押。

②上间字韵,第二章"不我以归"的"不、以"间隔"我"相押,又位于句首,称上间字韵。

③下间字韵,第三章"于以求之"的"以、之"间隔"求"相押,又位于句尾,称下间字韵。

④错韵,第一章首句第二字"鼓"与第三句第一字"土"交错相押。

⑤第三章"处、马"连句韵,间句与第四句"下"押韵。

⑥连句韵,第四章四处句尾"兮"连句韵,以第一章首句第一字"击"引起。

⑦案,第一章"镗、兵"连句句尾韵,间句与"行"韵,与第三章第二句"丧"错韵,称收韵不妥。

⑧线韵,第四章"手""老"连句句尾相押,与第一章"漕"遥相为韵,以第二章"忧"、第三章"求"为过渡。

⑨起韵,第四章首句第二字"生"与第二句第三字"成"交错为韵,首章"城"起引领作用。

⑩连句间字韵,第三章"爰居爰处,爰丧其马"前二"爰"同句间字韵,与下句"爰"构成连句间字韵。

凯风自南,吹彼棘心。棘心夭夭,母氏劬劳。
凯风自南,吹彼棘薪。母氏圣善,我无令人。
爰有寒泉,在浚之下。有子七人,母氏劳苦。
睍睆黄鸟,载好其音。有子七人,莫慰母心。

之、侵二部为经韵,真、元、耕、脂、歌、宵、支、鱼、至九部为纬韵。

　　句首一"棘"三"母"二"有"与"在、载"联章韵，一章"棘、棘"二章"棘、母"皆连句间字韵，"在、之""载、其"皆间字韵，二"有子"叠韵，句中"有"与"子"韵①，句中"母"与"其"韵②，之部；二"风、南"间字韵，二"南"二"心"一"音"遥韵，句中"心"与"风"韵③，侵部。

　　"薪、人"间句韵，二"人"正射韵，"浚"相合线韵，真部；"善、泉"连章间句韵④；"爰、寒泉"间字三叠韵；"睍睆"上叠韵，元部；"令"与"圣"相合连句韵，"黄"与"圣"相合遥韵⑤，耕部；二"凯、自"间字韵，"慰"收韵，脂部；二"吹彼"叠韵，"我"与二"吹"韵⑥，歌部；"夭夭"下同韵，"夭、劳"连句韵，"好"与"鸟"相合连句间字韵，句中"劳"线韵⑦，宵部；三"氏"遥韵，支部；"下、苦"间句韵，"劬"与"无"相合起韵，"莫"收韵⑧，鱼部；二"七"正射韵，至部。

　　《凯风》四章，章四句。

　　【注释】

　　①第三章"爰有寒泉"的"有"间句与"有子七人"的"子"相押。

　　②第四章"莫慰母心"的"母"间句与"载好其音"的"其"相押。

　　③第一章"凯风自南"的"风"间句与"棘心夭夭"的"心"相押。

　　④连章间句韵，第二章"善"间隔一句与第三章首句"泉"押韵。

　　⑤相合遥韵，第二章"母氏圣善"的"圣"与第四章"睍睆黄鸟"的"黄"隔章押韵。

　　⑥第二章"我"与"吹"间句首字韵，与第一章"吹"连章间三句相押。

　　⑦线韵，"母氏劳苦"的"劳"在宵部韵中起连结和过渡作用。

　　⑧收韵，第四章末句"莫"在篇尾起收尾作用。

雄雉于飞，泄泄其羽。我之怀矣，自诒伊阻。
雄雉于飞，下上其音。展矣君子，实劳我心。
瞻彼日月，悠悠我思。道之云远，曷云能来？
百尔君子，不知德行。不忮不求，何用不臧？

之、脂二部为经韵，蒸、鱼、祭、歌、阳、侵、谆、支、幽九部为纬韵。

二"其"正射韵，"之、矣""矣、子"间字正射韵，"之、贻"连句韵，"思、来"与二"子"、句尾"矣"联章韵，"思、之"连句间字韵①，"能来"叠韵②，"德"与上二"不"间字连句韵③，与句中二"不"连句韵，之部；二"雉、飞"间字韵，"月"与二"飞"相合正射韵，"怀、自、伊"连句间字韵，"尔"与二"雉"正射收韵，脂部；二"雄"正射韵，蒸部；二"于"正射韵，"羽、阻"间句韵，"百"与"下"遥应收韵④，鱼部；"泄泄"叠韵⑤，"曷"收韵，祭部；后二"我"与"彼"错韵⑥，前一"我"与"何"遥相呼应为起收韵⑦，歌部；"上"起韵，"行、臧"间句韵，"用"与"臧"相合间字韵，阳部；"音、心"间句韵，侵部；"展"与"君"相合间字韵，"远"与上一"云"相合叠韵⑧；与下一"云"相合连句间字韵⑨，二"君"与上一"云"遥韵，谆部；"知、忮"连句韵，支部；"悠悠"上同韵，"悠、道"连句韵，"劳"相合起韵，"求"收韵，幽部；"瞻"韵阙疑。

《雄雉》四章，章四句。

【注释】

①连句间字韵，第三章第二句句尾"思"与第四句"之"间隔一字连句押韵。

②叠韵，"曷云能来"之"能来"，句尾二字韵相同，属下叠韵。

③间字连句韵，第四章"德"与本句"不"间字韵，与下一句句首"不"间字连句韵。

④遥应收韵，第四章"百"与第二章"下"句首遥相为韵，"百"位于篇尾起收尾作用。

⑤叠韵，案，首章"泄泄其羽"的"泄泄"位于句首，字同韵同，

应为上同韵。

⑥错韵，第三、四章"我"与第三章首句第二字"彼"交错为韵。

⑦起收韵，第一章"我"与第四章"何"遥相为韵，又分处篇首和篇尾起引领和收尾作用。

⑧相合叠韵，第三章"道之云远"的"远"与本句"云"相协韵同下叠相押。

⑨连句间字韵，第三章"道之云远"之"远"与下一句"云"叶韵，间隔一字连句相押。

匏有苦叶，济有深涉。深则厉，浅则揭。
有弥济盈，有鷕雉鸣。济盈不濡轨，雉鸣求其牡。
雝雝鸣雁，旭日始旦。士如归妻，迨冰未泮。
招招舟子，人涉卬否。人涉卬否，卬须我友。

之部为经韵，幽、宵、盍、脂、侵、祭、耕、元、东、真、阳、鱼十二部为纬韵。

句中二"有"二"则"连句韵，句首二"有"与"士、迨"连章韵，"不、其"错韵，"日"与"始"相合叠韵，"子、否、否、友"连句韵，之部。

"轨、牡"连句韵，"濡"与"求"相合错韵①，"须"与"舟"相合错韵，"匏"起韵，"旭"线韵，幽部；"招招"上同韵，宵部；"叶、涉"连句韵，后二"涉"连句韵②，盍部；"弥济""鷕雉"中叠连句韵③，一章"济"与二章句首"济、雉"韵④，"归妻"叠韵，"归、未"连句韵，脂部；二"深"连句间字韵，侵部；"雁、旦"间句与"泮"韵⑤，"浅"起韵，元部；二"盈、鸣"皆连句韵，下一"鸣"收韵⑥，耕部；"雝雝"上同韵，东部；二"人"连句韵⑦，真部；二"卬"连句韵，阳部；"苦、如、冰、我"韵阙疑。

《匏有苦叶》四章，章四句。

【注释】

①相合错韵，第二章第三句"濡"与第四句"求"交错叶韵。

②连句韵，第四章"人涉卬否"二"涉"连句第二字押韵。

③中叠连句韵，第二章"弥济""鷕雉"皆句中二字韵相同。

④第二章"济、雉"连句第三字韵，又与第一章"济"相押。

⑤第三章"雁、旦"连句句尾韵，又各与第四句句尾"泮"间隔一句押韵。

⑥收韵，案，第二章第一、二句"盈、鸣"连句句尾韵，第三、四句连句第二字韵，各与第三章"鸣"交错为韵，谓之收韵不妥。

⑦连句韵，第四章二"人"连句首字相押。

习习谷风，以阴以雨。黾勉同心，不宜有怒。采葑采菲，无以下体。德音莫违，及尔同死。

行道迟迟，中心有违，不远伊迩，薄送我畿。谁谓荼苦，其甘如荠。宴尔新昏，如兄如弟。

泾以渭浊，湜湜其沚。宴尔新昏，不我屑以。毋逝我梁，毋发我笱。我躬不阅，惶恤我后。

就其深矣，方之舟之。就其浅矣，泳之游之。何有何亡，黾勉求之。凡民有丧，匍匐救之。

不我能慉，反以我为雠。既阻我德，贾用不售。昔育恐育鞫，及尔颠覆。既生既育，比予于毒。

我有旨蓄，亦以御冬。宴尔新昏，以我御穷。有洸有溃，既诒我肄。不念昔者，伊余来塈。

之、脂二部为经韵，幽、鱼、缉、侯、侵、阳、元、歌、东、冬、真、耕、至十三部为纬韵。

一章句首"以、不、采、德"韵，下一"以"线韵，上二"以"二"采"与"不、有"间字间句韵，二章"有、不"连句间字韵，"不、其"间二句韵①，三章"湜湜"与"其沚"相合四叠韵②，"不、以"首尾韵③，"以、湜"连句韵④，"沚、以"间句韵，下一"不"线韵，四章二"其、矣"、上四"之"间字连句韵，句中二"其"二"之"与"有、匐"韵，句尾二"矣"四"之"与下章"德"韵⑤，"有"线韵，五章"不、能"间字韵,"不、以"连句韵,"能、不"间二句韵⑥,六章句中"有、以"间三句与"诒"韵⑦,句首"以、有"间句与"不"韵⑧,下一"有"间二句与"来"韵⑨,之部;"菲、体、违、死、迟、违、迩、畿、荼、弟、溃、肄、墍"联章韵,"阅"合韵,一章"尔、死"间字韵,二章"迟迟""伊迩"下叠间句韵⑩,"谁谓"叠韵,"谓、尔"间句韵,三章"湄"线韵,"逝、发"与"尔"合韵,五章句首二"既"与"比"韵,下二"既"间字韵,"尔"线韵,六章"旨、尔"错韵⑪,"既、肄、伊、墍"首尾间句韵⑫,脂部。

二章"道"起韵,四章二"就"间句韵,"舟、游、求、救"间句韵,五、六章"慉、雠、售、鞠、覆、育、毒、蓄"连章韵,句中二"育"间字同韵,幽部;一章"雨、怒"间句韵,"无、下"间字韵,"下、莫"连句韵,二章"薄、如"正射韵,"荼苦"叠韵,"荼"与句中二"如"韵⑬,三章二"毋"连句韵,四、五章"圃"与"贾、昔"遥韵,"阻"错韵,"予于"中叠韵,六章"亦、御"间字韵,二"御"间句韵,"昔者"叠韵,"者、余"连句间字韵,鱼部;"习习"上同韵,二"及"遥韵,缉部;"谷"起韵,"浊"间四句与"笱、后"韵⑭,侯部;"风、心"间句韵,"阴、音"与二章"心"韵⑮,"甘"合韵,"深、凡"线韵,"念"收韵,侵部;"行"与"遑、方、泳"遥韵⑯,"梁"与"亡、丧"遥韵,"兄"线韵,"洸"收韵,阳部;二"勉"一"远"遥韵,三"宴"一"反"遥韵,"浅"线韵,元部;"宜"起韵,二章"我"线韵,三章四句"我"与五六八句"我"错韵⑰,六七句二"我"连句间字韵,四章二"何"间字韵,五章上二"我"连句韵,"为、我"连句韵,"我为"中叠韵,六章三"我"错落收韵⑱,歌部;二"同"间四句韵,"葑、送"遥韵,"用、恐"连句韵,东部;"中"起韵,"躬"线韵,"冬、穷"间句韵,冬部;三"昏"与三"新"相合叠韵,"民、颠"线韵,真部;二"黾"与"泾"遥韵,"生"收韵,耕部;"屑、恤"间三句错韵⑲,至部。

《谷风》六章,章八句。

【注释】

①间二句韵,第二章第三句"不"与第六句"其"间隔二句押韵。

②相合四叠韵，第三章"湜湜其沚"的"湜湜"与"其沚"四字相叠相协韵同。

③首尾韵，第三章"不我屑以"的"不、以"首尾相押。

④连句韵，第三章"泾以渭浊，湜湜其沚"的"以、湜"第二字连句相押。

⑤第四章句尾二"矣"四"之"连句韵，与下章"德"遥相为韵。

⑥间二句韵，第五章"不我能慉、贾用不售"二句"能、不"间二句第三字相押。

⑦第六章第一、二句中"有、以"间隔三句与"既诒我肄"的"诒"相押。

⑧第六章"以我御穷""有洸有溃"句首"以、有"间句与"不念昔者"的"不"押韵。

⑨第六章"有洸有溃"的下一"有"间二句与"伊余来塈"的"来"第三字相押。

⑩下叠间句韵，案，"迟迟"为同音下同韵，"伊迩"为韵同下叠韵，又间隔一句相押。

⑪错韵，第六章首句第三字"旨"与第三句第二字"尔"交错相押。

⑫首尾间句韵，第六章"既诒我肄""伊余来塈"两句的句首"既、伊"、句尾"肄、塈"各间隔一句押韵。

⑬句中二"如"，指"其甘如荠"的"如"和"如兄如弟"的第三字"如"。

⑭"谷"在篇首起引领作用，是起韵，"笱、后"间句句尾韵，又与"浊"间四句相押。

⑮第一章"阴、音"与第二章"心"皆为句中第二字隔章遥韵。

⑯遥韵，第二章首句"行"与第三章末句"遑"、第四章第二、四句"方、泳"句首第一字相押。

⑰错韵，第三章第四句"不我屑以"的"我"与本章第五、六、八句的"我"交错相押。

⑱错落收韵，第六章三"我"分处句中第一、二、三字，交错为

· 66 ·

韵，又处篇尾部分，属收韵。

⑲间三句错韵，第三章"不我屑以"之"屑"与"惶恤我后"之"恤"间隔三句第三、二字交错相押。

　　　　式微，式微，胡不归？微君之故，胡为乎中露！
　　　　式微，式微，胡不归？微君之躬，胡为乎泥中！

脂、鱼二部为经韵，之、谆、歌、冬四部为纬韵。

二首句四"微"间字韵，二"归、微"连句叠韵①，脂部；四"胡"联章韵，"故、露"连句韵，"胡、乎、露""胡、乎"皆本句韵②，鱼部。

四"式"间字同韵，二下一"式"与二"不"二"之"连句韵，之部；二"君"正射韵，谆部；二"为"正射韵，歌部；"躬"与二"中"韵③，冬部。

《式微》二章，章四句。

【注释】

①连句叠韵，上句句尾"归"与下句句首"微"二字韵同相叠。

②本句韵，"胡、乎、露""胡、乎"皆在本句间隔一字押韵。

③"躬"与本章下句"中"连句句尾韵，与第一章"中"隔章遥韵。

　　　　旄丘之葛兮，何诞之节兮？叔兮伯兮，何多日也？
　　　　何其处也？必有与也。何其久也？必有以也。
　　　　狐裘蒙戎，匪车不东。叔兮伯兮，靡所与同。
　　　　琐兮尾兮，流离之子。叔兮伯兮，褎如充耳。

歌、支二部为经韵，之、脂、至、幽、鱼、东六部为纬韵。

四"何"与"靡、琐"遥韵①，五"也"连章连句韵，"何多"叠韵，"离"收韵，歌部；上二"兮"连句韵，下八"兮"间字同韵，支部。

上二"之"与"久、以、不、之"联章韵,"丘、裘"正射与二"其"二"有"韵,"子、耳"间句韵,之部;"葛"与"尾"相合遥韵②,脂部;"节、日"间句韵,二"必"间句韵,至部;"旄"与"流""旒"三"叔"相合联章韵,幽部;三"伯"与一"处"二"与"韵③;"车、所"与"如"遥韵,鱼部;"戎"与"蒙"相合叠韵,"东、同"间句韵,"充"收韵,东部;"诞"韵阙疑。

《旄丘》四章,章四句。

【注释】

①遥韵,第一、二章四"何"与第三章"靡"、第四章"琐"遥相押韵。

②相合遥韵,第一章"葛"与第四章"尾"叶韵相押。

③第一、三、四章三"伯"与第二章一"处"及第二、三章二"与"连章相押。

简兮简兮,方将万舞。日之方中,在前上处。硕人俣俣,公庭万舞。

有力如虎,执辔如组。左手执籥,右手秉翟。赫如渥赭,公言锡爵。

山有榛,隰有苓,云谁之思?西方美人。彼美人兮,西方之人兮!

鱼、真二部为经韵,元、支、阳、祭、之、东、缉、宵、幽、脂、歌十一部为纬韵。

"舞、处、俣、舞、虎、组、赭"联章韵,"如虎""如组"连句叠韵,"硕、俣俣"间字三叠韵①,"渥"与"赫如、赭"相合四叠韵②,鱼部;"榛、苓"与下三"人"韵,"庭"与上一"人"合韵,真部。

二"简"间字同韵,"前、言"隔章正射韵,"云"与"山"相合连句韵,元部;上二"兮"间字同韵,下二"兮"连句同韵,"锡"线韵,支部;"方将"叠韵,"方、上"与"秉"遥韵,后二"方"间句同韵③,阳部;二"万"正射韵,祭部;"日、在"相合连句韵,"日之"叠韵,"有、右"间二句韵,"有力"叠韵,三章二"有"与二"之"

韵④,"之思"叠韵,之部;二"公"遥韵,"中"相合起韵,东部;"执、隰"遥韵,下一"执"线韵⑤,缉部;"籥、翟"与"爵"韵,宵部;二"手"连句韵,幽部;"辔"起韵,二"西"间句韵,"谁、美"间句韵,"西、美"间字韵,脂部;"左、彼"遥韵,歌部。

《简兮》三章,章六句。

【注释】

①间字三叠韵,第一章"硕人俣俣"之"硕、俣俣"间隔"人"三字韵相同。

②相合四叠韵,第二章"赫如渥赭"的"渥"与"赫如""赭"叶韵,四字韵相同构成四叠韵。

③间句同韵,第三章二"西方"之"方"间隔一句字同韵同。

④第三章二"有"与第三句"之"连句韵,与末句"之"间隔二句相押。

⑤第二章"执辔如组"的"执"与第三章"隰"句首遥相押韵,"左手执籥"之"执"是起连结作用的线韵。

毖彼泉水,亦流于淇。有怀于卫,靡日不思。娈彼诸姬,聊与之谋。

出宿于济,饮饯于祢。女子有行,远父母兄弟,问我诸姑,遂及伯姊。

出宿于干,饮饯于言。载脂载辖,还车言迈。遄臻于卫,不瑕有害。

我思肥泉,兹之永叹。思须与漕,我心悠悠。驾言出游,以写我忧。

鱼部为经韵,之、脂、歌、元、幽、侵、阳、祭、至九部为纬韵。七"于"二"诸"与"伯、与"联章韵,上一"与"线韵,"车、瑕、写"联章韵,"须"合韵,"亦、于"间字韵,"女、父"连句韵,"诸姑"叠韵,鱼部。

一章"淇、有"连句叠韵①,"不思""之谋"下叠间句韵,"淇"

间句与"思、姬、谋"韵,二章"有、母"连句韵,三章二"载"与"不、有"间字间二句韵[2],四章"思、之"连句韵,"兹、思"间二句与"以"韵[3],之部;"水、卫、济、卫、弟、姊、卫"联章韵,"怀卫"间字韵,二"出"与"遂"遥韵,"肥"与下一"出"间三句韵[4],"脂"线韵,脂部;二"彼"与二章"我"正射韵,"靡"与四章二"我"一"驾"遥韵,后一"我"收韵,歌部;上一"泉"起韵,"娈"与"远、还、遄"遥韵,"问"合韵,二"饯"正射韵,"干、言、泉、叹"连句正射韵[5],下一"言"收韵,元部;"流"与二"宿"遥韵,"聊"线韵,"漕、悠、游、忧"连句韵,幽部;二"饮"正射韵,"心"收韵,侵部;"行、兄"连句韵,"永"收韵,阳部;"辖、迈"间句与"害"韵[6],祭部;"毖、日"间二句错韵[7],至部;"及"韵阙疑。

《泉水》四章,章六句。

【注释】

①连句叠韵,上句句尾"淇"与下句句首"有"二字相连韵同。

②间字间二句韵,三章"载脂载辖"的二"载"间字同韵,"不暇有害"的"不、有"间字叠韵,同时二"载"与"不、有"又间隔二句相押。

③第四章"兹、思"连句第一字韵,又间隔两句与"以"相押。

④第四章首句第三字"肥"与"驾言出游"之"出"间三句押韵。

⑤连句正射韵,此处"干、言"与"泉、叹"是连句关系,且"干"与"泉"、"言"与"叹"皆为正射相押。

⑥第三章"辖、迈"连句韵,又间隔一句与"不瑕有害"的"害"相押。

⑦错韵,第一章首句"毖"与第四句"日"间隔两句第一、二字交错押韵。

出自北门,忧心殷殷。终窭且贫,莫知我艰。已焉哉!天实为之,谓之何哉!

王事适我,政事一埤益我。我入自外,室人交遍谪我。已焉哉!天实为之，谓之何哉！

王事敦我，政事一埤遗我。我入自外，室人交遍摧我。已焉哉！天实为之，谓之何哉！

歌、之二部为经韵，脂、谆、鱼、支、元、真、至、阳、耕、缉、祭、宵十二部为纬韵。

句首二"我"与上句二"我"连句叠韵①，句尾六"我"联章韵，句中"我"与三"为"三"何"联章韵，歌部；六"哉"与句尾三"之"联章韵；三"已"与句中三"之"间句韵②，四"事"连句同韵③。"北"起韵，之部。

"出自"叠韵，三"谓"后二"自"皆正射韵，"敦"与"遗、摧"合韵，脂部；"门、殷、贫、艰"连句韵，"殷殷"下同韵，谆部；"且、莫"连句间字韵④，鱼部；"知"起韵，"适、益"间句与"谪"韵⑤，二"埤"正射韵，支部；三"焉"二"遍"皆正射韵，元部；三"天"正射韵，真部；三"实"与二"一"韵，至部；二"王"正射韵，阳部；二"政"正射韵，耕部；二"入"正射韵，缉部；二"外"正射韵，祭部；二"交"正射韵，宵部；"忧婆心终"韵阙疑。

《北门》三章，章七句。

【注释】

①连句叠韵，案，此处连句同韵，非叠韵。两处"我入自外"句首之"我"与上两句句尾之"我"首尾相连同字同韵。

②间句韵，三"已焉哉"之"已"与"谓之何哉"的句中三"之"间隔一句相押。

③连句同韵，四"事"为相连两句第二字同字同韵相押。

④连句间字韵，第一章"终窭且贫，莫知我艰"的"且、莫"间隔一字连句押韵。

⑤第二章"适、益"间句与"谪"韵句尾倒二字相押。

北风其凉，雨雪其雱，惠而好我，携手同行，其虚其邪，既亟只且。

北风其凉，雨雪其雱，惠而好我，携手同归，其虚其邪，既亟只且。

莫赤匪狐，莫黑匪乌，惠而好我，携手同车，其虚其邪，既亟只且。

之、鱼二部为经韵，脂、支、侵、阳、祭、幽、歌、东八部为纬韵。

句首三"其"与二"北"正射韵，句中七"其"联章韵，三"而"三"亟"一"黑"联章韵，之部；三"虚、邪"间字韵①，三"邪"三"且"与"狐、乌、车"联章韵，二"雨"正射与二"莫"韵，"莫、赤狐"间字三叠韵②，鱼部。

三"惠"与三"既"间三句韵③，"凉、雱"间句与"归"韵，二"匪"连句韵，脂部；三"携"三"只"皆正射韵，支部；二"风"正射韵，侵部；"凉、雱"间句与"行"韵，阳部；二"雪"正射韵，祭部；三"好"三"手"皆正射韵，幽部；三"我"正射韵，歌部；三"同"正射韵，东部。

《北风》三章，章六句。

【注释】

①间字韵，三"其虚其邪"的"虚、邪"间隔"其"字押韵。

②间字三叠韵，"莫赤匪狐"的"莫、赤狐"间隔"匪"三字韵同相叠。

③间三句韵，案，此处三"惠"位于第三句句首，三"既"位于第六句句首，间两句韵，非间三句韵。

静女其姝，俟我于城隅，爱而不见，搔首踟蹰。
静女其娈，贻我彤管，彤管有炜，说怿女美。
自牧归荑，洵美且异。匪女之为美，美人之贻。

之、脂二部为经韵，鱼、侯、元、耕、歌、幽、东、真八部为纬韵。

二"其"二"之"与"不、有"联章韵,"踟"合韵,上一"之"亦与"牧"韵,"而不"叠韵,"俟、贻"正射韵,"异、贻"间句韵,之部;"爱"与"自、匪"、句首"美"遥韵①,"说"合韵,"炜、美"与"荑、美"连章韵,句中"美"与"荑"连句间字韵②,"归荑"叠韵,脂部。

前后三"女"与"怿"韵,"怿女"叠韵,"于、且"隔章正射韵,鱼部;"姝、隅"间句与"蹰"韵,侯部;"见"与"娈、管"连章间句韵③;二"管"连句间字同韵,元部;二"静"正射韵,"城"线韵,耕部;二"我"正射韵,"为"收韵,歌部;"搔首"叠韵,幽部;二"彤"连句间字韵,东部;"洵、人"错韵④,真部。

《静女》三章,章四句。

【注释】

①遥韵,第三章"自、匪"间句句首韵,"匪"与句首"美"连句句首韵,第一章"爱"与"自、匪、美"遥韵。

②连句间字韵,第三章第一、二句句中"美"与"荑"间字相押。

③连章间句韵,第一章"见"与第二章"娈、管"间隔一句连章句尾相押。

④错韵,第三章第二句"洵"与第四句"人"交错押韵。

  新台有泚,河水弥弥。燕婉之求,籧篨不鲜。
  新台有洒,河水浼浼。燕婉之求,籧篨不殄。
  鱼网之设,鸿则离之。燕婉之求,得此戚施。

之部为经韵,真、脂、歌、元、幽、鱼、谆、阳八部为纬韵。

二"有"二"不"与句中四"之"联章韵,"设"与句尾"之"合韵,二"台有"叠韵,"则、之"间字韵,"得"收韵,之部。

二"新"正射韵,真部;"泚、弥、鲜"与"洒"联章韵①,"弥弥"下同韵,二"水"与"此"遥韵①,脂部;二"河"正射韵,"离、施"错韵②,歌部;三"燕婉"叠韵,元部;三"求"正射韵,"戚"收韵,幽部;二"籧篨"叠韵,"鱼"与二"籧"韵③,鱼部;"浼浼"

下同韵，"浼、殄"间句韵，谆部；"鸿"与"纲"相合错韵，阳部。

《新台》三章，章四句。

【注释】

①案，"洒"应为"洒"，原文误。

②遥韵，第一、二章二"水"与第三章"此"句中第二字遥相押韵。

③错韵，第三章第二句"离"与第四句句尾"施"交错相押。

④连章韵，第一、二章"籧"与第三章"鱼"连章相押。

　　　　二子乘舟，泛泛其景。愿言思子，中心养养。
　　　　二子乘舟，泛泛其逝。愿言思子，不瑕有害。

之部为经韵，脂、蒸、幽、侵、阳、元、祭七部为纬韵。

句中二"子"正射韵，二"其"二"思"连句韵①，二"思子"叠韵，"不、有"间字韵，之部。

二"二"正射韵，脂部；二"乘"正射韵，蒸部；二"舟"正射韵，幽部；"中心"相合与二"泛泛"上叠间句韵②，侵部；"景、养"间句韵，"养养"下同韵，阳部；二"愿言"叠韵，元部；"逝、害"间句韵，祭部；"瑕"韵阙疑。

《二子乘舟》二章，章四句。

【注释】

①连句韵，二"其"二"思"是第二、三句第三字连句相押。

②上叠间句韵，"中心"二字协音韵同又位于句首，是上叠韵，与二"泛泛"间隔一句相押。

　　　　邶国十九篇，七十一章，三百六十三句。

鄘

泛彼柏舟，在彼中河。髧彼两髦，实维我仪。之死矢靡他，母也天只，不谅人只！

泛彼柏舟，在彼河侧。髧彼两髦，实维我特。之死矢靡慝，母也天只，不谅人只！

歌、之二部为经韵，脂、侵、阳、鱼、幽、真、支七部为纬韵。

六"彼"与二"也"联章韵，二"我"二"靡"与二章"河"韵，一章"河"间句与"仪、他"韵，歌部；二"实"与二"在"二"之"二"母"二"不"相合联章韵，"侧"间句与"特、慝"韵①，之部。

二"死矢"中叠，与二"维"韵②，脂部；二"泛"与二"髧"间句韵③，"中"与"髧"相合连句间字韵，侵部；二"两"二"谅"正射韵，阳部；二"柏"正射韵，鱼部；二"髦"与二"舟"相合间句韵④，幽部；二"天"二"人"连句韵⑤，真部；四"只"连句韵，支部。

《柏舟》二章，章七句。

【注释】

①第二章"特"与"慝"连句句尾韵，与"侧"间句句尾韵。
②中叠韵，即二"死矢"句中韵同，与二"维"构成连句韵。
③间句韵，二"泛"与二"髧"间句句首相押。
④二"髦"与二"舟"叶韵，间隔一句句尾相押。
⑤连句韵，二"天"与二"人"连句第三字相押。

墙有茨，不可埽也。中冓之言，不可道也。所可道也，言之丑也。

墙有茨，不可襄也。中冓之言，不可详也。所可详也，言之长也。

墙有茨，不可束也。中冓之言，不可读也。所可读也，言之辱也。

歌部为经韵，之、侯、幽、阳、元、脂、冬、鱼八部为纬韵。

十二"也"联章韵，九"可、也"间字联章韵①，歌部。

三"有"与三上一"之"间句韵，亦与三下一"之"韵②，六"不"间句韵③，之部；三"冓"正射韵，"束"间句与"读、读、辱"韵，侯部；"埽"间句与"道、道、丑"韵，幽部；三"墙"正射韵，"襄"间句与"详、详、长"韵，阳部；六"言"皆正射韵，元部；三"茨"正射韵，脂部；三"中"正射韵，冬部；三"所"正射韵，鱼部。

《墙有茨》三章，章六句。

【注释】

①间字联章韵，"可、也"间隔一字相押，分处三章九处，起连结各章的作用。

②三"墙有茨"的"有"与三"中冓之言"的"之"间句韵，亦与各章末句的"之"押韵。

③间句韵，本章中"不"间一句韵，各章中"不"间三句相押。

君子偕老，副笄六珈。委委佗佗，如山如河。象服是宜，子之不淑，云如之何？

玼兮玼兮，其之翟也。鬒发如云，不屑髢也。玉之瑱也，象之揥也，扬且之晳也。胡然而天也，胡然而帝也！

瑳兮瑳兮，其之展也，蒙彼绉絺，是绁袢也。子之清扬，扬且之颜也。展如之人兮，邦之媛也！

歌、之二部为经韵，脂、幽、元、鱼、阳、支、真、祭、谆、东十部为纬韵。

"珈、佗、河、宜、何"与十一"也"联章韵，"彼"线韵，二"瑳"间字同韵，"委委佗佗"四叠上下同韵①，歌部；一章末二句"不之"连句韵②，句中"子服"与十"之"二"而"联章韵，句首"副、子、其、不、其、子"遥韵，二"子之"二"其之"上叠韵，之部。

二"玼"间字同韵，"偕、玼"正射韵③，"絺"收韵，脂部；"老、淑"间四句韵，"六"错韵④，"绉"相合收韵，幽部；"笄、山"间句韵⑤，二"然"连句韵。"展、袢、颜、媛"间句韵，"颜、展"连句间字韵，元部；上二"如"间字韵，第三四"如"线韵⑥，二"且"与后一"如"韵⑦，"玉"与二"胡"合韵，鱼部；二"象"与句首二"扬"遥韵，后二"扬"连句叠韵⑧，阳部；"髢"与"揥、皙、帝"合韵，四"兮"间字同韵，前一"是"起韵，后一"是"收韵⑨，支部；"云"与"瑱、天"合韵，"清"与"人"合韵，"鬒、云"首尾韵⑩，真部；"屑"与"发"相合连句韵，"绁"遥韵，祭部；"君、云"间五句韵，谆部；"蒙、邦"间四句韵，东部；"翟"韵阙疑。

《君子偕老》三章，一章七句，一章九句，一章八句。

【注释】

①四叠上下同韵，"委委"句首二字同音同韵，"佗佗"句尾二字同音同韵，又"委、佗"二字同韵，所以四字叠韵且上下同韵。

②连句韵，第一章末两句"不、之"连句第三字相押。

③正射韵，第一章首句"偕"与第二章首句"玼"第三字相押。

④错韵，第一章第二句"六"与首句"老"、第六句"淑"交错相押。

⑤间句韵，第一章第二句"笄"与第四句"山"句首第二字相押。

⑥线韵，第一章第三四"如"在前二"如"和后一"如"之间起过渡和连结作用。

⑦第三章"且"与下一句"如"连句第二字韵，与上一"且"正射同韵。

⑧连句叠韵，案，此处二"扬"应为连句同韵。

⑨前一"是"位于首章起引领作用，后一"是"位于末章起收尾作用。

⑩首尾韵，第二章"鬒发如云"的"鬒、云"本句首尾押韵。

爰采唐矣，沬之乡矣。云谁之思？美孟姜矣。期我乎桑中，要我乎上宫，送我乎淇之上矣。

爰采麦矣，沬之北矣。云谁之思？美孟弋矣。期我乎桑中，要我乎上宫，送我乎淇之上矣。

爰采葑矣，沬之东矣。云谁之思？美孟庸矣。期我乎桑中，要我乎上宫，送我乎淇之上矣。

之部为经韵，阳、东、冬、歌、鱼、脂、元、宵八部为纬韵。

三"思"与十二"矣"联章韵，三"期"正射韵，三"之思"一"弋矣"下叠韵，三"淇之"中叠韵，二"采、矣"与二"之、矣"间字连句韵。"采麦矣""之北矣"三叠连句韵①，之部。

"唐、乡、姜"与三"桑"六"上"联章韵，三"孟"正射韵，阳部；"葑、东"间句与"庸"韵②，三"送"正射韵，东部；三"中"与三"宫"韵，冬部；九"我"联章韵，歌部；九"乎"联章韵，鱼部；三"沬"三"美"间句韵③，三"谁"正射韵，脂部；三"云"与三"爱"合韵，元部；三"要"正射韵，宵部。

《桑中》三章，章七句。

【注释】

①三叠连句韵，"采麦矣""之北矣"位于相连两句的句尾，又三字韵同相叠押韵。

②第三章"葑、东"间句与"庸"第三字押韵。

③间句韵，三"沬"与三"美"间隔一句句首相押。

　　　鹑之奔奔，鹊之彊彊。人之无良，我以为兄。
　　　鹊之彊彊，鹑之奔奔。人之无良，我以为君。

之部为经韵，谆、阳、鱼、真、歌五部为纬韵。

六"之"二"以"联章韵，之部。

句尾二"奔"与"君"韵①，二"鹑、奔奔"间字三叠韵，谆部；句尾二"彊"与"良、兄"韵②，二"彊彊"下同韵，阳部；二"鹊"遥韵，二"无"正射韵，鱼部；二"人"正射韵，真部；二"我、为"间字韵③，歌部。

《鹑之奔奔》二章，章四句。

【注释】

①第二章句尾"奔"与末句"君"间句句尾韵，与第一章首句句尾

"奔"遥相为韵。

②第一章句尾"疆"与"良、兄"连句句尾韵,与第二章"疆、良"遥相为韵。

③间字韵,二"我、为"间隔"以"相押。

定之方中,作于楚宫。揆之以日,作于楚室。树之榛栗,椅桐梓漆,爰伐琴瑟。

升彼虚矣,以望楚矣。望楚与堂,景山与京。降观于桑,卜云其吉,终焉允臧。

灵雨既零,命彼倌人。星言夙驾,说于桑田。匪直也人,秉心塞渊,騋牝三千。

鱼、之二部为经韵,耕、阳、冬、至、侯、真、歌、元、脂九部为纬韵。

二"作于楚"三叠韵,三"楚"二"与"与"虚、于"联章韵。"楚与"中叠韵,"雨、于"间二句韵①,鱼部;三"之"间句韵,二"矣"连句韵,"以、梓"间二句韵,"梓、其、塞"正射韵,"塞、騋"连句间字韵②,"直"线韵,之部。

"定"与"灵、星"遥韵③,耕部,"方"起韵,上一"望"线韵,"堂、京、桑"间句与"臧"韵,"望、堂、景、京"首尾连句韵④,"秉"收韵,阳部;"中、宫"连句韵,"升"与"降、终"合韵,"桐"相合线韵,冬部;"日、室、栗、漆、瑟"连句韵,至部;"树、卜"遥韵⑤,"夙"相合收韵,侯部;"琴"与"榛"合韵,"零、人"间句与"田、人、渊、千"韵⑥,"命、人"首尾韵⑦,真部;"爰"起韵,"山、观、焉"与"言"韵,"云"合韵,"焉允"中叠韵,"允、倌"连章间句韵⑧,元部;"揆"与"匪"遥韵,"说"合韵,"伐"与"牝"相合隔章正射韵⑨,脂部。

《定之方中》三章,章七句。

【注释】

①第三章首句"雨"与第四句"于"间两句第二字押韵。

②连句间字韵，上句"塞"与下句句首"骃"间一字相押。

③遥韵，第三章"灵、星"间句句首韵，与第一章首句句首"定"遥相押韵。

④首尾连句韵，第二章第三句"望、堂"、第四句"景、京"皆本句首尾相押。

⑤遥韵，第一章"树"与第二章"卜"押韵。

⑥间句韵，第三章第一、二句"零、人"间隔一句与"田、人、渊、千"句尾押韵。

⑦首尾韵，第三章"命彼倌人"的"命、人"本句首尾相押。

⑧第二章末句"尹"与第三章第二句"倌"连章间句第三字押韵。

⑨隔章正射韵，第一章末句"伐"与第三章末句"牝"位置相同，叶韵隔章相押。

  蝃蝀在东，莫之敢指。女子有行，远父母兄弟。
  朝隮于西，崇朝其雨。女子有行，远兄弟父母。
  乃如之人也，怀昏姻也。大无信也，不知命也。

鱼、之二部为经韵，东、脂、阳、元、宵、真六部为纬韵。

"莫"与二"女"韵①，"母"与"于"相合连章连句韵，"父母"中叠韵，"雨、父"间句韵②，"母"合韵，"如、无"间句韵，鱼部；"在、其"与二"有"韵③，上一"之"与二"子"韵，"乃、不"间二句韵，"知"与"之"相合间二句韵，之部。

"蝀、东"间字韵，"崇"相合收韵，东部；"指、弟"与"西"连章连句韵④，"隮、西"间字韵，"隮、弟"间二句韵。"蝃"相合起韵，"怀"收韵，脂部；一章"行、兄"连句韵，二章"行、兄"连句间字韵，阳部；二"远"正射韵，元部；二"朝"错韵⑤，宵部；"人、姻、信、命"连句韵，"昏"与"姻"相合叠韵，真部。

《蝃蝀》三章，章四句。

【注释】

①第一章"莫"与"女"连句句首韵，与第二章"女"遥韵。

②间句韵，第二章"雨、父"间句第四字韵。

③第一章"在"间隔一句与"有"第三字相押，第二章"其"与"有"连句第三字相押。

④连章连句韵，第一章"指、弟"间句句尾韵，"弟"与第二章首句"西"联章连句相押。

⑤错韵，第二章第一、二句二"朝"分处一、二字位置，交错相押。

相鼠有皮，人而无仪。人而无仪，不死何为？
相鼠有齿，人而无止。人而无止，不死何俟？
相鼠有体，人而无礼。人而无礼，胡不遄死？

之、鱼二部为经韵，歌、脂、真、阳四部为纬韵。

三"有"前二"不"皆正射韵，六"而"与后一"不"联章韵①，"齿、止、止、俟"连句韵，之部；三"鼠"正射韵，六"无"联章韵，"胡"收韵②，鱼部。

"皮、仪、仪、为"连句韵，二"何"正射韵，歌部；"体、礼、礼、死"连句韵，前二"死"正射韵，脂部；六"人"联章韵，真部；三"相"正射韵，阳部。

《相鼠》三章，章四句。

【注释】

①联章韵，贯穿全篇，在各章间起到串联作用的韵。

②收韵，第三章"胡"位于篇尾部分，起收尾作用。

孑孑干旄，在浚之郊。素丝纰之，良马四之。彼姝者子，何以畀之？
孑孑干旟，在浚之都。素丝组之，良马五之。彼姝者子，何以予之？
孑孑干旌，在浚之城。素丝祝之，良马六之。彼姝者子，何以告之？

之部为经韵，鱼、至、元、谆、宵、脂、阳、侯、歌、耕、幽十一部为纬韵。

九"之"三"子"联章韵,三"在、之"上间字韵①;三"丝、之"三"以、之"间字间句韵②,之部。

"旟、都"连句韵,三"者"与"组、五、予"韵,三"素"三"马"皆正射韵,鱼部;三"子子"上同韵,至部;三"干"正射韵,元部;三"浚"正射韵,谆部;"旐、郊"连句韵,宵部;"纰、四"间句与"畀"韵③,脂部;三"良"正射韵,阳部;三"姝"正射韵,侯部;三"彼"与三"何"连句韵,歌部;"旌、城"连句韵,耕部;"祝、六"间句与"告"韵④,幽部。

《干旄》三章,章六句。

【注释】

①上间字韵,三"在、之"位于句首间隔一字相押。

②间字间句韵,三"丝、之"三"以、之"各在本句间隔一字押韵,又间隔两句互押。

③第一章"纰、四"连句第三字相押,又间隔一句与"畀"押韵。

④第三章"祝、六"连句第三字相押,又间隔一句与"告"第三字押韵。

载驰载驱,归唁卫侯。驱马悠悠,言至于漕。大夫跋涉,我心则忧。

既不我嘉,不能旋反。视尔不臧,我思不远。

既不我嘉,不能旋济。视尔不臧,我思不闷。

陟彼阿丘,言采其蝱。女子善怀,亦各有行。许人尤之,众稚且狂。

我行其野,芃芃其麦。控于大邦,谁因谁极。大夫君子,无我有尤。百尔所思,不如我所之。

之部为经韵,侯、幽、鱼、元、歌、阳、东、脂、祭、真十部为纬韵。

一章二"载"间字韵,"载、则"间四句韵①,"至"相合线韵,二三章二上一"不"与二"能"二"思"韵②,二"不能"叠韵,二下二

"不"连句韵③，四章"陟、丘"首尾韵④，"丘、之"间三句韵，"采、子"连句韵，"其"间句与"有、尤"韵⑤，五章二"其"间三句与"有"韵，"麦"间句与"极、子、尤、思、之"韵，"不、之"首尾韵，之部。

"驱、侯"连句韵，"侯、驱"连句叠韵⑥，侯部；"悠悠"下同韵，"悠、漕"间句与"忧"韵，幽部；"马、夫"间句韵，"于"线韵，"女、亦、许"连句韵⑦，"亦各"叠韵，"且、野"线韵，"于、夫、如"间句韵⑧，"无、百"连句韵，二"所"连句韵，鱼部；二"言"遥韵，"反、远"间句韵，二"旋"正射韵，"唁"起韵，"善"收韵，元部；"驰"起韵，句首四"我"遥韵，二"我嘉"下叠韵，"彼阿"中叠韵，后二"我"间句韵，歌部；二"臧"正射与"虻、行、狂"韵，后一"行"收韵，阳部；"众"与"控"相合连章间二句韵⑨，"控、邦"首尾韵，东部；二"既"与二"视"间句韵，二"视尔"叠韵，"闵"与"济"相合间句韵，"怀、穉"线韵，二"谁"间字韵，"卫"起韵，"尔"收韵，脂部；"大、跋"间字韵，句首二"大"遥韵⑩，句中"大"线韵，祭部；"人、因"遥韵，"君"相合收韵，真部；"涉"韵阙疑。

《载驰》五章，一章六句，二章章四句，一章六句，一章八句。

【注释】

①间四句韵，第一章首句"载驰载驱"的第三字"载"间隔四句与"我心则忧"的"则"相押。

②第二、三章"既不我嘉"之"不"与二"能"连句韵，又与二"思"间句相押。

③连句韵，第二、三章后两句的"不"连句第三字相押。

④首尾韵，第四章"陟彼阿丘"的"陟、丘"本句首尾相押。

⑤第四章"言采其虻"之"其"间隔一句与"有、尤"第三字押韵。

⑥连句叠韵，上句句尾"侯"与下句句首"驱"相连韵同。

⑦连句韵，第四章"女、亦、许"连句句首相押。

⑧第五章"于"与"夫"间一句第二字相押，"夫"与"如"间两

句相押。

⑨连章间二句韵，第四章末句"众"与第五章第三句"控"间隔两句句首叶韵相押。

⑩遥韵，第一章"大夫跋涉"与第五章"大夫君子"句首二"大"遥相为韵。

鄘国十篇，三十章，百七十六句。

卫

瞻彼淇奥，绿竹猗猗。有匪君子，如切如磋，如琢如磨。瑟兮僴兮，赫兮咺兮。有匪君子，终不可谖兮。

瞻彼淇奥，绿竹青青。有匪君子，充耳琇莹，会弁如星。瑟兮僴兮，赫兮咺兮。有匪君子，终不可谖兮。

瞻彼淇奥，绿竹如箦。有匪君子，如金如锡，如圭如璧。宽兮绰兮，猗重较兮。善戏谑兮，不为虐兮。

支、之二部为经韵，元、谈、歌、幽、侯、脂、谆、鱼、至、冬、耕、宵十二部为纬韵。

句尾十"兮"与"箦、锡、璧"联章韵，一二章六七句、三章六句十"兮"，与"圭、璧"间字联章韵，支部；五"有"与五"子"首尾韵，又与三"不"韵，三"淇"正射韵，"子、耳"连句间字韵，之部。

一二章二"僴"二"咺"与二"谖"韵，"宽、善"间句韵，"弁"线韵，元部；三"瞻"正射韵，谈部；三"彼"与二"可"一"为"韵①，"猗猗"下同韵，"猗"间句与"磋、磨"韵，歌部；三"奥"正射韵，"绣"线韵②，幽部；三"绿竹"叠韵，"琢"线韵，侯部；五"匪"遥韵，"会"线韵，脂部；五"君"遥韵，谆部；句首四"如"与二"赫"韵③，句中六"如"遥韵④，"戏"收韵，鱼部；二"瑟"正射韵，"切"起韵，至部；"充"与二"终"合韵，"重"相合收韵，冬部；

"青青"下同韵，"青"间句与"莹、星"韵，耕部；"绰、较、谑、虐"连句韵⑤，宵部；"金"韵阙疑。

《淇奥》三章，章九句。

【注释】

①连章韵，三"瞻彼淇奥"之"彼"与第一、二章末句二"可"、第三章末句一"为"连章相押。

②案，此处"绣"应为经文"琇"之误。

③连章韵，第一、三章句首四"如"与第一、二章"赫兮咺兮"二"赫"连章相押。

④遥韵，位于各句第三字的句中六"如"遥相押韵。

⑤连句韵，第三章"绰、较、谑、虐"连句第三字相押。案，经文"虚"应为"虐"之误。诸本皆作"虐"，训为"过分，过头"。

考槃在涧，硕人之宽。独寐寤言，永矢弗谖。
考槃在阿，硕人之薖。独寐寤歌，永矢弗过。
考槃在陆，硕人之轴。独寐寤宿，永矢弗告。

之、脂二部为经韵，幽、元、鱼、歌、真、侯、阳七部为纬韵。三"在"三"之"连句韵①，之部；三"寐"三"矢"连句韵②；三"矢弗"中叠韵③，脂部。三"考"正射韵，"陆、轴、宿、告"连句韵，幽部；三"槃"正射韵，"涧、宽、言、谖"连句韵，元部；三"硕"三"寤"皆正射韵，鱼部；"阿、薖、歌、过"连句韵，歌部；三"人"正射韵，真部；三"独"正射韵，侯部；三"永"正射韵，阳部。

《考槃》三章，章四句。

【注释】

①连句韵，三"在"三"之"连句第三字押韵。

②连句韵，三"寐"三"矢"连句第二字相押。

③中叠韵，三"矢弗"句中二字相连韵同相押。

硕人其颀，衣锦褧衣。齐侯之子，卫侯之妻，东宫之妹，邢侯之

姨，谭公维私。

手如柔荑，肤如凝脂，领如蝤蛴，齿如瓠犀，螓首蛾眉，巧笑倩兮，美目盼兮。

硕人敖敖，说于农郊。四牡有骄，朱幩镳镳，翟茀以朝，大夫夙退，无使君劳。

河水洋洋，北流活活。施罛濊濊，鳣鲔发发，葭菼揭揭，庶姜孽孽，庶士有朅。

脂、祭二部为经韵，鱼、之、真、侯、东、幽、歌、宵、谆、阳、侵、耕十二部为纬韵。

"衣、妻、妹、姨、私、荑、脂、蛴、犀、眉、退"联章韵，"颀"合韵，句首"衣、齐、卫"连句韵，"维私"叠韵，"美、四"连章间二句韵，"鲔"与"水、茀"合韵①，脂部；"说、大"间三句韵，"活活、濊濊、发发、揭揭、孽孽"下同连句韵，"朅"与上五句韵②，祭部。

"硕"起韵，四"如"连句韵，"肤如、如瓠"皆叠韵③，四五章"朱"与"硕、无"相合间二句韵④，"葭、庶、庶"连句韵，"于、夫"间三句韵⑤，鱼部；"其"间句与四"之"韵，"之子"叠韵，"齿"线韵，"有、以"间句韵，"使、士"正射韵⑥，之部；二"人"正射韵，"领、螓"间句韵，真部；三"侯"间句韵⑦，侯部；"宫"与"公"相合间句韵，"东宫"叠韵，"农"收韵，东部；"手、柔"间字韵，"柔、蝤"间句韵，"目"与"首、牡"合韵，"夙"线韵，"流"收韵，幽部；"蛾"起韵，"河、施"间句韵，歌部；"巧"与"笑"合韵，"敖、郊、骄、镳、朝"间句与"劳"韵，"敖敖、镳镳"下同间二句韵，"翟、朝"首尾韵，宵部；"倩"与"盼、幩、君"合韵，谆部；"洋洋"下同韵，"姜"收韵，阳部；"锦、谭"间五句错韵⑧，侵部；"绸、邢"间三句错韵⑨，耕部；"凝、菼"韵阙疑。

《硕人》四章，章七句。

【注释】

①连章韵，第三、四章"鲔"与"水、茀"间两句叶韵连章相押。

②连句韵，第四章末句"朅"与上五句句尾连句押韵。

③叠韵，第二章"肤如"句首二字韵同上叠韵，第四句"如瓠"句中二字韵同中叠韵。

④间二句韵，案，此处为第三章第四句句首"朱"与首句句首"硕"、末句句首"无"相协互押。原文"四五章"疑为衍文。

⑤间三句韵，第三章第二句"于"与第六句"夫"第二字相押。

⑥正射韵，第三章末句"使"与第四章末句"士"位置相同正射相押。

⑦间句韵，第一章前二"侯"连句韵，第三"侯"间句韵。

⑧错韵，第一章"锦、谭"间隔五句第二、一字交错押韵。

⑨错韵，第一章"绚、邢"间隔三句第三、一字交错相押。

氓之蚩蚩，抱布贸丝。匪来贸丝，来即我谋。送子涉淇，至于顿丘。匪我愆期，子无良媒。将子无怒，秋以为期。

乘彼垝垣，以望复关。不见复关，泣涕涟涟。既见复关，载笑载言。尔卜尔筮，体无咎言。以尔车来，以我贿迁。

桑之未落，其叶沃若。于嗟鸠兮，无食桑葚。于嗟女兮，无与士耽。士之耽兮，犹可说也。女之耽兮，不可说也。

桑之落矣，其黄而陨。自我徂尔，三岁食贫。淇水汤汤，渐车帷裳。女也不爽，士贰其行。士也罔极，二三其德。

三岁为妇，靡室劳矣。夙兴夜寐，靡有朝矣。言既遂矣，至于暴矣。兄弟不知，咥其笑矣。静言思之，躬自悼矣。

及尔偕老，老使我怨。淇则有岸，隰则有泮。总角之宴，言笑晏晏。信誓旦旦，不思其反。反是不思，亦已焉哉。

之、元二部为经韵，阳、幽、鱼、脂、至、谆、歌、支、缉、宵、侵、祭、东、耕十四部为纬韵。

"蚩、丝、丝、谋、淇、丘、期、媒、期、来、矣、极、德、妇、矣、矣、矣、矣、矣、之、矣、思、哉"联章韵，一章"之蚩蚩"三叠韵，"之、蚩""来、丝""子、淇"间字间句韵①，"子、以"连句韵②，"来、谋""子、媒"首尾间三句韵③，二章三"以"与"不、载"韵，二"载"与"以、贿"间字间三句韵④,"以、来"首尾韵,三章"之"与"食"韵,"其"与"士、不"韵,二"士"连句间字韵,四章"之、矣"间字韵,"其、淇"与二"士"韵,"而、食、不"与二"其"韵,五章"有、矣""其、矣"间字间三句韵⑤。"不、思"间句韵,六章"使、则、则"与"思、已"韵⑥,"有、有、之"与"其、不"韵,"淇则有、不思其"三叠间四句韵⑦,之部;"怨"起韵,"垣、关、关、涟、关、言、言、迁"与"怨、岸、泮、宴、晏、旦、反"联章韵。二"见、关"间字间句韵,"涟涟"下同韵,五章二"言"线韵,"晏晏、旦旦"下同连句韵,句首"言、反"间二句韵,"焉"与上一"晏、旦"韵,元部。

"氓、将"间七句韵⑧,"良"线韵,"望、黄"隔章正射韵。句首二"桑"正射韵,句中"桑"线韵,"汤汤"下同韵,"汤、裳、爽、行"连句韵,"罔"与上一"汤"韵⑨,阳部;"抱、秋"间七句韵,"抱贸"间字韵,二"贸"连句韵,三"复"与"咎"韵,句中"女"与"鸠"相合间句韵,句首二"女"与"犹、夙"相合遥韵,"老、老"连句同韵⑩,"角"相合收韵,幽部;"布"与"于、无"韵,"无怒"下叠韵,二章"卜"与"无"合韵,"车"线韵,三章"落、若"连句韵,二"于"二"无"连句韵,四五章"落、徂"间句韵⑪,"车、于"正射韵,"夜"线韵,六章"亦"收韵,鱼部;一章二"匪"间三句韵,二章"涕"与下一"尔"韵,"既"间句与"尔、体"韵,"尔、尔噬"间字三叠韵,三章"未"线韵,四五章"尔、寐"正射韵⑫,"自、尔"首尾韵,"水、贰"间二句韵,"二"线韵,"既遂"中叠韵,"既、弟"与"自"韵⑬,六章"尔偕"中叠韵,脂部;"即、至"间句错韵⑭,"室"线韵,"至、咥"间句韵,至部;"顿"起韵,"陨、贫"间句韵,"信"相合收韵,谆部;"为"起韵,一"彼"二"我"二"嗟"二"可"二"也"联章韵,二"可、也"间字间句韵⑮,二"靡"间句韵,"为、靡"连句间字韵,后一"我"收韵,歌部;"坻"起韵,四"兮"与"知"遥韵,支部;"泣"与"及、隰"遥韵,缉部;"笑"起韵,"沃"与"劳"隔章正射韵,"劳、朝、暴、笑、悼"间句韵,后一"笑"收韵,宵部;"耆"与上"耽"间句韵⑯,下二"耽"间句韵,

"渐"与句首二"三"相合遥韵[17]，句中"三"线韵，侵部；二"说"间句韵，二"岁"与"誓"遥韵，祭部；"躬"与"送、总"相合遥韵，东部；"兄"与"静"相合间句韵，耕部；"乘、兴、涉、叶"韵阙疑。

《氓》六章，章十句。

【注释】

①间字间句韵，"之、蚩""来、丝""子、淇"在本句中间字相押，彼此间隔一句互押。

②连句韵，第一章后两句"子、以"句中第三字押韵。

③首尾间三句韵，"来、谋""子、媒"在本句中句首与句尾二字相押，又间隔三句互押。

④间字间三句韵，第二章二"载"本句间字同韵，"以、贿"本句间字韵，又间隔三句互相押韵。

⑤间字间三句韵，第五章"有、矣""其、矣"本句间字韵，又间隔三句互押。

⑥案，经文"亦焉哉巳"之"巳"，应为"已"之误。此处亦误。

⑦三叠间四句韵，第六章"淇则有、不思其"本句句首三字韵同上叠韵，又间隔四句相互为韵。

⑧间七句韵，第一章首句"氓"与第九句"将"间隔七句句首相押。

⑨第四章"淇水汤汤"第三字"汤"与"士也罔极"第三字"罔"押韵。

⑩连句同韵，第六章"老、老"，上句句尾与下句句首二字字同韵同。

⑪间句韵，案，此处"落、徂"在第四章，间句第三字韵，"五"疑为衍文。

⑫正射韵，第四章"尔"与第五章"寐"第四字正射相押。

⑬第五章"既、弟"间隔一句第二字相押，又间隔二句与第二字"自"押韵。

⑭第一章"即、至"间隔一句第二、一字交错相押。

⑮间字间句韵，第三章二"可、也"本句间字韵，又间句互押。

⑯间句韵，第三章"葚"与上"耽"句尾第四字押韵。
⑰相合遥韵，第四章"渐"与句首二"三"叶韵遥押。

   籊籊竹竿，以钓于淇。岂不尔思，远莫致之。
   泉源在左，淇水在右。女子有行，远父母兄弟。
（今本多从唐石经改作"远兄弟父母"，若此"母右"韵，合余韵错乱。）
   淇水在右，泉源在左。巧笑之瑳，佩玉之傩。
   淇水滺滺，桧楫松舟。驾言出游，以写我忧。

  之部为经韵，宵、侯、幽、元、鱼、脂、阳、歌八部为纬韵。
  "有、母"与四"在"二"之"联章韵，"致"合韵，句尾"淇、思、之"与二"右"联章韵，"弟"合韵，句首"以、淇、淇、佩、淇、以"联章韵，"不、思"间字韵，"子有"中叠韵，之部。
  "籊籊"上同韵，"籊、钓"连句韵①，宵部；"笑"与"玉"相合连句韵，"竹"起韵，侯部；"巧"起韵，"滺滺"下同韵，"滺、舟、游、忧"连句韵，幽部；二"远"正射韵，二"泉源"叠韵，"言"收韵，元部；"于"起韵，"莫、父、写"正射韵，"女、父"连句韵②，鱼部；"岂、尔"间字韵，三"水"遥韵，"桧"线韵，"出"收韵，脂部；"行、兄"连句韵③，阳部；"傩"与二"左"一"瑳"合韵，"驾"线韵，"我"收韵。"楫"韵阙疑。
  《竹竿》四章，章四句。

【注释】
①连句韵，"籊、钓"连句第二字押韵。
②连句韵，第二章第三句句首与下句第二字交错押韵，为连句错韵。
③连句韵，第二章第三、四句第四字"行、兄"押韵。

   芄兰之支，童子佩觿。虽则佩觿，能不我知。容兮遂兮，垂带悸兮。
   芄兰之叶，童子佩韘。虽则佩韘，能不我甲。容兮遂兮，垂带悸兮。

之、支二部为经韵，脂、盍、祭、元、东、歌六部为纬韵。

二"之"四"佩"联章韵，二"子"二"则"二"不"联章韵，二"能不"上叠韵，之部；"支、觿、觿、知"与句尾四"兮"联章韵，第五句四"兮"间字同韵①，支部。

二"遂"与二"悸"连句韵，二"虽"正射韵，脂部；"叶、韘、韘、甲"连句韵，盍部；二"带"正射韵，祭部；二"芄兰"叠韵，元部；二"童"与二"容"间二句韵②，东部；二"我"二"垂"皆正射韵，歌部。

《芄兰》二章，章六句。

【注释】

①间字同韵，二句"容兮遂兮"的二"兮"属于间字字同韵同。

②间二句韵，二"童"与二"容"间隔两句句首相押。

谁谓河广，一苇杭之。谁谓宋远，跂予望之。
谁谓河广，曾不容刀。谁谓宋远，曾不崇朝。

脂、之二部为经韵，阳、冬、支、蒸、宵、歌、元七部为纬韵。四"谁、谓"联章韵，"苇"与四"谓"韵，脂部；二"之"二"不"皆间句韵，之部。

二"广"与"杭、望"错韵①，阳部；"容"与"崇"、二"宋"合韵，冬部；"一"与"跂"合韵②，支部；二"曾"间句韵，蒸部；"刀、朝"间句韵，宵部；二"河"正射韵，歌部；二"远"正射韵，元部；"予"韵阙疑。

《河广》二章，章四句。

【注释】

①错韵，二"广"与"杭、望"第四字与第三字交错为韵。

②合韵，第一章"一"与"跂"间句句首相协押韵。

伯兮朅兮，邦之桀兮。伯也执殳，为王前驱。

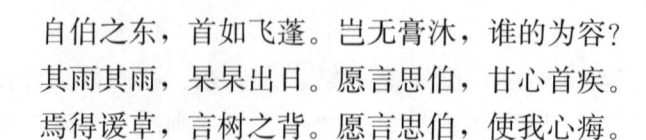

自伯之东，首如飞蓬。岂无膏沐，谁的为容？
其雨其雨，杲杲出日。愿言思伯，甘心首疾。
焉得谖草，言树之背。愿言思伯，使我心痗。

鱼、之二部为经韵，支、祭、东、侯、元、脂、宵、侵、歌九部为纬韵。

句首二"伯"间句韵，句中"伯、如、无"连句韵①，句尾二"伯"与"雨"韵，二"雨"间字同韵，鱼部；上一"之"起韵，"之、其、思、之、思"联章韵，"背、痗"间句韵，二"其"间字韵，"得"线韵，"使、痗"首尾韵，之部。

首句二"兮"间字韵，句尾二"兮"连句韵②，支部；"揭、桀"连句韵，祭部；"邦"起韵，"东、蓬"间句与"容"韵，东部；"殳、驱"与"沐"连章间二句韵；"草"与"树"相合连句间字韵，"首"相合线韵，侯部；"前"起韵，二"愿言"叠韵，"焉、谖、言"连句间字韵③，元部；"自"间句与"岂、谁"韵④，"飞、出"正射韵，"日"与"疾"合韵，脂部；"膏"起韵，"的、杲"连章间句韵⑤，"杲杲"上同韵，宵部；"甘"与"心"相合叠韵，下一"心"收韵，侵部；"也、为"错韵⑥，"也、我"遥韵，句中"为"线韵，歌部；"执、王"韵阙疑。

《伯兮》四章，章四句。

【注释】

①连句韵，第二章句中"伯、如、无"连句第二字押韵。

②连句韵，第一章第一、二句句尾二"兮"连句句尾韵。

③连句间字韵，第四章首句"焉、谖"间字韵，与下句句首"言"构成连句间字韵。

④第三章首句"自"间句与第三、四句"岂、谁"句首相押。

⑤连章间句韵，第二章末句"的"与第三章第二句"杲"连章间句第二字押韵。

⑥错韵，第一章第三句"也"与下句句首"为"交错相押。

有狐绥绥，在彼淇梁。心之忧矣，之子无裳。

> 有狐绥绥，在彼淇厉。心之忧矣，之子无带。
> 有狐绥绥，在彼淇侧。心之忧矣，之子无服。

之部为经韵，脂、阳、祭、鱼、歌、侵、幽七部为纬韵。

三"矣"与"侧、服"联章韵，三"有"三"在"连句韵，三"在、淇"上间字韵①，三"之、矣"下间字韵②，三"之子"叠韵，之部。

三"绥绥"下同韵，脂部；"梁、裳"间句韵，阳部；"厉、带"间句韵，祭部；三"狐"三"无"皆正射韵，鱼部；三"彼"正射韵，歌部；三"心"正射韵，侵部；三"忧"正射韵，幽部。

《有狐》三章，章四句。

【注释】

①上间字韵，三"在、淇"为句首间隔一字相押，称上间字韵。

②下间字韵，三"之、矣"为句尾间隔一字相押，称下间字韵。

> 投我以木瓜，报之以琼琚。匪报也，永以为好也。
> 投我以木桃，报之以琼瑶。匪报也，永以为好也。
> 投我以木李，报之以琼玖。匪报也，永以为好也。

歌、幽二部为经韵，之、侯、鱼、宵、阳、脂六部为纬韵。

六"也"联章韵，三"我"正射韵，三"为、也"间字韵，歌部；上三"报"正射韵，下三"报"与三"好"联章韵，幽部。

上六"以"连句韵，下三"以"与三"之"韵①，"李、玖"连句韵，之部；三"投"三"木"间二字韵②，侯部；"瓜、琚"连句韵，鱼部；"桃、瑶"连句韵，宵部；三"琼"三"永"皆正射韵，阳部；三"匪"正射韵，脂部。

《木瓜》三章，章四句。

【注释】

①下三"以"与三"之"为间句句首第二字相押。

②间二字韵，三"投"三"木"本句间隔二字相押。

卫国十篇，三十四章，二百三句。

王

彼黍离离，彼稷之苗。行迈靡靡，中心摇摇。知我者，谓我心忧，不知我者，谓我何求。悠悠苍天，此何人哉？

彼黍离离，彼稷之穗。行迈靡靡，中心如醉。知我者，谓我心忧，不知我者，谓我何求。悠悠苍天，此何人哉？

彼黍离离，彼稷之实。行迈靡靡，中心如噎。知我者，谓我心忧，不知我者，谓我何求。悠悠苍天，此何人哉？

歌部为经韵，鱼、之、阳、祭、冬、侵、支、幽、真、脂、宵、至十二部为纬韵。

六"彼"连句韵，三"离离"三"靡靡"下同联章韵①，第五七句六"我"与第八句三"何"联章韵，第六八句六"我"与第十句三"何"联章韵，歌部。

三"黍"二"如"皆正射韵，六"者"间句韵，鱼部；三"稷之"叠韵，三"不"三"哉"皆正射韵，之部；三"行"三"苍"皆正射韵，阳部；三"迈"正射韵，祭部；三"中"正射韵，冬部；六"心"错韵②，侵部；六"知"间句韵，支部；三"忧"与三"求"间句韵，三"悠悠"上同韵，幽部；三"天"与三"人"连句韵③，真部；六"谓"间句韵，"穗、醉"间句韵，脂部；"苗、摇"间句韵，"摇摇"下同韵，宵部；"实、噎"间句韵，至部。

《黍离》三章，章十句。

【注释】

①下同联章韵，三"离离"三"靡靡"皆为句尾字同韵同的下同韵，又在各章起串联作用，所以是下同联章韵。

②错韵，各章中二"心"为间句二、三字相押。

③连句韵，各章后两句"天"与"人"连句四、三字交错相押。

君子于役，不知其期。曷至哉？鸡栖于埘，日之夕矣，羊牛下来。君子于役，如之何勿思？

　　君子于役，不日不月。曷其有佸？鸡栖于桀，日之夕矣，羊牛下括。君子于役，苟无饥渴？

　　之、鱼二部为经韵，谆、支、歌、至、阳、祭、脂七部为纬韵。

　　四"子"三"之"二"牛"联章韵，"期、哉、埘、矣、来、思"与二章"矣"遥韵，一章"不、其"二章二"不"间字正射韵，"其有"中叠韵，之部；六"于"二"夕"二"下"联章韵，"如"线韵，"无"收韵，鱼部。

　　四"君"正射韵，谆部；四"役"正射韵，"知"线韵，支部；二"何"间四句韵①，歌部；"至"与句中"日"遥韵②，句首二"日"正射韵，至部；二"羊"正射韵，阳部；"月、佸、桀"与"括、渴"韵③，"曷、佸"首尾韵，祭部；二"鸡栖"叠韵，"勿"线韵，脂部；"苟"韵阙疑。

　　《君子于役》二章，章八句。

【注释】

①间四句韵，第一章二"何"间隔四句一、三字错韵。

②遥韵，第一章"至"与第二章"不日不月"之句中"日"遥韵。

③第二章"月、佸、桀"连句句尾韵，与"括、渴"为间句句尾韵。

　　君子阳阳，左执簧，右招我由房。其乐只且！
　　君子陶陶，左执翿，右招我由敖。其乐只且！

　　之、歌二部为经韵，谆、阳、宵、幽、缉、支、鱼七部为纬韵。二"右"与二"其"连句韵，二"子"正射韵，之部；二"左"与二"我"连句韵①，歌部。

　　二"君"正射韵，谆部；"阳阳"下同韵，"阳、簧、房"连句韵，阳部；二"招"与二"乐"连句韵②，宵部；二"由"正射韵，"陶陶"下同韵，"陶、翿"连句韵，"敖"合韵，幽部；二"执"正射韵，缉部；二"只"正射韵，支部；二"且"正射韵，鱼部。

《君子阳阳》二章，章四句。

【注释】

①连句韵，句首二"左"与下句二"我"连句一、三字错韵。

②连句韵，二"招"与二"乐"连句第二字相押。

扬之水，不流束薪。彼其之子，不与我戍申。怀哉怀哉，曷月予还归哉？

扬之水，不流束楚。彼其之子，不与我戍甫。怀哉怀哉，曷月予还归哉？

扬之水，不流束蒲。彼其之子，不与我戍许。怀哉怀哉，曷月予还归哉？

之、脂二部为经韵，鱼、阳、侯、歌、祭、真、元七部为纬韵。

三"子"、句尾六"哉"联章韵，三上一"之"、三"其"、三上一"哉"联章韵，六"不"间句韵，三"其之子"三叠韵，之部；三"水"、三下一"怀"、三"归"联章韵，六"怀"间字同韵①，脂部。

三"与"与三"予"间句韵②，"楚、甫""蒲、许"间句韵，鱼部；三"扬"正射韵，阳部；三"束"与三"戍"间句韵③，三"流"与三"束"相合叠韵，侯部；三"彼"三"我"皆正射韵，歌部；三"曷月"叠韵，祭部；"薪、申"间句韵，真部；三"还"正射韵，元部。

《扬之水》三章，章六句。

【注释】

①间字同韵，"怀哉怀哉"之"怀"间隔一字形同韵同。

②间句韵，三"与"与三"予"间隔三句第三、二字错韵。

③间句韵，三"束"与三"戍"间隔一句第三、四字错韵。

中谷有蓷，暵其干矣。有女仳离，慨其叹矣。慨其叹矣，遇人之艰难矣。

中谷有蓷，暵其修矣。有女仳离，条其啸矣。条其啸矣，遇人之不淑矣。

中谷有蓷，暵其湿矣。有女仳离，啜其泣矣。啜其泣矣，何嗟及矣。

之部为经韵，冬、鱼、真、脂、侯、元、幽、缉、歌、祭十部为纬韵。

十二"矣"联章韵，九"其、矣"二"之、矣"间字联章韵①，六"有"皆正射韵，之部。

三"中"正射韵，冬部；三"女"正射韵，鱼部；二"人"正射韵，真部；三"蓷"三"仳"皆正射韵，二"慨"连句韵，脂部；三"谷"二"遇"皆正射韵，侯部；三"暵"正射韵，"叹、干"间字韵，"干"间句与"叹、叹、难"韵②，元部；"修"间句与"啸、啸、淑"韵，二"条、啸"间字连句韵③，幽部；"湿"间句与"泣、泣、及"韵，缉部，三"离"正射韵，"何嗟"叠韵，歌部；二"啜"连句韵，祭部。

《中谷有蓷》三章，章六句。

【注释】

①间字联章韵，九"其、矣"间一字韵，二"之、矣"间二字韵，又分布各章互押起串联作用。

②第一章"乾"间句与"叹、叹、难"句尾相押（语气词"矣"不计）。

③间字连句韵，二"条、啸"本句间一字押韵，又连句互押。

有兔爰爰，雉离于罗。我生之初，尚无为。我生之后，逢此百罹。尚寐无吪！

有兔爰爰，雉离于罦。我生之初，尚无造。我生之后，逢此百忧。尚寐无觉！

有兔爰爰，雉离于罿。我生之初，尚无庸。我生之后，逢此百凶。尚寐无聪！

鱼、歌二部为经韵，之、元、脂、耕、阳、侯、幽、东八部为纬韵。

三上一"无"与三"兔"韵，又与三"于"、三"百"、三下一"无"联章韵，三"初"正射韵，鱼部；三"离"正射韵，"离、罗"间字韵，"罗、为"与"罿、吪"韵①，歌部。

三"有"正射韵，六"之"间句韵，之部；三"爰爰"下同韵，元部；三"雉"三"寐"皆正射韵，脂部；（惟汾谨案，三"雉"正射韵，三"此"三"寐"连句韵。）六"生"间句韵，耕部；六"尚"间句韵，阳部；三"后"正射韵，侯部；"罿、造"与"忧、觉"韵②，幽部；"罿、庸"与"凶、聪"韵③，三"逢"正射韵，"逢、凶"首尾韵，东部。

《兔爰》三章，章七句。

【注释】

①第一章"罗、为"间句句尾韵，"罿、吪"连句句尾韵，彼此间句句尾互押。

②第二章"罦、造"间句句尾韵，"忧、觉"连句句尾韵，彼此间句句尾互押。

③第三章"罿、庸"间句句尾韵，"凶、聪"连句句尾韵，彼此间句句尾互押。

绵绵葛藟，在河之浒。终远兄弟，谓他人父。谓他人父，亦莫我顾。

绵绵葛藟，在河之涘。终远兄弟，谓他人母。谓他人母，亦莫我有。

绵绵葛藟，在河之漘。终远兄弟，谓他人昆。谓他人昆，亦莫我闻。

脂、歌二部为经韵，元、真、鱼、之、谆、祭、冬七部为纬韵。

三"薖"与三"弟"间句韵，六"谓"连句韵，脂部；三"河"六"他"联章韵，三"我"正射韵，歌部。

三"绵绵"上叠韵，"绵、远"间句韵①，元部；六"人"连句韵，真部；"浒"间句与"父、父、顾"韵②，三"亦莫"叠韵，鱼部；三"在、之"间字韵，"涘"间句与"母、母、有"韵③，之部；"漘"间句与"昆、昆、闻"韵④，谆部；三"葛"正射韵，祭部；三"终"正射韵，冬部。

《葛藟》三章，章六句。

【注释】

①各章首句"绵"与第三句"远"间句第二字相押。

②第一章"父、父、顾"连句句尾韵，又与第二句句尾"浒"间句相押。

③第二章"母、母、有"连句句尾韵，又与第二句句尾"涘"间句相押。

④第三章"昆、昆、闻"连句句尾韵，又与第二句句尾"漘"间句相押。

彼采葛兮，一日不见，如三月兮。
彼采萧兮，一日不见，如三秋兮。
彼采艾兮，一日不见，如三岁兮。

支、至二部为经韵，祭、幽、之、元、鱼、侵、歌七部为纬韵。

六"兮"联章韵，支部；三"一日"叠韵①，至部。

"葛、月""艾、岁"皆间句韵②，祭部；"萧、秋"间句韵，幽部；三"采"三"不"皆正射韵，之部；三"见"正射韵，元部；三"如"正射韵，鱼部；三"三"正射韵，侵部；三"彼"正射韵，歌部。

《采葛》三章，章三句。

【注释】

①叠韵，三"一日"句首二字相连韵相同，为上叠韵。

②间句韵，第一章"葛、月"、第三章"艾、岁"皆间隔一句第三字押韵。

大车槛槛，毳衣如菼。岂不尔思，畏子不敢。
大车啍啍，毳衣如璊。岂不尔思，畏子不奔。
穀则异室，死则同穴。谓予不信，有如皦日。

脂、之二部为经韵，祭、鱼、谈、谆、至五部为纬韵。

二"毳"二"岂"二"畏"与"死、谓"联章韵，二"毳衣"叠韵，二"岂、尔"间字韵，脂部；二上一"不"、二"子"、二"则"联章韵，二"不、思"间字韵，二"子不"中叠韵①，"异、不"间句韵②，"有"收韵，之部。

二"大"正射韵，祭部；二"车"与"予、如"遥韵③，上二"如"正射韵，鱼部；"槛槛"下同韵，"槛、菼"间句与"敢"韵④，谈部；"啍啍"下同韵，"啍、璊"间句与"奔"韵，"信"合韵，谆部；"室、穴"间句与"日"韵，至部；"穀、同、皦"韵阙疑。

《大车》三章，章四句。

【注释】

①中叠韵，二"子不"句中二字相连韵相同。
②间句韵，第三章"异、不"间句第三字押韵。
③遥韵，第一、二章首句二"车"与第三章"予、如"第二字遥押。
④句尾韵，第一章"槛、菼"连句句尾韵，又间句与末句"敢"句尾相押。

丘中有麻，彼留子嗟。彼留子嗟，将其来施施。
丘中有麦，彼留子国。彼留子国，将其来食。
丘中有李，彼留之子。彼留之子，贻我佩玖。

之部为经韵，歌、幽、东、阳四部为纬韵。

三"有"、四"子"、二"来"、二"之"、一"佩"联章韵，"有麦""有李""来食""佩玖"、二"子国"、二"之子"下叠联章韵①，三"丘、有"间字韵②，二"其来"中叠韵，"贻、佩玖"间字三叠韵③，之部。

六"彼"连句韵，"麻、嗟、嗟、施"连句韵，"施施"下同韵，"我"收韵，歌部；六"留"连句韵，幽部；三"中"正射韵，冬部；三"将"正射韵，阳部。

《丘中有麻》三章，章四句。

【注释】

①下叠联章韵，第二章"有麦""来食"、二"子国"，第三章"有李""佩玖"、二"之子"皆句尾二字相连韵相同，又彼此串联相押。

②间字韵，三"丘、有"间隔一"中"字押韵。

③间字三叠韵，第三章"贻我佩玖"之"贻"与"佩玖"间隔一字三字韵相同，称间字三叠韵。

王国十篇，二十八章，百六十二句。

毛诗正韵一卷终
双流黄启良校字

《毛诗正韵》卷二

郑

缁衣之宜兮，敝予又改为兮。适子之馆兮，还予授子之粲兮。
缁衣之好兮，敝予又改造兮。适子之馆兮，还予授子之粲兮。
缁衣之蓆兮，敝予又改作兮。适子之馆兮，还予授子之粲兮。

之、支二部为经韵，元、歌、幽、鱼、脂五部为纬韵。

九"之"三"改"联章韵，三"缁、之"间字韵①，三"又改"六"子之"中叠韵②，之部；十二"兮"联章韵，三"适、兮"首尾韵③，支部。

三"馆"与三"粲"连句韵，三"还、粲"首尾韵，元部；"宜、为"连句韵，歌部；"好、造"连句韵，三"授"正射韵，幽部；"蓆、作"连句韵，六"予"间句韵，鱼部；三"衣"三"敝"皆正射韵，脂部。

《缁衣》三章，章四句。

【注释】
①间字韵，三"缁、之"本句间隔一字互相押韵。
②中叠韵，三"又改"六"子之"两字相连韵相同，又位于句子中间部分，称中叠韵。
③首尾韵，三"适、兮"本句句首和句尾互相押韵。

将仲子兮，无逾我里，无折我树杞。岂敢爱之？畏我父母。仲可怀也，父母之言，亦可畏也。

将仲子兮，无逾我墙，无折我树桑。岂敢爱之？畏我诸兄。仲可怀也，诸兄之言，亦可畏也。

将仲子兮，无逾我园，无折我树檀。岂敢爱之？畏人之多言。仲可怀也，人之多言，亦可畏也。

歌、脂二部为经韵，阳、元、鱼、之、冬、侯、支、祭、谈九部为纬韵。

三第二"我"与三上一"我"韵，又与二下一"我"、六"可"韵，六"可、也"间字韵，二"多"间句韵①，歌部；三"爱"三"怀"三"畏"间句韵，三"岂"三"畏"连句韵②，脂部。

三"将"正射韵，"墙、桑"间句与"兄"韵，下一"兄"线韵③，阳部；"园、檀"与四"言"韵，元部；六"无"三"亦"与句首"父、诸"韵④，句中"父、诸"正射韵，鱼部；三"子"与句中四"之"韵⑤，"里、杞、母"与句尾三"之"韵⑥，"母之"中叠韵，之部；六"仲"正射韵，冬部；三"逾"三"树"皆正射韵，侯部；三"兮"正射韵，支部；三"折"正射韵，祭部；三"敢"正射韵，谈部。

《将仲子》三章，章八句。

【注释】

①间句韵，第三章二"多"间隔一句同字同韵相押。

②连句韵，三"岂"三"畏"连句句首相押。

③线韵，第二章"诸兄之言"的"兄"在阳部中起过渡或辅助作用，称线韵。

④六"无"三"亦"分处各章，与句首"父、诸"相押，属联章韵类。

⑤三"子"与句中四"之"交错相押，属错韵类。

⑥第一章"里、杞"连句句尾韵，与"母"间句句尾相押，与句尾三"之"遥相为韵。

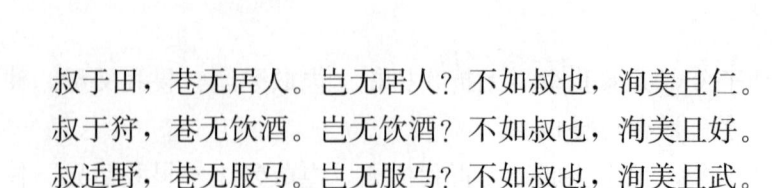

叔于田，巷无居人。岂无居人？不如叔也，洵美且仁。
叔于狩，巷无饮酒。岂无饮酒？不如叔也，洵美且好。
叔适野，巷无服马。岂无服马？不如叔也，洵美且武。

鱼部为经韵，幽、真、之、脂、冬、歌、侵七部为纬韵。

二"于"与六"无"三"如"韵，又与二"居"三"且"韵，二"马"与"野、武"韵①，鱼部。

"狩"与三下一"叔"韵，又与"酒、酒、好"韵，三上一"叔"正射韵，幽部；"田、人、人"间句与"仁"韵，三"洵"正射韵，真部；三"不"正射韵，"适"与二"服"相合连句韵②，之部；三"岂"三"美"皆正射韵，脂部；三"巷"正射韵，东部；三"也"正射韵，歌部；二"饮"连句韵③，侵部。

《叔于田》三章，章五句。

【注释】

①第三章二"马"连句句尾韵，又与首句"野"句尾韵，与末句"武"间句句尾相押。

②相合连句韵，"适"与二"服"连句句尾倒第二字相协（叶韵）押韵。

③连句韵，第二章二"饮"连句第三字相押。

叔于田，乘乘马。执辔如组，两骖如舞。叔在薮，火烈具举。袒裼暴虎，献于公所。将叔无狃，戒其伤女。

叔于田，乘乘黄。两服上襄，两骖雁行。叔在薮，火烈具扬。叔善射忌，又良御忌。抑磬控忌，抑纵送忌。

叔于田，乘乘鸨。两服齐首，两骖如手。叔在薮，火烈具阜。叔马慢忌，叔发罕忌，抑释掤忌，抑鬯弓忌。

之、鱼二部为经韵，幽、侯、蒸、阳、元、脂、至、真、侵、祭、东十一部为纬韵。

二"服"与三"在"韵，"裼"合韵，"戒其"叠韵，八"忌"联章韵,"又、忌"首尾韵,之部;"于、如、如、无、于、射、御、于、如"联章韵,"马、组、舞、及、举、虎、所、女"韵,"马、释"间句韵①,鱼部。

句首九"叔"联章韵,"叔、狃"间字韵,"鸨、首、手"间句与"阜"韵,幽部;三"薮"与三"具"连句韵②,"暴"合韵,侯部;三"乘乘"上同韵,"掤、弓"连句韵,蒸部;五"两"与一"将"韵,"黄、襄、行"间句与"扬"韵,"两、上襄"间字三叠韵③,"良"线韵,"鬯"收韵,阳部;"袒、献"连句韵,"慢、罕"连句韵,"雁、善"错韵④,元部;"辔"起韵,三"火"正射韵,脂部;四"抑"连句韵,至部;三"田"正射韵,真部;三"骖"正射韵,侵部;三"烈"正射与"发"韵⑤,祭部;"磬"与"控、纵送"相合中叠连句韵⑥,"公"起韵,东部。

《大叔于田》三章,章十句。

【注释】

①间句韵,第三章"马、释"间句第二字押韵。

②连句韵,三"薮"与三"具"间隔二字连句相押。

③间字三叠韵,"两服上襄"的"两、上襄"间隔"服"字三字韵相同。

④错韵,第二章"雁、善"第三、二字交错互押。

⑤三"烈"在各章位置相同同字韵同,为正射同韵,又第三章"烈"与"发"间句第二字相押。

⑥中叠连句韵,第二章"纵送"句中二字相连韵同中叠韵,与"控"间隔一字连句相押,又与"磬"叶韵相押。

> 清人在彭,驷介旁旁。二矛重英,河上乎翱翔。
> 清人在消,驷介麃麃。二矛重乔,河上乎逍遥。
> 清人在轴,驷介陶陶。左旋右抽,中军作好。

幽与宵合为经韵①,阳、脂、祭、耕、真、之、东、歌、鱼、元十部为纬韵。

"消、麃、乔、遥"连句韵,"麃麃、逍遥"下叠间句韵②,"翱、逍"正射韵,宵部;二"矛"正射韵,"轴、陶、抽、好"连句韵,"陶陶"下同韵,幽部;二"上"正射韵,"彭、旁、英、翔"连句韵,"旁旁"下同韵,阳部;三"驷"与二"二"韵,脂部;三"介"正射韵,祭部;三"清"正射韵,耕部;三"人"正射韵,真部;二"重"正射韵,"中"相合收韵③,东部;二"河"与"左"韵,歌部;二"乎"与"作"正射韵,鱼部;"军"与"旋"合韵,元部。

《清人》三章,章四句。

【注释】

①合为经韵,指幽部与宵部两个相近的韵部的字共同构成经韵。

②下叠间句韵,第二章"麃麃、逍遥"句尾二字相连韵相同,为下叠韵,又间隔一句互押。

③收韵,"中"位于篇尾部分起首尾作用,与二"重"相协押韵。

羔裘如濡,洵直且侯。彼其之子,舍命不渝。
羔裘豹饰,孔武有力。彼其之子,邦之司直。
羔裘晏兮,三英粲兮。彼其之子,邦之彦兮。

之部为经韵,侯、支、元、宵、鱼、真、东、歌八部为纬韵。

"直"与三"裘"三"其"二下一"之"联章韵,"不、有、司"与三上一"之"韵,"饰、力、子、直"连句韵,三"其之子"与"之司直"三叠韵①,之部。

"濡、侯"间句与"渝"韵,侯部;三"兮"间句韵,支部;"晏、粲"间句与"彦"韵,元部;三"羔"正射韵,"羔、豹"间字韵,宵部;"如、且"连句韵②,"舍"线韵③,"武"收韵,鱼部;"洵、命"错韵④,"三"合韵,真部;"孔"与二"邦"韵,"英"相合线韵,东部;三"彼"正射韵,歌部。

《羔裘》三章,章四句。

【注释】

①三叠韵,三"其之子"与第二章"之司直"皆句尾三字相连韵相

同，为下三叠韵。

②连句韵，第一章"如、且"连句第三字相押。

③线韵，"舍"在此韵部中起过渡和辅助作用，使押韵更加自然调匀。

④错韵，第一章第二句"洵"与第四句"命"第一、二字交错相押。

    遵大路兮，掺执子之袪兮。无我恶兮，不寁故也。
    遵大路兮，掺执子之手兮。无我魗兮，不寁好也。

支、鱼二部为经韵，歌、幽、谆、祭、侵、缉、盍、之八部为纬韵。

六"兮"联章韵，支部；二"路"与"袪、恶、故"韵，二"无"正射韵，鱼部。

二"我"二"也"皆正射韵，歌部；"手、魗、好"连句韵，幽部；二"遵"正射韵，谆部；二"大"正射韵，祭部；二"掺"正射韵，侵部；二"执"正射韵，缉部；二"寁"正射韵，盍部；二"子"与二"不"间句韵①，二"子之"叠韵②，之部。

《遵大路》二章，章四句。

【注释】

①间句韵，二"子"与二"不"第三、四句第三、一字错韵。

②叠韵，二"子之"句中二字相连韵同中叠韵。

女曰鸡鸣，士曰昧旦。子兴视夜，明星有烂。将翱将翔，弋凫与雁。

弋言加之，与子宜之。宜言饮酒，与子偕老。琴瑟在御，莫不静好。

知子之来之，杂佩以赠之。知子之顺之，杂佩以问之。知子之好之，杂佩以报之。

之部为经韵，鱼、祭、脂、耕、元、阳、缉、谆、幽、歌、侵、支十二部为纬韵。

"士、子"与二"弋"韵，"有"线韵，句尾八"之"联章韵，"瑟"与一"不"三"佩"五"子"相合联章韵，"瑟在"中叠韵，"赠"与"来"合韵，"子之来之""佩以赠之"四叠连句韵①，二"子之、之"二"佩以、之"间字三叠连句韵②，之部。

"女"起韵，"夜、御"遥韵③，"凫与"中叠韵，"与、与、莫"间句韵④，鱼部；二"曰"连句韵，祭部；"偕"遥与"鸡、昧、视"韵，脂部；"鸣"起韵，"兴"与"星"合韵，"静"收韵，耕部；"旦、烂、雁"间句韵，二"言"间句韵，元部；"明、将"连句韵⑤，"将、将、翔"间字三叠韵，阳部；三"杂"间句韵⑥，缉部；"顺、问"连句韵，谆部；"好、报"连句韵⑦，幽部；（惟汾谨案，"酒、老"间句与"好"韵。）"加、宜"连句韵，"宜、宜"连句间字韵⑧，歌部；"饮、琴"错韵⑨，侵部；三"知"间句韵，支部。

《女曰鸡鸣》三章，章六句。

【注释】

①四叠连句韵，由于"赠"与"来"合韵，"子之来之、佩以赠之"四字相连韵同相押。

②间字三叠连句韵，二"子之、之"二"佩以、之"皆间隔一字韵同三叠连句相押。如果把间隔的"赠"与"来"作合韵处理，则构成四叠连句韵（见注①）。

③遥韵，第一章第三句"夜"与第二章第五句"御"句尾遥押。

④间句韵，第二章"与、与、莫"间隔一句句首相押。

⑤连句韵，第一章第四、五句句首"明、将"连句相押。

⑥间句韵，第三章三"杂"间隔一句句首同韵相押。

⑦连句韵，第三章"好、报"连句第四字押韵。

⑧连句间字韵，第二章第一、二句"加、宜"连句第三字韵，第三、四句"宜、宜"构成间字连句韵。

⑨错韵，第二章第三句"饮"与第五句"琴"第三、五字交错押韵。

有女同车，颜如舜华。将翱将翔，佩玉琼琚。彼美孟姜，洵美且都。

有女同行，颜如舜英。将翱将翔，佩玉将将。彼美孟姜，德音不忘。

鱼、阳二部为经韵，之、谆、脂、东、元、宵、侯、歌八部为纬韵。

二"女"与二"如"连句韵，"车、华"与"琚、都"韵，"且都"叠韵，鱼部；"琼"与二"孟"、句中三"将"韵，"行、英、将、忘"与二"翱"二"姜"联章韵，二"将、将翔"间字三叠韵①，阳部。

二"有"二"佩"与"德"韵②，"德、不"间字韵③，之部；二"舜"正射韵，"洵"相合线韵，谆部；三"美"连句正射韵，脂部；二"同"正射韵，东部；二"颜"正射韵，元部；二"翱"正射韵，宵部；二"玉"正射韵，侯部；二"彼"正射韵，歌部；"音"韵阙疑。

《有女同车》二章，章六句。

【注释】

①三叠韵，二"将翱将翔"之"将、将翔"间隔一字韵相同。

②二"有"二"佩"皆间隔两句句首押韵，与"德"遥押。

③间字韵，第二章"德音不忘"之"德、不"间隔一字押韵。

山有扶苏，隰有荷华。不见子都，乃见狂且。

山有乔松，隰有游龙，不见子充，乃见狡童。

之、元二部为经韵，鱼、东、幽、缉四部为纬韵。

四"有"连句韵①，二"不"与二"乃"连句韵，二"不、子"间字韵②，之部；四"见"连句韵③，二"山"正射韵，元部。

"扶苏"叠韵，"苏、华、都、且"连句韵，鱼部；"松、龙、充、童"连句韵，东部；"乔、狡"与"游"合韵，幽部；"荷、狂"韵阙疑。

《山有扶苏》二章，章四句。

【注释】

①连句韵，第一、二章二"有"皆连句第二字同韵相押。
②间字韵，二"不、子"间隔"见"字押韵。
③连句韵，第一、二章二"见"皆连句第二字同韵相押。

> 萚兮萚兮，风其吹女。叔兮伯兮，倡予和女。
> 萚兮萚兮，风其飘女。叔兮伯兮，倡予要女。

鱼、支二部为经韵，歌、宵、侵、之、幽、阳六部为纬韵。

二下一"萚"、二"伯"与四"女"错韵①，四"萚"间字同韵，二"予、女"间字韵，鱼部；八"兮"间字同韵，支部。

"吹、和"间句韵②，歌部；"飘、要"间句韵，宵部；二"风"正射韵，侵部；二"其"正射韵，之部；二"叔"正射韵，幽部；二"倡"正射韵，阳部。

《萚兮》二章，章四句。

【注释】

①错韵，二下一"萚"与二"伯"间句第三字韵，与四"女"连句第三、四字交错互押。
②间句韵，第一章"吹、和"间句第三字押韵。

> 彼狡童兮，不与我言兮。维子之故，使我不能餐兮。
> 彼狡童兮，不与我食兮。维子之故，使我不能息兮。

之、支二部为经韵，歌、鱼、元、宵、东、脂六部为纬韵。

二"不"二"使"间句韵①，二"子之"二"不能"中叠连句韵②，"食、息"间句韵，之部；六"兮"联章韵，支部。

二"彼"正射韵，四"我"连句韵，歌部；二"与"二"故"皆正射韵，东部；二"维"正射韵，脂部。

《狡童》二章，章四句。

【注释】

①间句韵，二"不"二"使"间句句首韵。

②中叠连句韵，二"子之"二"不能"皆句中二字相连韵同中叠，又连句互押。

　　子惠思我，褰裳涉溱。子不我思，岂无他人。狂童之狂也且！
　　子惠思我，褰裳涉洧。子不我思，岂无他士。狂童之狂也且！

歌、之二部为经韵，阳、鱼、脂、元、盍、东、真七部为纬韵。

二上一"我"正射韵，二下一"我"、二"他"、二"也"联章韵，歌部；四"子"与二"之"联章韵，二"子、思"间字韵①，二"子不、思"间字三叠韵②，"洧、思、士"连句韵，之部。

二"裳"与二下一"狂"韵，四"狂"本句韵③，阳部；二"无"二"且"皆正射韵，鱼部；二"惠"二"岂"皆正射韵，脂部；二"褰"正射韵，元部；二"涉"正射韵，盍部；二"童"正射韵，东部；"溱、人"间句韵，真部。

《褰裳》二章，章五句。

【注释】

①间字韵，二"子、思"皆间二字韵，亦为本句首尾相押之首尾韵。

②间字三叠韵，二"子不、思"皆本句间隔一字三字韵相同。

③本句韵，四"狂"皆本句间隔二字同韵相押。

　　子之丰兮，俟我乎巷兮，悔予不送兮。
　　子之昌兮，俟我乎堂兮，悔予不将兮。
　　衣锦褧衣，裳锦褧裳。叔兮伯兮，驾予与行。
　　裳锦褧裳，衣锦褧衣。叔兮伯兮，驾予与归。

鱼、支二部为经韵，之、脂、阳、东、侵、耕、幽、歌八部为纬韵。

二"乎"与二"伯"二"与"韵，四"予"正射韵，鱼部；句尾八"兮"联章韵，二"兮、兮"间字同韵，支部。

二"子"二"俟"二"悔"连句韵①，二"之"二"不"间句韵②，之部；四"衣"首尾韵③，句尾二"衣"与"归"韵，脂部；"昌、堂、将、行"与句尾二"裳"韵，阳部；"丰、巷、送"连句韵④，东部；四"锦"连句韵⑤，侵部；四"绚"连句韵，耕部；二"叔"正射韵，幽部；二"驾"正射韵，歌部。

《丰》四章，二章章三句，二章章四句。

【注释】

①连句韵，二"子"二"俟"二"悔"皆连句句首押韵。
②间句韵，二"之"二"不"皆间隔一句第二、三字相押。
③首尾韵，四"衣"皆本句首尾二字同韵相押。
④连句韵，第一章"丰、巷、送"连句句尾倒二字押韵。
⑤连句韵，第三、四章四"锦"连句第二字押韵。

东门之墠，茹藘在阪。其室则迩，其人甚远。
东门之栗，有践家室。岂不尔思？子不我即。

之部为经韵，元、至、脂、鱼、东、谆、真七部为纬韵。

二"之"与"在、则"韵，二"其"与"有、子"韵，二"不"连句韵，"不、思"下间字韵，之部。

"墠、阪"间句与"远"韵，"践"收韵，元部；"室"起韵①，"栗、室"间句与"即"韵，至部；"迩"起韵，"岂、尔"间字韵，脂部；"茹藘"叠韵，"家"收韵②，鱼部；二"东"正射韵，东部；二"门"正射韵，谆部；"甚"与"人"相合叠韵，真部；"我"韵阙疑。

《东门之墠》二章，章四句。

【注释】

①起韵，第一章"室"处于篇首部分，在至部中起引领作用。
②收韵，第二章"家"处于篇尾部分，在鱼部中起收尾作用。

风雨凄凄，鸡鸣喈喈。既见君子，云胡不夷？
　　风雨潇潇，鸡鸣胶胶。既见君子，云胡不瘳？
　　风雨如晦，鸡鸣不已。既见君子，云胡不喜？

　　脂、之二部为经韵，幽、鱼、侵、耕、元、谆六部为纬韵。
　　三"鸡"三"既"连句韵，"凄凄、喈喈"下同连句韵①，句尾"凄、喈"间句与"夷"韵，脂部；三"子"与"晦、已、喜"韵，四"不"正射间句韵，之部；"潇潇、胶胶"下同连句韵，句尾"潇、胶"间句与"瘳"韵，幽部；三"雨"与三"胡"间二句韵②，鱼部；三"风"正射韵，侵部；三"鸣"正射韵，耕部；三"见"正射韵，元部；三"云"正射韵，谆部。
　　《风雨》三章，章四句。

【注释】
　　①下同连句韵，一章"凄凄、喈喈"句尾二字相连字同韵同，连句相押。
　　②间二句韵，三"雨"与三"胡"间隔二句第二字押韵。

　　青青子衿，悠悠我心。纵我不往，子宁不嗣音？
　　青青子佩，悠悠我思。纵我不往，子宁不来？
　　挑兮达兮，在城阙兮。一日不见，如三月兮！

　　之、支二部为经韵，耕、祭、侵、幽、歌、东、阳、至八部为纬韵。
　　句中二"子"五"不"联章韵，句首二"子"与"在"韵①，"佩、思"间句与"来"韵，"子、不嗣""子、不来"间字三叠韵②，之部；"兮、兮"间字韵，句尾三"兮"间句韵，支部。
　　二下一"青"与二"宁"一"城"韵③，二"青青"上同韵④，耕部；"达、阙"间句与"月"韵，祭部；"衿、心"间句与"音"韵，"三"收韵，侵部；二"悠悠"上同韵，"挑"相合收韵，幽部；四"我"皆正射韵，歌部；二"纵"正射韵，东部；二"往"正射韵，阳部;"一日"叠韵⑤,至部;"见、如"韵阙疑。

《子衿》三章,章四句。

【注释】

①句首二"子"间三句相押,与第三章"在"遥相押韵。

②间字三叠韵,"子、不嗣""子、不来"皆间隔一字韵相同叠押。

③下一"青"指第一、二章首句第二字"青",与第一、二章末句"宁"、第三章第二句"城"于句中第二字相押。

④上同韵,二"青青"皆句首二字字同韵同。

⑤叠韵,第三章"一日"句首二字韵同叠押,属上叠韵类。

扬之水,不流束楚。终鲜兄弟,维予与女。无信人之言,人实迋女。

扬之水,不流束薪。终鲜兄弟,维予二人。无信人之言,人实不信。

鱼、真二部为经韵,脂、之、阳、幽、侯、冬、至、元八部为纬韵。

二"予"二"无"皆正射韵,"楚、女、女"间句韵,"予与女"三叠韵①,鱼部;二"信"与二上一"人"叠韵②,与二下一"人"连句韵③,"薪、人、信"间句韵,真部。

二"水"与二"弟"间句韵,二"鲜、弟"间字韵④,二"维"正射韵,脂部;句中四"之"二"不"韵,句首二"不"正射韵,之部;二"扬"正射韵,二"兄"与"迋"韵⑤,阳部;二"流"正射韵,幽部;二"束"正射韵,侯部;二"终"正射韵,冬部;二"实"正射韵,至部;二"言"正射韵,元部。

《扬之水》二章,章六句。

【注释】

①三叠韵,第一章"予与女"句尾三字相连韵同叠押,为下三叠韵。

②叠韵,二"无信人之言"之"信人"句中二字相连韵同叠押,属

中叠韵类。

③连句韵，此处二"人"为间隔二字连句押韵。

④间字韵，二"终鲜兄弟"之"鲜、弟"间隔"兄"押韵。

⑤二"兄"与"迁"皆间隔两句第三字押韵。

出其东门，有女如云。虽则如云，匪我思存。缟衣綦巾，聊乐我员。

出其闉闍，有女如荼。虽则如荼，匪我思且。缟衣茹藘，聊可与娱。

鱼、谆二部为经韵，脂、之、歌、宵四部为纬韵。

四"如"及"茹、与"韵，"闍、荼、荼、且、芦、娱"连句韵，二"如荼"及"茹藘"与"娱"下叠韵①，二"女如"中叠韵，鱼部；"门、云、云、存、巾、员"连句韵，"闉"收韵，谆部。

二"出"二"匪"二"虽"联章韵，二"衣"正射韵，脂部；二"其"二"则"间句韵②，二"思"与"綦"韵③，二"有"正射韵，之部；三"我"一"可"错韵④，歌部；二"聊"与二"缟"合韵，"聊乐"叠韵，宵部。

《出其东门》二章，章六句。

【注释】

①案，此处二"如荼"及"茹藘"皆句尾二字韵同下叠韵，二"如荼"连句韵，又与"茹藘"间句互押，与末句"娱"构成间句句尾韵。

②间句韵，二"其"二"则"间句第二字相押。

③第一章"思"与"綦"连句第三字韵，与第二章"思"遥韵。

④错韵，三"我"一"可"第二、三字交错相押。

野有蔓草，零露漙兮。有美一人，清扬婉兮。邂逅相遇，适我愿兮。

野有蔓草，零露瀼瀼。有美一人，婉如清扬。邂逅相遇，与子偕臧。

元、阳二部为经韵，侯、支、耕、鱼、之、脂、真、至八部为纬韵。

二"蔓"与"漙、婉、愿"韵，下一"婉"收韵，元部；上一"扬"起韵，二"相"与上一"瀼"韵①，下一"瀼"与"扬、臧"韵，阳部。

二"草"与二"遇"合韵，二"逅、遇"间字韵，侯部；二"邂"与"适"韵②，三"兮"间句韵，支部；二"零"与上一"清"合韵，下一"清"收韵，耕部；二"野"正射韵，二"露"与"如"韵③，"与"收韵，鱼部；四"有"正射韵，之部；二"美"正射韵，"偕"收韵，脂部；二"人"正射韵，真部；二"一"正射韵，至部；"我"韵阙疑。

《野有蔓草》二章，章六句。

【注释】

①二"相"与"零露瀼瀼"的上一"瀼"第三字押韵。

②第一章"邂"与"适"连句句首韵，与第二章"邂"遥押。

③第二章"露"与"如"连句第二字押韵，与第一章"露"遥押。

溱与洧，方涣涣兮。士与女，方秉蕑兮。女曰："观乎？"士曰："既且，且往观乎？"洧之外，洵訏且乐。维士与女，伊其相谑，赠之以勺药。

溱与洧，浏其清矣。士与女，殷其盈矣。女曰："观乎？"士曰："既且，且往观乎？"洧之外，洵訏且乐。维士与女，伊其将谑，赠之以勺药。

鱼、之二部为经韵，宵、元、真、阳、脂、祭、支、耕、蒸九部为纬韵。

句尾四"女"四"乎"二"且"联章韵，六"与"及二"訏、且"韵，二"女、乎"与二"且、乎"首尾间句韵①，鱼部；句尾二"洧"与二"矣"韵，句首二"洧"与四"士"韵②，句中二"士"四"之"四"其"联章韵，二"之以"中叠韵，之部。

二"乐"与二"谑"二"药"韵，二"勺药"叠韵，"浏"相合线韵，宵部；"涣、蕳"与四"观"韵③，"涣涣"中同韵④，元部；二"溱"与二"洧"韵⑤，"殷"合韵，真部；二"方"间句韵，"方秉"叠韵，二"往"与"相、将"皆正射韵，阳部；二"既"正射韵，二"维"与二"伊"连句韵，二"外"正射韵，祭部；二"兮"间句韵，支部；"清、盈"间句韵，耕部；二"赠"正射韵，蒸部。

《溱洧》二章，章十二句。

【注释】

①首尾间句韵，二"女、乎"与二"且、乎"本句首尾相押，又间句互押。

②句首二"洧"与四"士"于各章中串联相押，属连章韵类。

③"涣、蕳"与四"观"间句倒第二字押韵。

④中同韵，"涣涣"位于句子中部，二字相连字同韵同，称中同韵。

⑤二"溱"与二"洧"间隔数句句首遥韵。

郑国二十一篇，五十三章，二百八十三句。

齐

鸡既鸣矣，朝既盈矣。匪鸡则鸣，苍蝇之声。
东方明矣，朝既昌矣。匪东方则明，月出之光。
虫飞薨薨，甘与子同梦。会且归矣，无庶予子憎。

之部为经韵，耕、阳、蒸、东、鱼五部为纬韵。

五"矣"与下一"子"韵，二"则"与二"之"韵，上一"子"线韵，之部。

三"既"与"鸡、出、飞"韵①，上一"鸡"与二"匪"一"会"韵②，"月"合韵，"会、归"间字韵，脂部；"鸣、盈"与"鸣、声"错韵③，耕部；"明、昌"与"明、光"错韵④，二"方"间句韵，"苍"

起韵，阳部；"薨薨"下同韵，下一"薨"与"梦、憎"韵，"蝇"起韵，蒸部；"虫"与二"东"相合间句韵，"同"收韵，东部；"与、且、庶"连句韵，"无庶予"三叠韵⑤，鱼部；"甘"韵阙疑。

《鸡鸣》三章，章四句。

【注释】

①三"既"与"鸡、出、飞"皆句中第二字相押，串联各章，属联章韵类。

②第一章句首"鸡"与二"匪"一"会"皆句首第一字相押，亦属联章韵类。

③错韵，第一章"鸣、盈"与"鸣、声"间句第三、四字交错押韵。

④错韵，第二章"明"与"明"间句第三、五字相押，"昌"与"光"间句第三、四字相押。

⑤三叠韵，第三章"无庶予子憎"之"无庶予"句首三字相连韵同相押，属上三叠韵类。

子之还兮，遭我乎峱之间兮。并驱从两肩兮，揖我谓我儇兮。
子之茂兮，遭我乎峱之道兮。并驱从两牡兮，揖我谓我好兮。
子之昌兮，遭我乎峱之阳兮。并驱从两狼兮，揖我谓我臧兮。

支部为经韵，歌、之、元、幽、阳、鱼、侯、东、缉、脂十部为纬韵。

十二"兮"联章韵，支部。

三上二"我"间句韵①，三"我、我"本句韵②，歌部；三"子之"叠韵，三下一"之"正射韵，之部。"还、间、肩、儇"连句韵，元部；三"遭、峱"本句韵③，"茂、道、牡、好"连句韵，幽部；三"并、两"本句韵④，"昌、阳、狼、臧"连句韵，阳部；三"乎"正射韵，鱼部；三"驱"正射韵，侯部；三"从"正射韵，东部；三"揖"正射韵，缉部；三"谓"正射韵，脂部。

《还》三章，章四句。

【注释】

①间句韵，三上二"我"间句第二字押韵。
②间字韵，各章末句"我、我"本句间隔"谓"相押。
③间字韵，各章第二句"遭、猇"本句间隔二字相押。
④间二字韵，三"并、两"间隔"驱从"二字押韵。

    俟我于著乎而，充耳以素乎而，尚之以琼华乎而。
    俟我于庭乎而，充耳以青乎而，尚之以琼莹乎而。
    俟我于堂乎而，充耳以黄乎而，尚之以琼英乎而。

  之、鱼二部为经韵，耕、阳、歌、东四部为纬韵。
  九"而"联章韵，三"耳以"与三"之以"中叠韵①，三"俟"正射韵，之部；九"乎"联章韵，"著、素、华"连句韵，三"于"正射韵，鱼部；"庭、青、莹"连句韵②，耕部；三"尚、琼"间二字韵，"堂、黄、英"连句韵，阳部；三"我"正射韵，歌部；三"充"正射韵，东部。
  《著》三章，章三句。

【注释】

①中叠韵，三"耳以"与三"之以"句中二字相连韵同叠押。
②连句韵，第二章"庭、青、莹"连句句尾倒第三字相押。

    东方之日兮，彼姝者子，在我室兮。在我室兮，履我即兮。
    东方之月兮，彼姝者子，在我闼兮。在我闼兮，履我发兮。

  支、歌二部为经韵，之、至、祭、东、阳、侯、鱼、脂八部为纬韵。
  八"兮"联章韵，支部；六"我"联章韵，二"彼"正射韵，歌部。
  四"在"连句韵，二"之"二"子"皆正射韵，之部；"日"与"室、室、即"韵①，至部；"月"与"闼、闼、发"韵②，祭部；二

"东"正射韵，东部；二"方"正射韵，阳部；二"姝"正射韵，侯部；二"者"正射韵，鱼部；二"履"正射韵，脂部。

《东方之日》二章，章五句。

【注释】

①第一章"室、室、即"连句句尾倒二字押韵，与首句"日"间句倒二字相押。

②第二章"闼、闼、发"连句句尾倒二字押韵，与首句"月"间句倒二字相押。

东方未明，颠倒衣裳。颠之倒之，自公召之。
东方未晞，颠倒裳衣。倒之颠之，自公令之。
折柳樊圃，狂夫瞿瞿。不能辰夜，不夙则莫。

之、阳二部为经韵，鱼、真、宵、幽、脂、谆、东七部为纬韵。

二上二"之"间字同韵①，句尾四"之"连句韵，二"不"连句韵，"不能"叠韵，"不、则"间字韵，之部；"明、裳"连句韵，二"方"正射韵，"方、裳"错韵②，"狂"收韵，阳部。

"圃、瞿、夜、莫"连句韵，"夫瞿瞿"三叠韵③，鱼部；上三"颠"连句正射韵，"颠、令"连句韵④，真部；二上一"倒"正射韵，"倒、召"连句韵⑤，下一"倒"收韵，宵部；"柳、夙"间二句韵⑥，幽部；上一"衣"起韵，"晞、衣"连句韵，"折"与二"自"合韵，脂部；"樊"与"辰"合韵，谆部；二"东"二"公"皆正射韵，东部。

《东方未明》三章，章四句。

【注释】

①间字同韵，第一、二章第三句二"之"间隔一字字同韵同互押。

②错韵，第二章第一、二句"方、裳"第二、三字交错相押。

③三叠韵，第三章"狂夫瞿瞿"之"夫瞿瞿"句尾三字相连韵同相押。

④连句韵，第二章第三、四句"颠、令"句尾倒二字押韵。

⑤连句韵，第一章第三、四句"倒、召"句尾倒二字押韵。

⑥间二句韵，第三章第一、四句"柳、凤"间隔两句第二字押韵。

南山崔崔，雄狐绥绥。鲁道有荡，齐子由归。既曰归止，曷又怀止？
葛屦五两，冠緌双止。鲁道有荡，齐子庸止。既曰庸止，曷又从止？
艺麻如之何？衡纵其亩。取妻如之何？必告父母。既曰告止，曷又鞠止？
析薪如之何？匪斧不克。取妻如之何？匪媒不得。既曰得止，曷又极止？

之、脂二部为经韵，鱼、东、歌、阳、祭、幽、候、侵八部为纬韵。

"亩、母、克、得"与十"止"联章韵，二"有"一"其"四"之"二"不"与"得、极"联章韵，二"子"与四"又"韵，"媒不得""又极止"三叠韵①，之部；"崔崔、绥绥"下同连句韵②，上"崔、绥"与"归、怀"韵，下"崔、绥"与句尾"归"韵③，二"齐"二"匪"四"既"一"艺"韵，二"妻"正射韵，脂部。

二"鲁"正射韵，"五"遥与四"如"韵④，"狐、斧"隔章正射韵⑤，鱼部；"双"间句与"庸、庸、从"韵，"纵"收韵，东部；"绥"起韵，四"何"间句韵，歌部；"两"与二"荡"韵⑥，"衡"收韵，阳部；四"曰"四"曷"皆正射韵，祭部；"屦"与二"道"合韵，"告、鞠"连句韵，"由、告"线韵，幽部；（惟汾谨案，"由"遥与"告、鞠"韵，上一"告"线韵。）二"取"正射韵，侯部；"雄"与"南"合韵，侵部；"山、冠、必、析、薪"韵阙疑。

《南山》四章，章六句。

【注释】
①三叠韵，第四章"媒不得""又极止"皆句尾三字相连韵同相押。
②下同连句韵，第一章第一、二句"崔崔、绥绥"皆句尾二字相连韵同，又连句句尾互押。
③第一章上"崔、绥"与第五、六句"归、怀"间两句第三字韵，下"崔、绥"与第四句句尾"归"押韵。

④第二章首句"葛屦五两"之"五"遥与第三、四章四"如"第三字押韵。

⑥第二章"两"与本章"荡"间一句句尾韵，与第一章"荡"间三句句尾韵。

　　无田甫田，维莠骄骄。无思远人，劳心忉忉。
　　无田甫田，维莠桀桀。无思远人，劳心怛怛。
　　婉兮娈兮，总角丱兮。未几见兮，突而弁兮！

真、元二部为经韵，鱼、支、脂、宵、祭、幽、之七部为纬韵。

四"田"间字同韵，句尾二"田"与二"人"韵，二"心"与句中二"田"合韵，真部；二"远"正射韵，"婉、娈"间字韵，"娈、丱、见、弁"连句韵，元部。

四"无"间句韵①，二"无、甫"间字韵，鱼部；上二"兮"间字同韵，句尾四"兮"连句韵，支部；二"维"与"未、突"韵，"未几"叠韵②，脂部；"骄骄、忉忉"下同间句韵③，二"劳"正射韵，宵部；"怛怛"与"桀桀"合韵，祭部；"角"与二"莠"相合正射韵，幽部；二"思"与"而"遥韵，之部；"总"韵阙疑。

《甫田》三章，章四句。

【注释】

①间句韵，第一、二章四"无"间句句首相押。

②叠韵，第三章"未几"句首二字相连韵同，为上叠韵。

③下同间句韵，第一章"骄骄、忉忉"句尾二字相连字同韵同，为下同韵，又间句句尾相押。

　　卢令令，其人美且仁。
　　卢重环，其人美且鬈。
　　卢重鋂，其人美且偲。

鱼部为经韵，真、之、元、东、脂五部为纬韵。

三"卢"三"且"皆正射韵，鱼部。

上一"令"与三"人"韵①，下一"令"与"仁"韵②，真部；"鋂、偲"连句韵，三"其"正射韵，之部；"环、鬈"连句韵，元部；二"重"正射韵，东部；二"美"正射韵，脂部。

《卢令》三章，章二句。

【注释】

①第一章首句"卢令令"，上一"令"与下句"人"连句第二字押韵，又与第二、三章"人"联章相押。

②第一章首句"卢令令"，下一"令"与下句"仁"连句句尾相押。

敝笱在梁，其鱼鲂鳏。齐子归止，其从如云。
敝笱在梁，其鱼鲂鱮。齐子归止，其从如雨。
敝笱在梁，其鱼唯唯。齐子归止，其从如水。

之部为经韵，脂、鱼、阳、侯、东、谆六部为纬韵。

三"在"正射韵，六"其"间句韵，三"子、止"间字韵，之部。

三"敝"三"齐"间句韵①，三"齐、归"间字韵②，"唯唯"下同韵，"唯、水"间句韵，脂部；三"鱼"三"如"皆正射韵，"鱮、雨"间句韵，鱼部；三"梁"二"鲂"皆正射韵，阳部；三"笱"正射韵，侯部；三"从"正射韵，东部；"鳏、云"间句韵，谆部。

《敝笱》三章，章四句。

【注释】

①间句韵，三"敝"三"齐"间句句首第一字押韵。

②间字韵，三"齐子归止"的"齐、归"本句间字押韵。

载驱薄薄，簟茀朱鞹。鲁道有荡，齐子发夕。
四骊济济，垂辔沵沵。鲁道有荡，齐子岂弟。
汶水汤汤，行人彭彭。鲁道有荡，齐子翱翔。
汶水滔滔，行人儦儦。鲁道有荡，齐子游敖。

脂、阳二部为经韵，之、鱼、宵、谆、真、歌六部为纬韵。

"茀、髢"、二"水"皆正射韵，四"与"四"齐"韵，"济济、弥弥、岂弟"下叠韵①，"发"合韵，脂部；句尾"汤、彭、翔"与四"荡"韵②，"汤汤、彭彭"下同韵，二"行"正射韵，阳部。

"载"起韵，四"有"四"子"正射韵，之部；"薄、鞹"间句与"夕"韵，"朱"与上一"薄"合韵，四"鲁"正射韵，"驱"相合起韵，鱼部；上一"儦"与"翱"韵，下一"儦"与"敖"韵③，宵部；四"道"正射韵，"滔滔"上同韵④，上一"滔"与"游"韵⑤，幽部与宵合韵；二"汶"正射韵，谆部；二"人"正射韵，真部；"骊、垂"错韵⑥，歌部；"簟"韵阙疑。

《载驱》四章，章四句。

【注释】

①下叠韵，第二章"济济、弥弥、岂弟"句尾二字相连韵同叠押。

②句尾"汤、彭、翔"与四"荡"联章相押，为联章韵类。

③第四章"行人儦儦"的上一"儦"与第三章"翱"间句第三字韵，下一"儦"与"敖"韵间句句尾相押。

④案，第四章首句"汶水滔滔"的"滔滔"句尾二字同韵，为下同韵类，非"上同韵"。

⑤第四章"汶水滔滔"的上一"滔"与"游"间隔两句第三字押韵。

猗嗟昌兮！颀而长兮，抑若扬兮。美目扬兮，巧趋跄兮。射则臧兮！
猗嗟名兮！美目清兮，仪既成兮。终日射侯，不出正兮。展我甥兮！
猗嗟娈兮！清扬婉兮，舞则选兮。射则贯兮，四矢反兮。以御乱兮！

支部为经韵，歌、阳、耕、元、侯、鱼、脂、之八部为纬韵。

十七"兮"联章韵，支部。

三"猗嗟"叠韵①，"仪、我"线韵，歌部；"昌、长、扬、扬、跄、臧"连句韵，后一"扬"收韵，阳部；"名、清、成"间句与"正、甥"韵，句首"清"收韵②，耕部；"展"起韵，"娈、婉、选、贯、反、乱"连句韵，元部；二"目"与"趋"韵③，"巧"与"趋"相合叠韵，"侯"收韵，侯部；二"射"与"舞"韵④，鱼部；"顾"与二"美"合韵，"既、出"间二句韵⑤，"四矢"叠韵，脂部；"而、则"间三句韵⑥，后二"则"连句韵，"不"线韵，"以"收韵，之部；余字韵阙疑。

《猗嗟》三章，章六句。

【注释】

①叠韵，三"猗嗟"句首二字相连韵同，为上叠韵。

②收韵，第三章第二句"清扬婉兮"之句首"清"位于篇尾部分起韵部的收尾作用，称收韵。

③第一章"趋"与"目"连句第二字韵，与第二章"目"连章间两句相押。

④第三章"舞"与"射"连句句首韵，与第二章"射"遥韵。

⑤间二句韵，案，第二章"既、出"间隔一句第二字相押，为间一句韵类，非"间二句韵"。

⑥间三句韵，第一章"而、则"间隔三句第二字押韵。

齐国十一篇，三十四章，百四十三句。

魏

纠纠葛屦，可以履霜。掺掺女手，可以缝裳。要之襋之，好人服之。

好人提提，宛然左辟，佩其象揥。维是褊心，是以为刺。

之、支二部为经韵，幽、歌、脂、阳、侵、真、元七部为纬韵。

一章句中二"以"一"之"与下章"其、以"韵，"襋之、服之"下叠韵，"佩其"上叠韵，之部；"提提"下同韵，下一"提"与"辟、揥、刺"韵，二"是"错韵①，支部。

"纠纠"上同韵,"要"与二"好"、上一"纠"合韵,"屦"与"手"合韵,幽部;二"可"间句韵②,"左、为"间二句韵③,歌部;"葛"与"履"合韵,"维"收韵,脂部;"霜、裳"间句韵,"傈"收韵,阳部;"掺掺"上同韵,"心"收韵,侵部;二"人"连章连句韵④,"褍"收韵,真部;"宛然"叠韵,元部;"女、缝"韵阙疑。

《葛屦》二章,一章六句,一章五句。

【注释】

①错韵,第二章二"是"第二、一字交错相押。

②间句韵,第一章二"可"间句句首押韵。

③间二句韵,第二章"左、为"间两句第三字押韵。

④连章连句韵,第一章末句与第二章首句二"人"连句第二字押韵。

彼汾沮洳,言采其莫。彼其之子,美无度。美无度,殊异乎公路。
彼汾一方,言采其桑。彼其之子,美如英。美如英,殊异乎公行。
彼汾一曲,言采其藚。彼其之子,美如玉。美如玉,殊异乎公族。

鱼、之二部为经韵,歌、脂、谆、元、阳、侯六部为纬韵。

二"无"三"乎"四"如"连章韵,"沮洳"叠韵,"洳、莫"及"度、度、路"韵,鱼部;三"采"三"异"与三下一"其"联章韵,三"采其"叠韵①,三"其之子"三叠韵②,之部。

六"彼"间句韵,歌部;六"美"连句韵,脂部;三"汾"正射韵,谆部;三"言"正射韵,元部;"方、桑"间句与"英、英、行"韵,阳部;"曲、藚"间句与"玉、玉、族"韵,三"殊"正射韵,侯部。

《汾沮洳》三章,章六句。

【注释】

①叠韵,三"采其"句中二字相连韵同叠押,为中叠韵。

②三叠韵,三"其之子"句尾三字相连韵同叠押,为下三叠韵。

园有桃，其实之殽。心之忧矣，我歌且谣。不我知者，谓我士也骄。彼人是哉，子曰何其？心之忧矣，其谁知之？其谁知之，盖亦勿思。

园有棘，其实之食。心之忧矣，聊以行国。不我知者，谓我士也罔极。彼人是哉，子曰何其？心之忧矣，其谁知之？其谁知之，盖亦勿思。

之部为经韵，歌、支、宵、元、至、真、侵、幽、鱼、脂、祭十一部为纬韵。

"棘、食、国"与二"哉"二"思"四"矣"、句尾二"其"四"之"联章韵，二"有"一"以"与第三句、第九句四"之"韵，二"士"与第二句二"之"韵，二"不"二"子"与句首六"其"韵，之部。

"我歌"叠韵，句中四"我"连句韵①，二"也"与二"何"间句韵②，二"彼"正射韵，歌部；二"是"与四"知"韵，句首二"知"正射韵，支部；"桃、殽"与"谣、骄"韵，宵部；二"园"正射韵，元部；二"实"正射韵，至部；二"人"正射韵，真部；四"心"遥韵③，侵部；四"忧"遥韵，"聊"线韵，幽部；"且"起韵，二"者"二"亦"皆正射韵，鱼部；二"谓"二"勿"皆正射韵，四"谁"连句韵④，脂部；二"曰"二"盖"皆正射韵，祭部。

《园有桃》二章，章十二句。

【注释】

①连句韵，各章句中二"我"连句第二字相押。
②间句韵，各章"也"与"何"间句第四、三字押韵。
③遥韵，各章二"心"间隔数句遥相押韵。
④连句韵，各章二"谁"连句第二字相押。

陟彼岵兮，瞻望父兮。父曰："嗟！予子行役，夙夜无已。上慎旃哉，犹来无止。"

陟彼屺兮，瞻望母兮。母曰："嗟！予季行役，夙夜无寐。上慎旃哉，犹来无弃。"

陟彼冈兮，瞻望兄兮。兄曰："嗟！予弟行役，夙夜必偕。上慎旃哉，犹来无死。"

支、之二部为经韵，鱼、阳、脂、歌、幽、祭、谈、真、元九部为纬韵。

六"兮"三"役"连章韵，支部；"已、止"与三"哉"韵，"子"与三"来"韵，"屺、母"连句韵，句首"母"与三"陟"韵①，之部。"岵、父"及五"无"联章韵，下一"父"及三"予"韵②，鱼部；"冈、兄"与三"行"韵，三"望"三"上"皆正射韵，阳部；"寐、弃"与"偕、死"韵③，"季、弟"正射韵，脂部；三"彼"三"嗟"皆正射韵，歌部；三"夙"三"犹"间句韵④，幽部；三"曰"正射韵，祭部；三"瞻"正射韵，谈部；三"慎"正射韵，真部；三"旃"正射韵，元部。

《陟岵》三章，章六句。

【注释】

①第二章句首"母"与首句"陟"间句句首韵，与第一、三章首句"陟"遥相为韵。

②第一章句首"父"与"予"间句句首韵，与第二、三章"予"遥韵。

③此处第二章"寐、弃"间句句尾韵，第三章"偕、死"间句句尾韵。

④间句韵，各章"夙"与"犹"皆间句句首韵。

　　　　十亩之间兮，桑者闲闲兮，行与子还兮。
　　　　十亩之外兮，桑者泄泄兮，行与子逝兮。

支部为经韵，之、元、祭、阳、鱼、缉六部为纬韵。

六"兮"连句韵，支部。

二"亩之"中叠韵，二"之"与二"子"间句韵①，之部；"间、闲、还"连句韵,"闲闲"中同韵②,元部;"外、泄、逝"连句韵,"泄泄"中同韵,祭部;二"桑"与二"行"连句韵,阳部;二"者"与二"与"连句韵,鱼部;二"十"正射韵,缉部。

《十亩之间》二章,章三句。

【注释】

①间句韵,二"之"与二"子"间隔一句第三字押韵。
②中同韵,"闲闲"句中二字相连字同韵同。

坎坎伐檀兮,寘之河之干兮。河水清且涟猗。不稼不穑,胡取禾三百廛兮?不狩不猎,胡瞻尔庭有县貆兮?彼君子兮,不素餐兮!

坎坎伐辐兮,寘之河之侧兮。河水清且直猗。不稼不穑,胡取禾三百亿兮?不狩不猎,胡瞻尔庭有县特兮?彼君子兮,不素食兮!

坎坎伐轮兮,寘之河之漘兮。河水清且沦猗。不稼不穑,胡取禾三百囷兮?不狩不猎,胡瞻尔庭有县鹑兮?彼君子兮,不素飧兮!

支、之二部为经韵,歌、鱼、元、谆、盇、祭、真、侯、侵、幽、谈、脂、耕十三部为纬韵。

十八"兮"联章韵,支部;"辐、侧、直、亿、特、食"与三"子"、句中六"不"联章韵,句首九"不"与三"有"联章韵,三"穑"正射韵,六"之"间字同韵,之部。

句中三"河"与三"禾"韵①,三"河、猗"首尾韵②,三"彼"正射韵,歌部;三"且"三"稼"三"素"联章韵,六"胡"间句韵③,鱼部;"檀、干、涟"与"廛、貆、餐"韵,三"县"正射韵,元部;"轮、漘、沦"与"囷、鹑、飧"韵,三"君"正射韵,谆部;三"猎"正射韵,盇部;三"伐"正射韵,祭部;三"寘"正射韵,真部;三"取"正射韵,侯部;三"三"正射韵,侵部;三"狩"正射韵,幽部;三"坎坎"上同韵,三下一"坎"与三"瞻"韵④,谈部;三"水"三"尔"皆正射韵,脂部;三"清"三"庭"皆正射韵,耕部。

《伐檀》三章,章九句。

【注释】

①句中三"河"与三"禾"间隔两句第三字押韵。

②三"河、猗"本句句首与句尾押韵。

③间句韵,六"胡"间隔一句句首相押。

④三下一"坎"与三"瞻"间隔五句第二字押韵。

硕鼠硕鼠,无食我黍。三岁贯女,莫我肯顾。逝将去女,适彼乐土。乐土乐土,爰得我所。

硕鼠硕鼠,无食我麦。三岁贯女,莫我肯德。逝将去女,适彼乐国。乐国乐国,爰得我直。

硕鼠硕鼠,无食我苗。三岁贯女,莫我肯劳。逝将去女,适彼乐郊。乐郊乐郊,谁之永号?

鱼、宵二部为经韵,之、歌、支、侵、祭、元六部为纬韵。

"黍、顾、所"及二"土"六"女"、句尾三"鼠"联章韵,三"无"三"莫"与句首三"硕"联章韵,句中三"硕"与三"去"韵①,三"硕鼠硕鼠"四叠韵,鱼部;"苗、劳、号"与二"郊"韵,九"乐"联句间字同韵②,"乐郊乐郊"四叠韵,宵部。

"麦、德、直"与二"国"韵,三"食"二"得"一"之"与句中"国"韵③,三"肯"正射韵,之部;第四句三"我"与三"彼"间句韵④,第二句、第八句五"我"遥韵⑤,歌部;三"适"正射韵,支部;三"三"正射韵,侵部;三"岁"三"逝"正射韵,祭部;三"贯"二"爰"皆正射韵,元部。

《硕鼠》三章,章八句。

【注释】

①句中三"硕"与三"去"间隔三句第三字押韵。

②联句间字同韵,各章三"乐"间隔一字同韵互押。

③第一、二章"食"与"得"间隔五句第二字押韵,第三章"食"与"之"间隔五句第二字相押。

④间句韵,各章第四句"我"与第六句"彼"间句第二字押韵。

⑤遥韵，第一、二章第二句、第八句四"我"与第三章第二句"我"遥相押韵。

魏国七篇，十八章，百二十八句。

唐

蟋蟀在堂，岁聿其莫。今我不乐，日月其除。无已大康，职思其居。好乐无荒，良士瞿瞿。

蟋蟀在堂，岁聿其逝。今我不乐，日月其迈。无已大康，职思其外。好乐无荒，良士蹶蹶。

蟋蟀在堂，役车其休。今我不乐，日月其慆。无以大康。职思其忧。好乐无荒，良士休休。

之、阳二部为经韵，鱼、祭、幽、至、脂、侵、宵、歌八部为纬韵。

三"在"三"不"九"其"联章韵，三"已"三"思"三"士"联章韵，三"职思其"三叠韵①，之部；三"堂"三"康"三"荒"联章韵，三"良"正射韵，阳部。

"莫、除、居、瞿"间句韵，"瞿瞿"下同韵，六"无"正射韵，鱼部；"逝、迈、外、蹶"间句韵，"蹶蹶"下同韵，二"岁"三"月"三"大"皆正射韵，祭部；"休、慆、忧、休"间句韵，"休休"下同韵，三"好"正射韵，幽部；三"蟋"与三"日"间二句韵，至部；三"蟀"与二"聿"连句韵②，脂部；三"今"正射韵，侵部；六"乐"正射韵，宵部；三"我"正射韵，歌部。

《蟋蟀》三章，章八句。

【注释】

①三叠韵，三"职思其"句首三字相连韵同叠押，为上三叠韵。

②连句韵，案，第一、二章"蟀"与"聿"连句第二字押韵，第三

章"蟀"与二"聿"遥韵。

山有枢，隰有榆。子有衣裳，弗曳弗娄。子有车马，弗驰弗驱。
宛其死矣，他人是愉。
山有栲，隰有杻。子有廷内，弗洒弗埽。子有钟鼓，弗鼓弗考。
宛其死矣，他人是保。
山有漆，隰有栗。子有酒食，何不日鼓瑟？且以喜乐，且以永日。
宛其死矣，他人入室。

之部为经韵，脂、侯、幽、至、元、缉、真、歌、支、鱼十部为纬韵。
一"不"二"以"三"其"十一"有"联章韵，三"矣"与"食"韵，五"子有"叠韵，之部。
句中一"衣"与四"弗"三"死"、与"内"错韵，八"弗"上同韵①，脂部；"枢、榆"与"娄、驱、愉"韵，侯部；"栲、杻"与"埽、考、保"韵，"乐"合韵，幽部；"漆、栗"与"瑟、日、室"韵，"日、瑟"间字韵②，至部；三"山"与三"宛"韵，元部；三"隰"正射韵，"入"收韵，缉部；三"人"正射韵，"酒"合韵，真部；三"他"正射韵，"驰"起韵，歌部；二"是"正射韵，"曳"起韵，支部；"车马"叠韵，"马、鼓"正射韵，上二"鼓"连句间字韵③，下一"鼓"线韵，二"且"连句同韵，鱼部；"裳、廷、钟、永"韵阙疑。

《山有枢》三章，章八句。

【注释】

①上同韵，第一、二章八"弗"本句句首间隔一字韵同，属间字上同韵类。
②间字韵，第三章"日、瑟"间隔"鼓"相押。
③连句间字韵，第二章二"鼓"连句间隔"弗"同韵相押。

扬之水，白石凿凿。素衣朱襮，从子于沃。既见君子，云何不乐？
扬之水，白石皓皓。素衣朱绣，从子于鹄。既见君子，云何其忧？

扬之水，白石粼粼。我闻有命，不敢以告人。

之、鱼二部为经韵，宵、幽、真、阳、脂、侯、元、谆、歌九部为纬韵。

三"之"与句中二"子"间二句韵①，"不、其"正射与"有、以"韵，句尾二"子"正射韵，"不、以"间字韵，之部；三"白石"叠韵，三"白"与二"素"韵②，二"于"正射韵，鱼部；"凿凿"下同韵，"凿、襮、沃"间句与"乐"韵，宵部；"皓皓"下同韵，"皓、绣、鹄、忧"与"告"遥韵，幽部；"粼粼"下同韵，"粼、命、人"连句韵，真部；二"从"与三"扬"合韵，阳部；三"水"二"衣"二"既"皆正射韵，脂部；二"朱"正射韵，侯部；二"见"正射韵，元部；二"君、云"连句间字韵③，"闻"收韵，谆部；二"何"正射韵，"我"收韵，歌部；"敢"韵阙疑。

《扬之水》三章，二章章六句，一章四句。

【注释】

①间二句韵，第一、二章二"之"与本章句中二"子"间两句韵，第三章"之"与第二章"子"连章间两句韵。

②第一、二章"白"与"素"连句句首韵，第三章"白"与上二"素"遥韵。

③连句间字韵，二"君、云"连句间隔"子"相押。

椒聊之实，蕃衍盈升。彼其之子，硕大无朋。椒聊且，远条且。
椒聊之实，蕃衍盈匊。彼其之子，硕大且笃。椒聊且，远条且。

幽、鱼二部为经韵，元、之、至、祭、耕、歌、蒸七部为纬韵。

四"椒聊"叠韵，四"聊"与二"条"韵①，"匊、笃"间句韵，幽部；"硕、无"间字韵，"无"与五"且"韵②，鱼部。

二"蕃衍"叠韵，二"蕃"与二"远"间三句韵③，元部；四"之"间二句韵④，二"其之子"三叠韵，之部；二"实"正射韵，至部；二"大"正射韵，祭部；二"盈"正射韵，耕部；二"彼"正射韵，歌部；"升、朋"间句韵，蒸部。

《椒聊》二章，章六句。

【注释】

①各章二"聊"间三句第二字押韵，第二"聊"与二"条"连句第二字押韵。

②错韵，"无"与五"且"交错相押。

③间三句韵，二"蕃"与二"远"间隔三句句首相押。

④间二句韵，案，各章二"之"间隔一句第三字押韵，为间句韵，非间二句韵。

绸缪束薪，三星在天。今夕何夕？见此良人。子兮子兮，如此良人何？

绸缪束刍，三星在隅。今夕何夕？见此邂逅。子兮子兮，如此邂逅何？

绸缪束楚，三星在户。今夕何夕？见此粲者。子兮子兮，如此粲者何？

鱼、侯二部为经韵，幽、真、侵、之、脂、歌、耕、元、阳、支十部为纬韵。

三"如"正射韵，六"夕"间字同韵，句尾三"夕"与"楚、户、者、者"韵，鱼部；三"束"正射韵，"刍、隅"与"逅、逅"韵，侯部。

三"绸缪"叠韵，幽部；"薪、天"与"人、人"韵，真部；三"三"与三"今"连句韵①，侵部；三"在"句中三"子"韵②，六"子"间字同韵，之部；六"此"间句韵，脂部；六"何"正射韵，歌部；三"星"正射韵，耕部；三"见"正射韵，二"粲"间句韵③，元部；二"良"间句韵，阳部；二"邂"间句韵，六"兮"间字正射韵，支部。

《绸缪》三章，章六句。

【注释】

①连句韵，三"三"与三"今"连句句首押韵。

②三"在"与句中三"子"间隔两句第三字押韵。
③间句韵,第三章二"粲"间隔一句第三字押韵。

有杕之杜,其叶湑湑。独行踽踽。岂无他人?不如我同父。嗟行之人,胡不比焉?人无兄弟,胡不佽焉?

有杕之杜,其叶菁菁。独行睘睘(师培案,"睘"读为"营"),岂无他人?不如我同姓。嗟行之人,胡不比焉?人无兄弟,胡不佽焉?

鱼、之二部为经韵,脂、阳、歌、真、元、耕、祭、盍、侯、东十部为纬韵。

二"如"及四"无"联章韵,四"胡"间句韵,二"杜"及"湑、踽、父"韵,"湑湑、踽踽"下同连句韵①,鱼部;二"有"二"其"与句首二"不"联章韵,句中四"不"间句韵②,四"之"间四句韵③,之部。

二"比"二"佽"与二"弟"错韵④,二"岂"正射韵,脂部;四"行"间二句韵⑤,二"兄"正射韵,阳部;二"他"二"我"连句韵,二"嗟"正射韵,歌部;句尾四"人"间句韵,句首二"人"正射韵,真部;四"焉"间句韵,元部;"睘"与"菁、姓"合韵,"菁菁、睘睘"下同连句韵⑥,耕部;二"杕"正射韵,祭部;二"叶"正射韵,盍部;二"独"正射韵,侯部;二"同"正射韵,东部。

《杕杜》二章,章九句。

【注释】

①下同连句韵,第一章"湑湑、踽踽"句尾二字相连字同韵同,又连句互押。
②间句韵,句中四"不"间隔一句第二字相押。
③间四句韵,各章首句"之"与第六句"之"间隔四句互押。
④错韵,各章"比"与"佽"间句第三字互押,又都与"弟"第三、四字交错押韵。
⑤间二句韵,四"行"间隔两句第二字互押。
⑥下同连句韵,第二章"菁菁、睘睘"句尾二字相连字同韵同,为

下同韵，又连句押韵，称下同连句韵。

> 羔裘豹祛，自我人居居。岂无他人？维子之故。
> 羔裘豹褎，自我人究究。岂无他人？维子之好。

鱼、幽二部为经韵，脂、之、宵、歌、真五部为纬韵。

二"无"正射韵，"居居"下同韵，"祛、居"间句与"故"韵，鱼部；"究究"下同韵，"褎、究"间句与"好"韵，幽部。

二"自"二"岂"二"维"联章韵，脂部；二"裘"二"子"间二句韵①，二"子之"中叠韵，之部；二"羔、豹"间字韵②，宵部；二"我"二"他"皆正射韵，歌部；二"人"正射韵，真部。

《羔裘》二章，章四句。

【注释】

①间二句韵，二"裘"二"子"间隔两句第二字押韵。
②间字韵，二"羔、豹"间隔"裘"相押。

> 肃肃鸨羽，集于苞栩。王事靡盬，不能艺稷黍。父母何怙？悠悠苍天，曷其有所？
> 肃肃鸨翼，集于苞棘。王事靡盬，不能艺黍稷。父母何食？悠悠苍天，曷其有极？
> 肃肃鸨行，集于苞桑，王事靡盬，不能艺稻粱。父母何尝？悠悠苍天，曷其有常？

幽、之二部为经韵，鱼、阳、歌、缉、脂、真、祭七部为纬韵。

三"肃肃"三"悠悠"上同韵，三"肃肃鸨"三叠韵①，三"鸨"三"苞"与"稻"韵②，幽部；三"事"三"能"三"母"三"其"联章韵，三"不能"三"其有"皆叠韵，"翼、棘"与"稷、食、极"韵，之部。

"羽、栩、黍、怙、所"及三"盬"韵，二章"盬"与"黍"韵，三"于"三"父"正射韵，鱼部；"行、桑"与"粱、尝、常"韵，三

"王"三"苍"皆正射韵，阳部；三"靡"三"何"间句韵③，歌部；三"集"正射韵，缉部；三"艺"正射韵，脂部；三"天"正射韵，真部；三"曷"正射韵，祭部。

《鸨羽》三章，章七句。

【注释】

①三叠韵，"肃肃鸨"句首三字相连韵同叠押，为上三叠韵。

②三"苞"正射韵，与"稻"遥韵。

③间句韵，三"靡"三"何"间句第三字押韵。

  岂曰无衣？七兮。不如子之衣，安且吉兮。
  岂曰无衣？六兮。不如子之衣，安且燠兮。

鱼部为经韵，脂、支、祭、元、至、幽、之七部为纬韵。

二"无"及二"如"二"且"错韵，鱼部。

二"岂、衣"本句韵①，四"衣"错韵②，脂部；四"兮"间句韵，支部；二"曰"正射韵，祭部；二"安"正射韵，元部；"七、吉"间句韵，至部；"六、燠"间句韵，幽部；二"不、子之"间字三叠韵③，之部。

《无衣》二章，章三句。

【注释】

①本句韵，二"岂、衣"本句首尾相押。

②错韵，案，此处断句有误，四"衣"宜作间句句尾韵。

③三叠韵，二"不如子之衣"的"不、子之"间隔"如"三字韵相同，为间字三叠韵。

  有杕之杜，生于道左。彼君子兮，噬肯适我。中心好之，曷饮食之？
  有杕之杜，生于道周。彼君子兮，噬肯来游。中心好之，曷饮食之？

之部为经韵，幽、歌、鱼、侵、祭、耕、谆、脂、冬、支十部为纬韵。

句中二"之"二"子"二"食"一"来"联章韵，句尾四"之"连句韵，二"有、之"间字韵，二"肯"正射韵，之部。

二"道"二"好"间二句韵①，"周、游"间句韵，幽部；"左、我"间句韵，二"彼"正射韵，歌部；二"杜"与二"于"连句间字韵②，鱼部；二"心"与二"饮"连句韵③，侵部；二"杕"正射韵，祭部；二"生"正射韵，耕部；二"君"正射韵，谆部；二"噬"正射韵，脂部；二"中"正射韵，冬部；二"兮"正射韵，"适"线韵，支部。

《有杕之》④二章，章六句。

【注释】

①间二句韵，二"道"二"好"间隔两句第三字押韵。

②连句间字韵，上句句尾"杜"与下句句首第二字"于"间隔一字押韵。

③连句韵，二"心"与二"饮"连句第二字押韵。

④《有杕之》，诸本作"有杕之杜"。

    葛生蒙楚，蔹蔓于野。予美亡此，谁与独处？
    葛生蒙棘，蔹蔓于域。予美亡此，谁与独息？
    角枕粲兮，锦衾烂兮。予美亡此，谁与独旦？
    夏之日，冬之夜，百岁之后，归于其居。
    冬之夜，夏之日，百岁之后，归于其室。

鱼部为经韵，之、侵、脂、祭、耕、阳、元、侯、支、至、冬十一部为纬韵。

"楚、野、处、居"及二"夜"韵，三"予"二"百"正射及二"夏"韵，三"与"及后二"于"正射韵，前二"于"正射韵，鱼部。

"棘、域"与"息"韵，六"之"二"其"连句韵，之部；二"蔹"与"锦"正射韵，"枕、衾"连句韵①，侵部；三"美、此"间字韵，三"谁"与二"归"正射韵，脂部；二"葛"二"岁"皆正射韵，祭部；二"生"正射韵，耕部；二"蒙"与三"亡"合韵，阳部；二"蔓"正射韵，"粲、烂"与"旦"错韵②，元部；三"独"二"后"皆正射韵，"角"线韵，侯部；二"兮"连句韵，支部；二"日"与"室"韵③，至部；二"冬"遥韵，冬部。

《葛生》五章，章四句。

【注释】

①连句韵，第三章"枕、粲"连句第二字相押。

②错韵，第三章"粲、烂"连句第三字相押，间句与"旦"第三、四字交错相押。

③二"日"间四句连章句尾韵，后一"日"间隔一句与"室"句尾相押。

采苓采苓，首阳之巅。人之为言，苟亦无信。舍旃舍旃，苟亦无然。人之为言，胡得焉？

采苦采苦，首阳之下。人之为言，苟亦无与。舍旃舍旃，苟亦无然。人之为言，胡得焉？

采葑采葑，首阳之东。人之为言，苟亦无从。舍旃舍旃，苟亦无然。人之为言，胡得焉？

元、鱼二部为经韵，之、真、东、阳、侯、歌六部为纬韵。

三"然"三"焉"六"言"与句尾三"旃"联章韵，六"旃"间字同韵，元部；六"亦"间句韵①，六"无"句中三"舍"联章韵，三"胡"句首三"舍"间二句韵②，六"舍"间字同韵，二"苦"间字同韵，"苦、下"及"与"韵，鱼部。

六"采"间字同韵，句中三"采"与三上一"之"连句韵③，三下二"之"与三"得"韵④，之部；二"苓"间字同韵，"苓、巅"与"信"韵，六"人"正射韵，真部；二"葑"间字同韵，"葑、东"与"从"韵，东部；三"阳"正射韵，阳部；三"首"与六"苟"相合间句韵，侯部；六"为"正射韵，歌部。

《采苓》三章，章八句。

【注释】

①间句韵，六"亦"间隔一句第二字押韵。

②间二句韵，三"胡得焉"句首"胡"与三"舍旃舍旃"句首"舍"间隔两句相押。

③连句韵，各章首句第三字"采"与第二句第三字"之"连句相押。

④各章二"人之为言"之"之"间三句韵，又与"胡得焉"之"得"连句第二字相押。

唐国十二篇，三十三章，二百五句。

秦

有车辚辚，有马白巅。未见君子，寺人之令。
阪有漆，隰有栗。既见君子，并坐鼓瑟。今者不乐，逝者其耋。
阪有桑，隰有杨。既见君子，并坐鼓簧。今者不乐，逝者其亡。

之、鱼二部为经韵，真、脂、元、谆、至、阳、缉、歌、侵、宵十部为纬韵。

句首二"有"间句与"寺"韵，"寺、之"间字韵，三"子"正射韵，四"有"二"不"二"其"联章韵，之部；"车、马"连句韵①，"马白"叠韵②，二"鼓"正射韵，四"者"连句韵③，鱼部。

"辚、巅"间句与"令"韵，"辚辚"叠韵④，"人、令"间字韵，真部；"未"与二"既"正射韵，二"逝"合韵，脂部；三"见"二"阪"皆正射韵，元部；三"君"正射韵，谆部；"漆、栗"间句与"瑟、耋"韵，至部；二"并"正射韵，"桑、杨"间句与"簧、亡"韵，阳部；二"隰"正射韵，缉部；二"坐"正射韵，歌部；二"令"正射韵，侵部；二"乐"正射韵，宵部。

《车辚》三章，一章四句，二章章六句。

【注释】

①连句韵，第一章"车、马"连句第二字相押。

②叠韵，"有马白颠"的"马白"句中二字相连韵相同，为中叠韵。

③连句韵，第二、三章四"者"间句第二字相押。

④叠韵，案，此处"辚辚"为句尾二字字同韵同，应为下同韵。

  驷驖孔阜，六辔在手。公之媚子，从公于狩。
  奉时辰牡，辰牡孔硕。公曰左之，舍拔则获。
  游于北园，四马既闲。輶车鸾镳，载猃歇骄。

幽、之二部为经韵，鱼、东、元、宵、脂、祭、谆七部为纬韵。

"阜、手、狩"与"牡"韵，"六、手"首尾韵①，二"牡"连句间字韵②，"遊、輶"间句韵③，幽部；"在"起韵，句中"之、时"连章间句韵④，句尾"子、之"正射韵，"则、北"连章连句韵⑤，"载"收韵，之部。

"于"起韵，"硕、获"间句韵，"舍、获"首尾韵，"于、马、车"连句韵⑥，鱼部；"从公"叠韵，"孔、公"连句间字韵⑦，句首二"公"与"从、奉"韵⑧，上一"孔"起韵，东部；（惟汾谨案，二"孔"遥韵。）"园、闲"连句韵，"鸾"收韵，元部；"镳、骄"连句韵，宵部；"驷、辔、媚"递错韵⑨，"四、既"上间字韵⑩，脂部；"曰、拔"连句韵，"歇"收韵，祭部；二"辰"连句间字同韵，谆部。

《驷驖》三章，章四句。

【注释】

①首尾韵，第一章"六辔在手"之"六、手"本句首尾押韵。

②连句间字韵，第二章二"牡"间隔"辰"连句相押。

③间句韵，第三章"游、輶"间隔一句句首相押。

④连章间句韵，第一、二章句中"之、时"间隔一句第二字相押。

⑤连章连句韵，第二章末句"则"与第三章首句"北"连句第三字押韵。

⑥连句韵,第三章"于、马、车"连句第二字押韵。

⑦连句间字韵,第二章"孔、公"连句间隔"硕"相押。

⑧第一章"公"与"从、奉"连章连句句首韵,第二章"公"与"奉"间句句首韵。

⑨递错韵,第一章"驷、辔、媚"连句第一、二、三字次第相押,称递错韵。

⑩上间字韵,第三章"四马既闲"的"四、既"间隔一字相押,又处于句首位置,称上间字韵。

小戎俴收,五楘梁辀。游环胁驱,阴靷鋈续。文茵畅毂,驾我骐馵。言念君子,温其如玉。在其板屋,乱我心曲。

四牡孔阜,六辔在手。骐馵是中,骍骊是骖。龙盾之合,鋈以觼軜。言念君子,温其在邑。方何为期,胡然我念之?

俴驷孔群,厹矛鋈錞。蒙伐有苑,虎韔镂膺。交韔二弓,竹闭绲縢。言念君子,载寝载兴。厌厌良人,秩秩德音。

此篇句尾入韵,例同雅颂。"收、辀、阜、手"皆连句韵,幽部;"驱、续、毂、马①"与"玉、屋、曲"韵,侯部;"中"与"骖"合韵,"人"与"音"合韵,"念"遥韵②,侵部;"軜"与"合、邑"合韵,缉部;三"子"正射与"期、之"韵③,之部;"苑"与"群、錞"合韵,谆部;"膺、弓、縢"与"兴"韵,蒸部。

《小戎》三章,章十句。

【注释】

①案,此处"马"应为"馵"之误。

②遥韵,第三章"人"与"音"句尾相合押韵,又与第一章"念"遥相为韵。

③三"言念君子"句尾"子"位置相同正射互押,又与第二章"期、之"句尾互押。

蒹葭苍苍,白露为霜。所谓伊人,在水一方。溯洄从之,道阻且

142

长。溯游从之，宛在水中央。

蒹葭凄凄，白露未晞。所谓伊人，在水之湄。溯洄从之，道阻且跻。溯游从之，宛在水中坻。

蒹葭采采，白露未已。所谓伊人，在水之涘。溯洄从之，道阻且右。溯游从之，宛在水中沚。

鱼、脂二部为经韵，之、阳、东、幽、侵、元六部为纬韵。

三"白"三"所"六"溯"联章韵，三"葭"三"露"及三"阻"韵，三"阻且"叠韵①，鱼部；三"谓"三"洄"六"水"联章韵，"为"与二"未"三"伊"合韵，"萋萋"下同韵，句尾"凄、晞"与"湄、跻、坻"韵，脂部。

六"在"连章间三句韵，"采采"下同韵，句尾"采"与"已、涘、右、沚"六"之"韵，"一"与句中二"之"合韵②，之部；三"中"与六"从"合韵③，东部；三"道"三"游"皆正射韵，幽部；三"蒹"正射韵，侵部；三"宛"正射韵，元部。

《蒹葭》三章，章八句。

【注释】

①叠韵，三"阻且"句中二字相连韵同叠押，为中叠韵。

②合韵，"一"与句中二"之"叶韵相押，又位于各章相同位置，属正射韵类。

终南何有？有条有梅。君子至止，锦衣狐裘。颜如渥丹，其君也哉！

终南何有？有纪有堂。君子至止，黻衣绣裳。佩玉将将，寿考不忘。

之部为经韵，侵、歌、幽、谆、至、脂、鱼、元、阳九部为纬韵。

句尾二"有"二"止"与"梅、裘、哉"联章韵，句首二"有"与"其、佩"韵，句中二"有"与"不"韵，二"子、止"间字韵，之部。

"终"与"南"相合叠韵，与"锦"相合间二句韵①，侵部；二

"何"与"也"韵②，歌部；"条"起韵，"绣"线韵，"寿考"叠韵，幽部；句首二"君"正射韵，句中"君"线韵，谆部；二"至"正射韵，至部；二"衣"正射韵，"黻"与"衣"相合叠韵，脂部；"渥"与"狐"相合联句韵③，"玉"与"如"相合正射韵，鱼部；"颜、丹"首尾韵④，元部；"堂"间句与"裳、将、忘"韵，"将将"下同韵，阳部。

《终南》二章，章六句。

【注释】

①间二句韵，第一章首句"终"与"南"叶韵相叠，间隔两句与"锦"句首押韵。

②第一章"何"与"也"间四句第三字韵，第二章"何"与"也"连章连句韵，二"何"正射韵。

③联句韵，"渥"与"狐"相协连句第三字押韵。

④首尾韵，第一章"颜如渥丹"之"颜、丹"本句首尾互押。

交交黄鸟，止于棘。谁从穆公？子车奄息。维此奄息，百夫之特。临其穴，惴惴其慄。彼苍者天，歼我良人！如可赎兮，人百其身。

交交黄鸟，止于桑。谁从穆公？子车仲行。维此仲行，百夫之防。临其穴，惴惴其慄。彼苍者天，歼我良人！如可赎兮，人百其身。

交交黄鸟，止于楚。谁从穆公？子车鍼虎。维此鍼虎，百夫之御。临其穴，惴惴其慄。彼苍者天，歼我良人！如可赎兮，人百其身。

之、鱼二部为经韵，阳、真、歌、侵、至、宵、脂、东、幽、谈、冬、支十二部为纬韵。

三"之"九"其"联章韵，三"止"与三"子"间句韵，"棘"间句与"息、息、特"韵，之部；三"于"三"车"三"夫"、句中三"百"联章韵，句首三"百"及三"如"韵，三"者"正射韵，"楚"间句与"虎、虎、御"韵，鱼部。

三"黄"与三"良"韵①，三"苍"正射韵，"桑"间句与"行、行、防"韵，阳部；三"天"三"身"与句尾三"人"韵，三"人、身"首尾韵，真部；三"彼"正射韵，三"我"三"可"连句韵②，歌部；三"临"三"歼"间二句韵③，二"鍼"连句韵④，侵部；三"从、公"间字韵，东部；三"穴"与三"慄"连句韵，至部；三"交交、鸟"间字三叠韵⑤，宵部；三"维"三"谁"间句韵，三"维此"叠韵，脂部；三"赎"与三"穆"合韵，幽部；二"奄"连句韵，谈部；二"仲"连句韵，冬部；三"兮"正射韵，支部。

《黄鸟》三章，章十二句。

【注释】

①遥韵，各章"黄"与"良"间隔八句第三字遥相押韵。
②连句韵，各章"我"与"可"连句第二字押韵。
③间二句韵，三"临"三"歼"间隔两句句首相押。
④连句韵，第三章二"鍼"连句第三字同韵相押。
⑤间字三叠韵，三"交交黄鸟"之"交交、鸟"间隔一字韵相同。

鴥彼晨风，郁彼北林。未见君子，忧心钦钦。如何如何，忘我实多。

山有苞栎，隰有六驳。未见君子，忧心靡乐。如何如何，忘我实多。

山有苞棣，隰有树檖。未见君子，忧心如醉。如何如何，忘我实多。

歌、幽二部为经韵，之、侵、脂、鱼、元、宵、谆、至、阳、缉十部为纬韵。

二"彼"三"我"句中三"何"联章韵，三"何、何"与三"我、多"间字连句韵①，"靡"线韵，歌部；"树"与二"苞"一"六"合韵②，三"忧"正射韵，幽部；"北"起韵，三"子"正射韵，四"有"连句韵③，之部；"风、林"间句与"钦"韵，"钦钦"下同韵，三"心"正射韵，侵部；"郁"与三"未"韵④，"棣、檖"间句与"醉"韵，脂部；六"如"间字同韵，三章三"如"连句间字同韵⑤，鱼部；二"山"三"见"皆正射韵，元部；"栎、驳"间句与"乐"韵，宵部；

"晨"与三"君"韵⑥，谆部；"欤"起韵，三"实"正射韵，至部；三"忘"正射韵，阳部；二"隰"正射韵，缉部。

《晨风》三章，章六句。

【注释】

①间字连句韵，三"如何如何，忘我实多"之"何"与"我"连句第二字韵，"何"与"多"连句句尾相押。

②合韵，第二章"树"与"六"连句第三字叶韵，第三章"树"与二"苞"连句第三字叶韵，又彼此皆为叶韵。

③连句韵，第二、三章二"有"皆连句第二字同韵相押。

④第一章"郁"与"未"连句句首韵，三"未"正射韵，第二、三章"未"与"郁"遥相为韵。

⑤连句间字同韵，第三章"忧心如醉""如何如何"之三"如"连句间隔一字同字同韵。

⑥第一章"晨"与"君"间句第三字韵，三"君"正射韵，后二"君"与"晨"遥相为韵。

岂曰无衣？与子同袍。王于兴师，修我戈矛，与子同仇。
岂曰无衣？与子同泽。王于兴师，修我矛戟，与子偕作。
岂曰无衣？与子同裳。王于兴师，修我甲兵，与子偕行。

鱼、脂二部为经韵，幽、阳、歌、之、东、祭、蒸七部为纬韵。

六"与"间二句韵，三"无"三"于"皆正射韵，"泽"间句与"戟、作"韵，鱼部；三"衣"三"师"间句韵，三"岂、衣"首尾韵①，二"偕"正射韵，脂部。

"袍"间句与"矛、仇"韵，三"修"正射韵，"修、矛"间字韵②，幽部；"裳"间句与"兵、行"韵，三"王"正射韵，阳部；三"我"正射韵，"我戈"叠韵，歌部；六"子"间二句韵③，之部；四"同"遥韵④，东部；三"曰"正射韵，祭部；三"与"正射韵，蒸部；"甲"韵阙疑。

《无衣》三章，章五句。

【注释】

①首尾韵，三"岂曰无衣"之"岂、衣"本句首尾相押。

②间字韵，第一章"修我戈矛"之"修、矛"间隔一字押韵。

③间二句韵，各章二"子"间隔两句第二字互押。

④遥韵，第一章二"同"间两句第三字同韵，与第二、三章"同"联章相押。

　　我送舅氏，曰至渭阳。何以赠之？路车乘黄。
　　我送舅氏，悠悠我思。何以赠之？琼瑰玉佩。

之、歌二部为经韵，幽、阳、鱼、蒸、支、脂、东七部纬韵。

二"之"与"思、佩"韵，二"以、之"间字韵，"至"合韵，之部；句首二"我"与二"何"间句韵①，"我、何"连句间字韵②，歌部。

二"舅"正射韵，"悠悠"上同韵，幽部；"阳、黄"间句韵，"琼"收韵，阳部；"路车"叠韵，"玉"相合收韵，鱼部；二"赠"与"乘"韵，蒸部；二"氏"正射韵，支部；"曰"与"渭"相合间字韵，"瑰"收韵，脂部；二"送"正射韵，东部。

《渭阳》二章，章四句。

【注释】

①间句韵，句首二"我"与二"何"间隔一句句首相押。

②连句间字韵，第二章第二句第三字"我"与第三句句首"何"间隔一字连句相押。

　　於我乎，夏屋渠渠。今也每食无余。于嗟乎！不承权舆。
　　於我乎，每食四簋。今也每食不饱。于嗟乎！不承权舆。

鱼、歌二部为经韵，之、幽、侵、蒸、元五部为纬韵。

二"舆"四"乎"与"渠、余"联章韵，"渠渠"下同韵，"无余"叠韵，二"於"二"于"与"夏"韵，"屋"合韵，鱼部；二"我"二

"也"二"嗟"联章韵,歌部。

三"每食"叠韵①,"四"与句中"不"合韵,句首二"不"与三"每"韵②,之部;"簋、饱"连句韵,幽部;二"今"正射韵,侵部;二"承"正射韵,蒸部;二"权"正射韵,元部。

《权舆》二章,章五句。

【注释】

①叠韵,句首"每食"为上叠韵,二句中"每食"为中叠韵。
②句首二"不"与三"每"串联各章互押,属联章韵类。

秦国十篇,二十七章,百八十一句。

陈

子之汤兮,宛丘之上兮。洵有情兮,而无望兮。
坎其击鼓,宛丘之下。无冬无夏,值其鹭羽。
坎其击缶,宛丘之道。无冬无夏,值其鹭翿。

之、鱼二部为经韵,支、阳、幽、真、谈、元、冬七部为纬韵。

"之、有"与三"丘"四"其"联章韵,"子、而"与二"值"遥韵,三"丘之"叠韵,之部;一章"无"引韵,二三章句中二"无"与二"鹭"韵,"鼓、下、羽"与二"夏"韵①,二"无、无夏"间字三叠韵,鱼部。

四"兮"连句韵,二"击"正射韵,支部;"汤、上"间句与"望"韵②,阳部;"缶、道"间句与"翿"韵,幽部;"情"与"洵"合韵,真部;二"坎"正射韵,谈部;三"宛"正射韵,元部;二"冬"正射韵,冬部。

《宛丘》三章,章四句。

【注释】

①第二章"鼓、下、羽"与"夏"连句句尾韵,与第三章"夏"间

隔两句句尾相押。

②第一章"汤、上"间隔一句与"望"第三字押韵。

东门之枌，宛丘之栩。子仲之子，婆娑其下。
穀旦于差，南方之原。不绩其麻，市也婆娑。
穀旦于逝，越以鬷迈。视尔如荍，贻我握椒。

之部为经韵，谆、元、东、鱼、歌、侯、祭、脂、幽九部为纬韵。

四"之"与二"其"韵，"子、之子"间字三叠韵，句首"子"与"不、市、贻"韵，"丘、以"正射韵，之部。

"门、枌"间字韵，谆部；二"旦"正射韵，"宛"起韵，"原"线韵，元部；"仲"与"东"相合错韵①，"鬷"收韵，东部；"栩、下"间句韵，"如"与二"于"韵②，鱼部；"差、麻"与句尾"娑"韵，"也、我"与句中"娑"韵，"婆娑"叠韵，"也、婆娑"三叠韵，歌部；二"穀"正射韵，"握"收韵，侯部；"逝、迈"连句韵③，"越、迈"首尾韵，祭部；"视尔"叠韵④，脂部；"荍、椒"连句韵，幽部；"南、方、绩"韵阙疑。

《东门之枌》三章，章四句。

【注释】

①错韵，第一章"仲"与"东"相协，句中第一、二字交错押韵。

②第三章"如"与"于"间句第三字押韵，与第二章"于"遥相押韵。

③连句韵，第三章"逝、迈"连句句尾相押。

④叠韵，第三章"视尔如荍"之"视尔"句首二字韵同叠押，为上叠韵。

衡门之下，可以栖迟。泌之洋洋，可以乐饥。
岂其食鱼，必河之魴？岂其取妻，必齐之姜？
岂其食鱼，必河之鲤？岂其取妻，必宋之子？

之、脂二部为经韵，阳、歌、至、鱼、侯五部为纬韵。

第一"之"与二"食"、后四"之"联章韵，第二"之"与二"以"四"其"联章韵，"鲤、子"间句韵，之部。"栖迟"叠韵，"迟、饥"与二"妻"韵①，四"岂"间句韵，"齐"线韵，脂部。

"衡"引韵，"洋洋"下同韵，下一"洋"与"鲂、姜"韵②，阳部；二"可"间句韵，二"河"正射韵，歌部；"泌"与四"必"韵，至部；"下"及二"鱼"正射韵，鱼部；"乐"与二"取"合韵，侯部；"门、宋"韵阙疑。

《衡门》三章，章四句。

【注释】

①第一章"迟、饥"间句句尾韵，与第二、三章"妻"遥韵。

②第二章"鲂、姜"间句句尾韵，与第一章"洋"间两句句尾相押。

　　　　东门之池，可以沤麻。彼美淑姬，可与晤歌。
　　　　东门之池，可以沤纻。彼美淑姬，可与晤语。
　　　　东门之池，可以沤菅。彼美淑姬，可与晤言。

歌部为经韵，之、鱼、幽、东、谆、脂、元七部为纬韵。

三"池"与"麻、歌"韵，三"彼"六"可"联章韵，歌部。

三"之"三"以"三"姬"皆正射韵，之部；三"与晤"中叠韵，"纻、语"间句韵，鱼部；三"沤"与三"淑"合韵①，幽部；三"东"正射韵，东部；三"门"正射韵，谆部；三"美"正射韵，脂部；"菅、言"间句韵，元部。

《东门之池》三章，章四句。

【注释】

①合韵，三"沤"与三"淑"连句第三字协韵相押。

　　　　东门之杨，其叶牂牂。昏以为期，明星煌煌。
　　　　东门之杨，其叶肺肺。昏以为期，明星晢晢。

阳、之二部为经韵，东、盍、歌、耕、谆、脂六部为纬韵。

二"杨"与句尾"牂、煌"韵，"牂牂、煌煌"下同间句韵①，二"明"正射韵，阳部；二"之、其"连句间字韵②，二"以、其"本句间字韵，之部。

二"东"正射韵，东部；二"叶"正射韵，盍部；二"为"正射韵，歌部；二"星"正射韵，耕部；二"门"二"昏"正射韵，谆部；"晢晢"与"肺肺"合韵，脂部。

《东门之杨》二章，章四句。

【注释】

①下同间句韵，"牂牂、煌煌"皆句尾同字同韵，为下同韵，又间隔一句互押。

②连句间字韵，上句"之"与下句"其"间隔一字押韵。

墓门有棘，斧以斯之。夫也不良，国人知之。知而不已，谁昔然矣。

墓门有梅，有鸮萃止。夫也不良，歌以讯之。讯予不顾，颠倒思予。

讯，《广韵》《楚辞章句》皆作谇。

之、鱼二部为经韵，谆、支、歌、阳、脂、宵六部为纬韵。

"棘、之、之、已、矣、梅、止、之"联章韵，句中二"有"与四"不"一"思"韵，"而不已"三叠韵①，"以、之"间字韵，"国、之""有、止"皆首尾韵②，之部；二"墓"二"夫"及"斧"韵，"昔"线韵，"予、顾"间字韵，"顾、予"连句韵，鱼部。

"人"与二"门"合韵，"颠"相合收韵，谆部；"斯、知"间句韵③，二"知"连句间字韵④，支部；二"也"正射韵，"歌"收韵，歌部；二"良"正射韵，阳部；"谁"起韵，"萃、谇"间句韵⑤，二"谇"连句间字韵⑥，脂部；"鸮、倒"间三句韵，宵部；"然"韵阙疑。

《墓门》二章，章六句。

【注释】

①三叠韵，第一章"知而不已"的"而不已"句尾三字相连韵相同，为下三叠韵。
②首尾韵，"国、之""有、止"皆本句句首与句尾相押。
③间句韵，第一章"斯、知"间隔一句第三字相押。
④连句间字韵，第一章二"知"连句间隔"之"押韵。
⑤间句韵，第二章"萃、谇"间隔一句第三字相押。
⑥连句间字韵，第二章二"谇"连句间隔"之"相押。

　　　防有鹊巢，邛有旨苕。谁侜予美？心焉忉忉。
　　　中唐有甓，邛有旨鹝。谁侜予美？心焉惕惕。

脂部为经韵，之、鱼、东、侵、宵、幽、元、支、阳九部为纬韵。
二"旨"正射韵，"谁、美"首尾韵，脂部。
四"有"错韵①，之部；"鹊"与二"予"韵②，鱼部；"中"与二"邛"合韵，东部；二"心"正射韵，侵部；"巢、苕"间句与"忉"韵，"忉忉"下同韵，宵部；二"侜"正射韵，幽部；二"焉"正射韵，元部；"甓、鹝"间句与"惕"韵，"惕惕"下同韵，支部；"防、唐"错射韵，阳部。

《防有鹊巢》二章，章四句。

【注释】

①错韵，第一章二"有"连句第二字韵，第二章二"有"第三、二字交错押韵。
②第一章"鹊"与"予"间句第三字押韵，又与二"予"遥相为韵。

　　　月出皎兮，佼人僚兮。舒窈纠兮，劳心悄兮。
　　　月出皓兮，佼人懰兮。舒忧受兮，劳心慅兮。
　　　月出照兮，佼人燎兮。舒夭绍兮，劳心惨兮。

支、宵二部为经韵，幽、祭、脂、真、鱼、侵六部为纬韵。

十二"兮"联章连句韵，支部；"皎、僚、悄"与"照、燎、绍、惨"隔章韵①，"夭绍"中叠韵，三"佼"三"劳"间句韵②，宵部。

"纠"与"皓、懰、受、慅"韵，"窈纠、懮受"皆中叠韵，幽部；三"月"正射韵，祭部；三"出"正射韵，脂部；三"人"正射韵，真部；三"舒"正射韵，鱼部；三"心"正射韵，侵部。

《月出》三章，章四句。

【注释】

①隔章韵，一章"皎、僚、悄"与三章"照、燎、绍、惨"隔章相押。

②间句韵，三"佼"三"劳"皆间隔一句句首相押。

　　　　胡为乎株林？从夏南。匪适株林，从夏南。
　　　　驾我乘马，说于株野。乘我乘驹，朝食于株。

鱼部为经韵，侯、侵、歌、东、蒸、脂六部为纬韵。

"乎"与二"夏"二"于"联章韵，"胡、乎"间字韵，"马、野"连句韵，鱼部。

句中三"株"连章韵，"驹、株"连句韵，侯部；"林"与二"南"韵，侵部；"为"与二"我"韵①，"驾我"叠韵，歌部；二"从"间句韵，东部；句中二"乘"间句同韵②，下二"乘"间字同韵③，蒸部；"说"与"匪"合韵，脂部；"适、朝食"韵阙疑。

《株林》二章，章四句。

【注释】

①第二章二"我"间句第二字同韵相押，与第一章首句"为"遥韵。

②间句同韵，第二章句中二"乘"间隔一句第三字同韵相押。

③间字同韵，第二章"乘我乘驹"之二"乘"为间字同韵相押。

　　　　彼泽之陂，有蒲与荷。有美一人，伤如之何。寤寐无为，涕泗滂沱。

彼泽之陂，有蒲与蕳。有美一人，硕大且卷。寤寐无为，中心悁悁。

彼泽之陂，有蒲菡萏。有美一人，硕大且俨。寤寐无为，辗转伏枕。

鱼、歌二部为经韵，之、脂、元、谈、侵、阳六部为纬韵。

三"泽"三"蒲"一"如"联章韵，二"与"二"且"三"无"联章韵，二"硕"与三"寤"韵，二、三章两"硕、且"两"寤、无"间字连句韵①，鱼部；三"陂"三"为"与"荷、何、沱"韵，三"彼、陂"首尾韵②，歌部。

四"之"遥韵，六"有"连句韵③，"伏"收韵，之部；二"大"与三"美"三"寐"合韵，"涕泗"叠韵，脂部；"蕳、卷、悁"间句韵，"悁悁"下同韵，"辗转"叠韵，元部；"菡萏"叠韵，"枕"与"萏、俨"合韵，谈部；"中"与"心"合韵，侵部；"伤、滂"错韵④，阳部。

《泽陂》三章，章六句。

【注释】

①间字连句韵，第二、三章二"硕、且"二"寤、无"皆本句间字押韵，又彼此连句互押。

②首尾韵，三"彼泽之陂"之"彼、陂"本句句首与句尾互押。

③连句韵，各章二"有"皆连句句首同字同韵互押。

④错韵，第一章"伤、滂"第一、三字交错押韵。

陈国十篇，二十六章，百二十四句。

桧

羔裘逍遥，狐裘以朝。岂不尔思？劳心忉忉。

羔裘翱翔，狐裘在堂。岂不尔思？我心忧伤。

羔裘如膏，日出有曜。岂不尔思？中心是悼。

宵、之二部为经韵，阳、鱼、脂、侵四部为纬韵。

"遥、朝、忉"与"膏、曜、悼"隔章韵①，三"羔"与"劳"韵，"逍遥"与"忉忉"韵②，"忧"与"翱"合韵，宵部；五"裘"三"不"联章韵，三"不、思"下间字韵③，"以、在、有"正射韵，"是"合韵，之部。

"翔、堂"间句与"伤"韵，阳部；二"狐"正射韵，"如"收韵，鱼部；三"岂、尔"间字韵④，"出"线韵，脂部；三"心"正射韵，"中"合韵，侵部；"我、日"韵阙疑。

《羔裘》三章，章四句。

【注释】

①隔章韵，第一章"遥、朝、忉"与第三章"膏、曜、悼"隔章句尾相押。

②第一章"逍遥"下叠韵，"忉忉"下同韵，又间隔两句句尾互押。

③下间字韵，三"岂不尔思"之"不、思"间隔"尔"句尾二字押韵，称下间字韵。

④间字韵，三"岂不尔思"之"岂、尔"间隔"不"句首二字押韵，属上间字韵类。

庶见素冠兮，棘人栾栾兮，劳心慱慱兮。

庶见素衣兮，我心伤悲兮，聊与子同归兮。

庶见素韠兮，我心蕴结兮，聊与子如一兮。

支部为经韵，鱼、元、脂、至、宵、侵、歌、阳、之九部为纬韵。

九"兮"联章韵，支部。

三"庶、素"一"与、如"皆间字韵①，二"与"正射韵，鱼部；"冠、栾、慱"连句韵，"栾栾、慱慱"中同韵②，三"见"正射韵，"蕴"合韵，元部；"衣、悲、归"连句韵，脂部；"韠、结、一"连句韵，至部；二"聊"与"劳"合韵，宵部；"人"与三"心"合韵，侵部；二"我"正射韵，歌部；"同"与"伤"合韵，阳部；"棘"起韵，二"子"正射韵，之部。

《素冠》三章，章三句。

【注释】

①间字韵，三"庶、素"间隔"见"押韵，为上间字韵；一"与、如"间隔"子"押韵，为中间字韵。

②中同韵，"栾栾、慱慱"属句中二字相连字同韵同情况。

　　　　隰有苌楚，猗傩其枝。夭之沃沃，乐子之无知。
　　　　隰有苌楚，猗傩其华。夭之沃沃，乐子之无家。
　　　　隰有苌楚，猗傩其实。夭之沃沃，乐子之无室。

之、鱼二部为经韵，宵、歌、之、至、缉、阳六部为纬韵。

三"有"三"子"与三上一"之"联章韵，三"其"与三下一"之"间句韵①，之部；三"楚"及三"无"韵，又及"华、家"韵，鱼部。三"夭"三"乐"连句韵②，三"夭、沃沃"间字三叠韵，宵部；三"傩"与三"猗"合韵，歌部；"枝、知"间句部③，支部；"实、室"间句韵，至部；三"隰"正射韵，缉部；三"苌"正射韵，阳部。

《隰有苌楚》三章，章四句。

【注释】

①间句韵，三"其"与三下一"之"间隔一句第三字押韵。

②连句韵，三"夭"三"乐"连句句首第一字押韵。

③案，"间句部"疑为"间句韵"之误。

　　　　匪风发兮，匪车偈兮。顾瞻周道，中心怛兮。
　　　　匪风飘兮，匪车嘌兮。顾瞻周道，中心吊兮。
　　　　谁能亨鱼，溉之釜鬵。谁将西归，怀之好音。

支、脂二部为经韵，侵、祭、宵、鱼、谈、幽、冬、之、阳九部为纬韵。

六"兮"联章韵，支部；四"匪"二"谁"与"溉、怀"联章韵，"西"与"谁、归"合韵，脂部。（惟汾谨案，"西"与"谁、归"同部，非合韵。）

二"风"与二"心"韵①，"鬻、音"间句韵，侵部；"怛"与"发、偈"合韵，祭部；"飘、嘌"间句与"吊"韵，宵部；二"车"正射韵，"鱼、釜"错韵②，鱼部；二"瞻"正射韵，谈部；二"周"与"好"韵，二"周道"叠韵，幽部；二"中"正射韵，冬部；"能"与二"之"韵，之部；"亨、将"错韵，阳部。

《匪风》三章，章四句。

【注释】

①第一、二章"风"与"心"间隔两句第二字相押。
②第三章"鱼、釜"连句第四、三字交错互押。

桧国四篇，十二章，四十五句。

曹

蜉蝣之羽，衣裳楚楚。心之忧矣，於我归处。
蜉蝣之翼，采采衣服。心之忧矣，於我归息。
蜉蝣掘阅，麻衣如雪。心之忧矣，於我归说。

之、幽二部为经韵，鱼、脂、歌、祭、侵五部为纬韵。

二上一"之"正射韵，三"之、矣"间字韵，"采采"上同韵，"翼、服、息"与三"矣"韵，之部；三"蜉蝣"正射韵，三"忧"正射韵，幽部。

"羽、楚"间句与"处"韵，三"於"正射韵，"楚楚"下同韵，"如"线韵，鱼部；三"归"正射韵，三"衣"错射韵①，脂部；三"我"正射韵②，"麻"线韵，歌部；"阅、雪"间句与"说"韵，"掘阅"叠韵③，祭部；三"心"正射韵，侵部。

《蜉蝣》三章，章四句。

【注释】

①错射韵，三"衣"分别是各章第二句的第一、第三和第二字，位置相近，交错互押，称错射韵。

②正射韵，三"我"皆为各章第四句的第二字，位置相同，字同韵同，称正射韵或正射同韵。

③叠韵，第三章"掘阅"句尾二字相连韵相同，为下叠韵。

彼候人兮，何戈与祋。彼其之子，三百赤芾。
维鹈在梁，不濡其翼。彼其之子，不称其服。
维鹈在梁，不濡其咮。彼其之子，不遂其媾。
荟兮蔚兮，南山朝隮。婉兮娈兮，季女斯饥。

之、脂二部为经韵，歌、侯、侵、支、鱼、阳、元七部为纬韵。

二"在"三"之"四"其"联章韵，三"其之子"三叠韵①，四"不、其"间字韵，"翼、服"三"子"韵，之部；"祋、芾"与"隮、饥"韵②，二"维鹈"正射韵，"遂"线韵，"荟、蔚"间字韵，"荟、季"间二句韵③，脂部。

四"彼"与"何"韵，"何戈"叠韵，歌部；"侯"与二"濡"韵，"咮、媾"间句韵，侯部；"三、南"遥韵④，"人"相合起韵，侵部；句尾三"兮"遥韵，后四"兮"间字间句韵⑤，"斯"收韵，支部；"与、赤"间句韵⑥，"百、女"隔章正射韵⑦，鱼部；二"梁"正射韵，阳部；"山"起韵，"婉、娈"间字韵，元部。

《侯人》四章，章四句。

【注释】

①三叠韵，三"其之子"句尾三字相连韵相同，属下三叠韵类。

②第一章"祋、芾"与第四章"隮、饥"间隔两章位置相同相押，为隔章正射韵。

③间二句韵，第四章"荟、季"间隔两句句首第一字相押。

④遥韵，第一章"三"与第四章"南"间隔第二、三章句首遥押，

属隔章遥韵类。

⑤间字间句韵，四章"荟兮蔚兮""婉兮娈兮"之本句二"兮"间字韵，又间隔一句互押。

⑥间句韵，第一章"与、赤"间隔一句第三字相押。

⑦隔章正射韵，第一章第四句"百"与第四章第四句"女"第二字相押。

鸤鸠在桑，其子七兮。淑人君子，其仪一兮。其仪一兮，心如结兮。

鸤鸠在桑，其子在梅。淑人君子，其带伊丝。其带伊丝，其弁伊骐。

鸤鸠在桑，其子在棘。淑人君子，其仪不忒。其仪不忒，正是四国。

鸤鸠在桑，其子在榛。淑人君子，正是国人。正是国人，胡不万年？

之部为经韵，幽、脂、阳、支、谆、歌、至、真、祭、耕十部为纬韵。

十一"其"联章韵，句尾四"子"二"丝"二"忒"与"梅、骐、棘、国"联章韵，句中四"子"与后一"不"韵，七"在"与二"不"二"国"韵，之部。

四"鸠"四"淑"皆正射韵，幽部；四"鸤"正射韵，三"伊"与"四"韵①，脂部；四"桑"正射韵，阳部；三"兮"连句韵，三"是"遥韵②，支部；四"君"正射韵，谆部；四"仪"皆连句韵③，歌部；二"一"与"七、结"韵④，至部；二"人"与"榛、年"韵，真部；二"带"连句韵，"万"收韵，祭部；三"正"遥韵，耕部；"如、弁、胡"韵阙疑。

《鸤鸠》四章，章六句。

【注释】

①第二章三"伊"连句第三字同韵相押，与第四章末句"四"遥韵。

②第四章二"是"连句第二字相押，与第三章末句"是"遥韵。

③连句韵，第一、三章二"仪"皆连句第二字押韵。

④第一章二"一"连句同韵，与末句"结"连句第三字相押，又与第二句"七"间句第三字相押。

  冽彼下泉，浸彼苞稂。忾我寤叹，念彼周京。
  冽彼下泉，浸彼苞萧。忾我寤叹，念彼京周。
  冽彼下泉，浸彼苞蓍。忾我寤叹，念彼京师。
  芃芃黍苗，阴雨膏之。四国有王，郇伯劳之。

  歌、侵二部为经韵，鱼、脂、阳、幽、元、宵、之七部为纬韵。

  三"我"九"彼"联章韵，歌部；三"浸"三"念"与"芃、阴"联章韵，"郇"合韵，"芃芃"上同韵，侵部。

  三"下"三"寤"一"黍"联章韵，"雨、伯"间句韵①，鱼部；三"冽"与三"忾"一"四"合韵，"蓍、师"间句韵，脂部；"稂、京"间句韵，句中二"京"正射韵，阳部；三"苞"与句中"周"韵②，"萧、周"间句韵，幽部；三"泉"三"叹"间句韵，元部；"苗"与"膏、劳"错韵③，宵部；二"之"间句韵，"国有"叠韵，之部。

  《下泉》四章，章四句。

【注释】

①间旬韵，案，此处"间旬韵"应为"间句韵"之误。第四章"雨、伯"间句第二字押韵。

②第一、二、三章三"苞"正射相押，第一章"苞"与"周"间句第三字相押，又与第二、三章"苞"遥韵。

③错韵，"苗"与"膏、劳"第四、三字交错互押。

          曹国四篇，十五章，六十八句。

豳

七月流火，九月授衣。一之日觱发，二之日栗烈。无衣无褐，何以卒岁？三之日于耜，四之日举趾。同我妇子，馌彼南亩。田畯至喜。

七月流火，九月授衣。春日载阳，有鸣仓庚。女执懿筐，遵彼微行，爰求柔桑。春日迟迟，采蘩祁祁。女心伤悲，殆及公子同归。

七月流火，八月萑苇。蚕月条桑，取彼斧斨，以伐远扬，猗彼女桑。七月鸣鵙，八月载绩。载玄载黄，我朱孔阳，为公子裳。

四月秀葽，五月鸣蜩。八月其获，十月陨萚。一之日于貉，取彼狐狸，为公子裘。二之日其同，载缵武功。言私其豵，献豜于公。

五月斯螽动股，六月莎鸡振羽。七月在野，八月在宇，九月在户，十月蟋蟀入我床下。穹窒熏鼠，塞向墐户。嗟我妇子，曰为改岁，入此室处。

六月食郁及薁，七月亨葵及菽。八月剥枣，十月获稻。为此春酒，以介眉寿。七月食瓜，八月断壶，九月叔苴。采荼薪樗，食我农夫。

九月筑场圃，十月纳禾稼。黍稷重穋，禾麻菽麦。嗟我农夫，我稼既同，上入执宫功。昼尔于茅，宵尔索绹。亟其乘屋，其始播百谷。

二之日凿冰冲冲，三之日纳于凌阴。四之日其蚤，献羔祭韭。九月肃霜，十月涤场。朋酒斯飨，曰杀羔羊。跻彼公堂，称彼兕觥，万寿无疆！

此篇例同雅颂。"三、十、月"联章韵，一章"发、烈、褐、岁"连句韵[①]，五章"曰、岁"首尾韵[②]，祭部；三"火"二"衣"与二章"迟、祁、悲、归"、三章"苇"韵[③]，脂部；一章"耜、趾、子、亩、喜"与四章"狸、裘"、五章"子"、七章"麦"韵，之部；二章"阳、庚、筐、行、桑"与三章"桑、斨、扬、桑、黄、扬、裳"、八章"霜、场、飨、羊、堂、觥、疆"韵，阳部；三章"鵙、绩"连句韵，支部；四章"葽"与"蜩"相合与六章"薁、菽、枣、稻、酒、寿"、七章"穋、茅、绹"、八章"蚤、韭"韵，幽部；四章"获、萚、貉"及五章

"股、羽、野、宇、户、下、鼠、户",六章"瓜、壶、苴、樗、夫"韵,鱼部;四章"同、功、豵、公"与七章"同、功"韵,东部;八章"冲"与"阴"合韵④,侵部。

《七月》八章,章十一句。

【注释】

①连句韵,第一章"发、烈、褐、岁"为连句句尾相押。

②首尾韵,第五章"曰为改岁"之"曰、岁"本句首尾二字互押。

③此为多章数句押同一韵部的情况。

④合韵,第八章"冲"与"阴"连句叶韵相押。

鸱鸮鸱鸮,既取我子,无毁我室。恩斯勤斯,鬻子之闵斯。
迨天之未阴雨,彻彼桑土,绸缪牖户。今此下民,或敢侮予。
予手拮据,予所捋荼,予所蓄租。予口卒瘏,曰予未有室家。
予羽谯谯,予尾翛翛,予室翘翘。风雨所漂摇,予维音哓哓。

鱼、宵二部为经韵,支、脂、歌、之、谆、侵、幽、至八部为纬韵。

"鬻"及"无"合韵,"侮"及"下"合韵,"雨、土、户、予"及"据、荼、租、瘏、家"联章韵,九"予"联章韵,二"所"连句韵,"羽、雨"间二句韵①,"取"相合起韵,鱼部;二"鸮"间字同韵②,"谯谯、翛翛、翘翘、哓哓"与"漂摇"连句韵③,宵部。二"鸱"间字同韵,上二"斯"间字同韵,下二"斯"连句同韵④,支部;"既"起韵,"毁、未、此、未、尾、维"遥韵,脂部;二"我"连句韵,"彼"收韵,歌部;"室"与"子"合韵,"彻"与"迨、或"合韵,"子之"叠韵,"迨、之"间字韵,"有"收韵,之部;"恩、勤"间字韵,"勤、闵"连句韵⑤,谆部;"天"与"阴"合韵,"民"与"今"合韵,"风、音"错韵⑥,侵部;"绸缪牖"三叠韵,"口"与"手"合韵,幽部;"拮、室"间三句韵⑦,后一"室"收韵,至部;"桑、敢"韵阙疑。

《鸱鸮》四章,章五句。

【注释】

①间二句韵，第四章"羽、雨"间隔两句第二字押韵。

②间字同韵，"鸥鹎鸥鹎"之二"鹎"间隔一字同韵相押。

③连句韵，第四章"谯谯、翛翛、翘翘、哓哓"皆句尾下同韵，又与"漂摇"连句句尾相押。

④连句同韵，第一章"恩斯勤斯，鬻子之闵斯"之上二"斯"间字同韵，下二"斯"连句句尾同韵相押。

⑤连句韵，第一章"勤、闵"连句第三、四字交错押韵。

⑥错韵，第四章"风、音"连句第一、三字交错相押。

⑦间三句韵，第三章"拮、室"间隔三句第三、五字交错互押。

我徂东山，慆慆不归。我来自东，零雨其濛。我东曰归，我心西悲。制彼裳衣，勿士行枚。蜎蜎者蠋，烝在桑野。敦彼独宿，亦在车下。

我徂东山，慆慆不归。我来自东，零雨其濛。果臝之实，亦施于宇。伊威在室，蠨蛸在户。町畽鹿场，熠耀宵行。不可畏也，伊可怀也。

我徂东山，慆慆不归。我来自东，零雨其濛。鹳鸣于垤，妇叹于室。洒扫穹窒，我征聿至。有敦瓜苦，烝在栗薪。自我不见，于今三年。

我徂东山，慆慆不归。我来自东，零雨其濛。仓庚于飞，熠耀其羽。之子于归，皇驳其马。亲结其缡，九十其仪。其新孔嘉，其旧如之何？

鱼部为经韵，余部未尽入韵。

一章"野、下"、二章"宇、户"、三章"苦"、四章"羽、马"联章韵，四"徂"与"雨"间二句韵，一章"者、车"及三章"于、于、瓜"、四章"于、于、如"韵，一章"亦、车下"与第二章"亦、于宇"皆间字三叠韵，句首"于"线韵，鱼部。

句尾四"东"四"濛"连句韵，东部；四"山"与"见"韵，元韵①；六"归"与"悲、衣、枚、飞"韵②，"畏、怀"联句韵③，"伊威"叠韵，脂部；"蠋"与"宿"合韵，"蛸、蠨"合韵，幽部；"实、室"与"垤、室、窒、至"韵，至部；"场、行"连句韵，"仓庚"叠韵④，阳部；二"也"与"缡、仪、嘉、何"韵⑤，"果臝"叠韵，歌部;"薪、年"间句韵,真部。

《东山》四章,章十二句。

【注释】

①四"山"与"见"连章相押,属联章韵类。案,此处"元韵"应为"元部"之误。

②六"归"与"悲、衣、枚、飞"亦属联章韵类。

③联句韵,第二章"畏、怀"连句第三字相押。

④叠韵,第四章"仓庚"句首二字相连韵相同。

⑤第二章二"也"与第四章"裯、仪、嘉、何"句尾遥韵。

既破我斧,又缺我斨。周公东征,四国是皇。哀我人斯,亦孔之将。

既破我斧,又缺我錡。周公东征,四国是吪。哀我人斯,亦孔之嘉。

既破我斧,又缺我銶。周公东征,四国是遒。哀我人斯,亦孔之休。

歌、东二部为经韵,脂、阳、幽、之、鱼、支、祭、耕、真九部为纬韵。

三"破"与三下一"我"韵①,三上二"我"连句韵②,"錡、吪、嘉"间句韵,歌部;三"公"间二句与三"孔"韵③,三"公东"叠韵④,东部。

三"既"间二句与三"四"三"哀"韵⑤,脂部;"斨、皇、将"间句韵,阳部;"銶、遒、休"间句韵,三"周"正射韵,幽部;三"又"三"国"三"之"皆正射韵,之部;三"斧"三"亦"皆正射韵,鱼部;三"是"三"斯"皆正射韵,支部;三"缺"正射韵,祭部;三"征"正射韵,耕部;三"人"正射韵,真部。

《破斧》三章,章六句。

【注释】

①三"既破我斧"之"破"与三"哀我人斯"之"我"间隔三句第

二字押韵。

②连句韵，三上二"我"连句间隔三字同韵互押。

③三"公"间隔两句与三"孔"第二字相押。

④叠韵，三"公东"句中二字相连韵相同，属中叠韵类。

⑤三"四"三"哀"连句句首押韵，又与三"既"间隔两句相押。

    伐柯如何？匪斧不克。取妻如何？匪媒不得。
    伐柯伐柯，其则不远。我遘之子，笾豆有践。

歌、之二部为经韵，祭、鱼、脂、元、侯五部为纬韵。

三"柯"与上一"何"间字正射韵，二"何"与下一"柯"连章间句韵①，"我"收韵，歌部；三"不"与"之、有"连章韵，"克、得"与"子"韵②，"媒不得""其则不"皆三叠韵③，之部。

二"伐"正射韵，祭部；二"如"间句韵，"斧"线韵，鱼部；二"匪"间句韵④，"妻"线韵，脂部；"远、践"间句韵，"笾"合韵，元部；"取"起韵，"遘、豆"连句韵⑤，侯部。

《伐柯》二章，章四句。

【注释】

①连章间句韵，第一章二"何"间句句尾韵，又与第二章首句句尾"柯"押韵。

②第一章"克、得"间句句尾韵，又与第二章"子"间隔两句句尾相押。

③三叠韵，第一章"媒不得"句尾三字相连韵相同，为下三叠韵；第二章"其则不"句首三字相连韵相同，为上三叠韵。

④间句韵，第一章二"匪"间隔一句句首相押。

⑤连句韵，第二章"遘、豆"连句第二字互押。

    九罭之鱼，鳟鲂。我遘之子，衮衣绣裳。
    鸿飞遵渚，公归无所，於女信处。
    鸿飞遵陆，公归不复，於女信宿。
    是以有衮衣兮，无以我公归兮，无使我心悲兮！

鱼、脂二部为经韵，幽、之、支、东、谆、歌、真七部为纬韵。

"鱼"及"渚、所、处"遥韵，"无所"二"於女"皆叠韵①，下二"无"连句韵②，鱼部；上一"衣"与二"飞"二"归"韵，"衣、归、悲"连句韵，脂部。

"遘"与"九、绣"合韵，"陆、复、宿"连句韵，幽部；"罴之""之子"皆叠韵，"不"线韵，二"以"与"使"连句韵③，之部；"是、兮"首尾韵④，三"兮"连句韵，支部；二"鸿"二"公"连句韵，后一"公"收韵，东部；上一"衮"与"鳟"合韵，二"遵"正射韵，后一"衮"收韵，谆部；三"我"遥韵，歌部；"心"与二"信"合韵，真部。（师培案，"心、信"非合韵。）

《九罴》四章，一章四句，三章章三句。

【注释】

①叠韵，第二章"无所"句尾二字相连韵相同，为下叠韵。第二、三章"于女"句首二字相连韵相同，为上叠韵。

②连句韵，第四章二"无"连句句首同韵相押。

③连句韵，第四章二"以"与"使"连句第二字押韵。

④首尾韵，第四章"是以有衮衣兮"之"是、兮"本句句首与句尾互押。

狼跋其胡，载疐其尾。公孙硕肤，赤舄几几。
狼疐其尾，载跋其胡。公孙硕肤，德音不瑕。

鱼、之二部为经韵，阳、东、祭、至、脂、谆六部为纬韵。

二"胡"二"肤"一"瑕"联章韵，二"硕肤"及"赤舄"皆叠韵①，鱼部；四"其"与"不"联章韵，二"载"与"德"韵②，之部。

二"狼"正射韵，阳部；二"公"正射韵，东部；二"跋"遥韵，祭部；二"疐"遥韵，至部；二"尾"与"几"韵③，"几几"下同韵④，脂部；"音"与二"孙"合韵，谆部。（师培案，"孙、音"非合韵。）

《狼跋》二章，章四句。

【注释】

①叠韵，二"硕肤"句尾二字相连韵相同，为下叠韵；"赤舄"句首二字韵相同，为上叠韵。

②二"载"正射相押，第二章"载"与"德"间句句首押韵。

③第一章"尾"与"几"间句句尾韵，又与第二章"尾"构成连章连句句尾韵。

④下同韵，第一章"几几"句尾二字相连字同韵同互押，称下同韵。

豳国七篇，二十七章，二百三句。

毛诗正韵卷二终
双流黄启良校

《毛诗正韵》卷三

小　雅

　　呦呦鹿鸣，食野之苹。我有嘉宾，鼓瑟吹笙。吹笙鼓簧，承筐是将。人之好我，示我周行。

　　呦呦鹿鸣，食野之蒿。我有嘉宾，德音孔昭。视民不恌，君子是则是傚。我有旨酒，嘉宾式燕以敖。

　　呦呦鹿鸣，食野之芩。我有嘉宾，鼓瑟鼓琴。鼓瑟鼓琴，和乐且湛。我有旨酒，以燕乐嘉宾之心。

　　三"鸣"与"苹、笙"韵，耕部；"簧、将"间句与"行"韵，阳部；"蒿"与"昭、恌、傚、敖"韵①，宵韵；"芩"与"琴、琴、湛、心"韵，侵部；三"宾"正射韵，真部；二"酒"正射韵，幽部；一章下二"我"连句间字韵②，歌部。

　　《鹿鸣》三章，章八句。

【注释】

　　①第二章"昭、恌、傚"连句句尾押韵，又与"蒿、敖"间句句尾相押。

　　②连句间字韵，第一章下二"我"间隔"示"连句同韵互押。

　　四牡騑騑，周道倭迟。岂不怀归？王事靡盬，我心伤悲。
　　四牡騑騑，啴啴骆马。岂不怀归？王事靡盬，不遑启处。
　　翩翩者鵻，载飞载下，集于苞栩。王事靡盬，不遑将父。

翩翩者鵻，载飞载止，集于苞杞。王事靡盬，不遑将母。
驾彼四骆，载骤骎骎。岂不怀归？是用作歌，将母来谂。

此篇例同国风。鱼、脂二部为经韵，幽、之、阳、歌、侵、元、真、缉七部①为纬韵。

"马、处、下、栩、父、骆"与四"盬"连章韵，"骆马"叠韵，二"者"二"于"皆正射韵，"作"收韵，鱼部；二"骓"二"鵻"三"归"与"迟、悲"连章韵，"倭"与"迟"合韵，句中"启、四"与三"怀"韵，二"四、骓骓"与三"岂、怀归"韵②，二"飞"正射韵，脂部。

二"牡"二"苞"皆正射韵，"周道"叠韵，"骤"合为收韵，幽部；句中二"不"与四"事"韵③，句首三"不"与三"载"韵④，"止、杞"间句与"母"韵，上四"载"间字韵，"母来"叠韵，之部；四"王"正射韵，二"遑将"叠韵，"用"与后一"将"相合错韵⑤，阳部；"靡、我"连句间字韵⑥，四"靡"正射韵，"驾彼"叠韵，歌收韵，歌部；"心"起韵，"骎骎"下同韵，"骎、谂"间二句韵⑦，侵部；"啴啴"上同韵，元部；二"翩"上同韵，真部；二"集"正射韵，缉部。

《四牡》五章，章五句。

【注释】

①七部，案，此处"七部"应为"八部"之误。

②二"四、骓骓"、三"岂、怀归"皆为间字三叠韵，又间句句尾相押。

③案，此处"句中二不"应为"句中三不"，指三"岂不怀归"之"不"，与四"事"连句、连章押韵。

④句首三"不"与三"载"间句句首相押。

⑤错韵，第五章"用"与后一"将"连句第二、一字交错叶韵相押。

⑥间字韵，第一章"王事靡盬，我心伤悲"的"靡、我"间隔"盬"连句押韵。

⑦间二句韵，第五章"骎、谂"间隔两句句尾相押。

皇皇者华，于彼原隰。駪駪征夫，每怀靡及。
我马维驹，六辔如濡。载驰载驱，周爰咨诹。
我马维骐，六辔如丝。载驰载驱，周爰咨谋。
我马维骆，六辔沃若。载驰载驱，周爰咨度。
我马维骃，六辔既均。载驰载驱，周爰咨询。

此篇例同国风。鱼、脂二部为经韵。"华、夫"及"骆、若、度"韵，四"马"及二"如"皆正射韵，"沃"合韵，"者华、于"连句三叠韵①，鱼部；"怀"与四"辔"韵，四"维"四"咨"韵②，脂部。

"皇皇"上同韵，阳部；"彼、靡"错韵，四"我"四"驰"正射韵，歌部；"原"起韵，四"爰"正射韵，元部；"隰、及"间句韵，缉部；"驹、濡、诹"与四"驱"韵，侯部；四"六"四"周"间句韵③，幽部；"每"起韵，八"载"间字同韵④，之部；"骃、均"间句与"询"韵，真部。

《皇皇者华》五章，章四句。

【注释】

①三叠韵，第一章上句句尾"者华"与下句句首"于"连句三字相连韵相同。

②四"维"四"咨"间隔两句第三字相押。

③间句韵，四"六"四"周"间隔一句句首押韵。

④间字同韵，四"载驰载驱"之"载"间隔"驰"同韵相押。

常棣之华，鄂不韡韡。凡今之人，莫如兄弟。
死丧之威，兄弟孔怀。原隰裒矣，兄弟求矣。
脊令在原，兄弟急难。每有良朋，况也永叹。
兄弟阋于墙，外御其务。每有良朋，烝也无戎。
丧乱既平，既安且宁。虽有兄弟，不如友生。
傧尔笾豆，饮酒之饫。兄弟既具，和乐且孺。
妻子好合，如鼓瑟琴。兄弟既翕，和乐且湛。
宜尔室家，乐尔妻帑。是究是图，亶其然乎！

"韡、弟、威、怀"遥与五章"弟"韵，脂部；"华"遥与八章"家、帑、图、乎"韵，"务"及"御"相合间字韵，鱼部；"人"与"凡今"合间字韵①，侵部；"哀、求"连句韵②，幽部；二"矣"连句韵，之部；"原、难"间句与"叹"韵，元部；二"朋"一"戎"，蒸、冬合韵③；四章"兄、墙"首尾韵④，阳部；"平、宁"间句与"生"韵，耕部；"饫"与"豆、具、孺"合韵，侯部；"合、翕"间句韵，缉部；"琴、湛"间句韵，侵部。（葛昂若曰，句首三"兄"一"况"韵。）
《常棣》八章，章四句。

【注释】

①间字韵，第一章"凡今之人"之"人"与"凡今"叶韵，属间字三叠韵类。

②连句韵，第二章"哀、求"连句第三字押韵。

③第三、四章二"朋"连章间三句韵，"朋"与"戎"连句句尾韵，蒸、冬二部合韵相押。

④首尾韵，第四章"兄弟阋于墙"之"兄、墙"本句首尾相押。

伐木丁丁，鸟鸣嘤嘤。出自幽谷，迁于乔木。嘤其鸣矣，求其友声。相彼鸟矣，犹求友声。矧伊人矣，不求友生。神之听之，终和且平。

伐木许许，酾酒有藇。既有肥羜，以速诸父。宁适不来？微我弗顾。于粲洒埽，陈馈八簋。既有肥牡，以速诸舅。宁适不来？微我有咎。

伐木于阪，酾酒有衍。笾豆有践，兄弟无远。民之失德，乾糇以愆。有酒湑我，无酒酤我。坎坎鼓我，蹲蹲舞我。迨我暇矣，饮此湑矣。

"丁、嘤"与"声、声、生、平"韵，又与"鸣、听"错韵，耕部；"谷、木"连句韵，侯部；"乔"与下一"鸟"间二句韵①，宵部；"矧、人"上间字韵②，真部；五"矣"二"来"与"德"连章韵，之部；"许、藇、羜、父、顾"遥及"湑、酤、舞、暇、湑"错韵③，鱼部；

"埽、篾、牡、舅"间句与"咎"韵，幽部；"阪、衍、践、远"间句与"愆"韵，元部；四"我"连句韵④，歌部。

《伐木》三章，章十二句。

【注释】

①第一章"乔"与下一"鸟"间两句韵第三字相押。

②上间字韵，"矧伊人矣"之"矧、人"句首间隔一字押韵。

③错韵，第二章"许、蓺、羜、父、顾"与第三章"湑、酤、舞、暇、湑"间隔数句第四、三字互押。

④连句韵，第三章四"我"连句句尾同韵相押。

天保定尔，亦孔之固。俾尔单厚，何福不除？俾尔多益，以莫不庶。

天保定尔，俾尔戬榖。罄无不宜，受天百禄。降尔遐福，维日不足。

天保定尔，以莫不兴。如山如阜，如冈如陵，如川之方至，以莫不增。

吉蠲为饎，是用孝享。禴祠烝尝，于公先王。君曰卜尔，万寿无疆。

神之吊矣，诒尔多福。民之质矣，日用饮食。群黎百姓，遍为尔德。

如月之恒，如日之升。如南山之寿，不骞不崩。如松柏之茂，无不尔或承。

句尾四"尔"连章韵，脂部；"固、除、庶"间句韵，鱼部；"厚"与"榖、禄、足"韵，侯部；"俾、益"首尾韵①，支部；"宜、至"与二章"福"四章"饎"五章"矣、福、矣、食、德"合韵，之部；"兴、陵、增"与"恒、升、崩、承"遥韵②，蒸部；"阜"与"寿、茂"遥韵，"吊"相合错韵，幽部；"享"与"尝、王、疆"韵，阳部；三"定"与"姓"遥为错韵③，耕部。（葛昂若曰，"神、民、遍"韵，卒章四"如""无"韵）

《天保》六章，章六句。

【注释】

①首尾韵，第一章"俾尔多益"之"俾、益"本句首尾互押。

②遥韵，第三章"兴、陵、增"间句句尾韵，又与第六章"恒、升、崩、承"遥相为韵。

③错韵，三"天保定尔"之"定"与第五章"姓"第三、四字交错遥押。

采薇采薇，薇亦作止。曰归曰归，岁亦莫止。靡室靡家，狁之故；不遑启居，狁之故。

采薇采薇，薇亦柔止。曰归曰归，心亦忧止。忧心烈烈，载饥载渴。我戍未定，靡使归聘。

采薇采薇，薇亦刚止。曰归曰归，岁亦阳止。王事靡盬，不遑启处。忧心孔疚，我行不来。

彼尔维何？维常之华。彼路斯何？君子之车。戎车既驾，四牡业业。岂敢定居，一月三捷。

驾彼四牡，四牡骙骙。君子所依，小人所腓。四牡翼翼，象弭鱼服。岂不日戒？狁孔棘。

昔我往矣，杨柳依依。今我来思，雨雪霏霏。行道迟迟，载渴载饥。我心伤悲，莫知我哀！

三"薇"三"归"与"骙、依、腓、依、霏、迟、饥、悲、哀"连章韵，脂部；六"止"与"疚、来、翼、服、戒、棘、矣、思"连章韵，之部；"作、莫"及"家、故、居、故、盬、处、华、车、居"连章错韵①，鱼部；句中"柔、忧"与句尾"牡"遥为错韵②，幽部；"烈、渴"祭部，"定、聘"耕部，皆连句韵；"刚、阳"遥与六章"往、伤"韵，阳部；"何、何、驾"间句韵，歌部；"业、捷"间句韵，盍部。

《采薇》六章，章八句。

173

【注释】

①连章错韵,第一章"作、莫"间句第三字押韵,又与本章"家、故、居、故"及第三、四章"盬、处、牙、车、居"第三、四字交错相押。

②遥为错韵,第二章"柔、忧"间句第三字押韵,又与第五章"驾彼四牡"句尾"牡"第三、四字交错遥押。

我出我车,于彼牧矣。自天子所,谓我来矣。召彼仆夫,谓之载矣。王事多难,维其棘矣。

我出我车,于彼郊矣。设此旐矣,建彼旄矣。彼旟旐斯,胡不旆旆?忧心悄悄,仆夫况瘁。

王命南仲,往城于方。出车彭彭,旂旐央央。天子命我,城彼朔方。赫赫南仲,玁狁于襄。

昔我往矣,黍稷方华。今我来思,雨雪载途。王事多难,不遑启居。岂不怀归?畏此简书。

喓喓草虫,趯趯阜螽。未见君子,忧心忡忡。既见君子,我心则降。赫赫南仲,薄伐西戎。

春日迟迟,卉木萋萋。仓庚喈喈,采蘩祁祁。执讯获丑,薄言还归。赫赫南仲,玁狁于夷。

一章"车、所、夫"、二章"车"、四章"华、途、居、书"连章韵,鱼部;"牧、来、载、棘"间句韵①,八"矣"二"子"一"思"连章韵,"斯"合韵,之部;"郊、旐、旄"与"悄"韵②,宵部;"旆、瘁"与"归、迟、萋、喈、祁、归、夷"韵,脂部;"虫、螽、忡、降、戎"与三"仲"韵,冬部;"方、彭、央"与"方、襄"韵,四章"往、方"连句韵③,阳部;二"难"遥韵④,元部;"草、阜"与"丑"遥为错韵⑤,幽部。

《出车》六章,章八句。

【注释】

①间句韵,第一章"牧、来、载、棘"间句第三字韵。

②第二章"郊、旐、旄"连句第三字押韵,与"悄"间隔两句押韵。

③连句韵,第四章"往、方"连句第三字押韵。

④遥韵,第一章"王事多难"与第四章"王事多难"之二"难"间隔两章同韵相押。

⑤遥为错韵,第五章"草、阜"连句第三字押韵,又与第六章"醜"第三、四字交错押韵。

有杕之杜,有睆其实。王事靡盬,继嗣我日。日月阳止,女心伤止,征夫遑止。

有杕之杜,其叶萋萋。王事靡盬,我心伤悲。卉木萋止,女心悲止,征夫归止。

陟彼北山,言采其杞。王事靡盬,忧我父母。檀车幝幝,四牡痯痯,征夫不远。

匪载匪来,忧心孔疚。斯逝不至,而多为恤。卜筮偕止,会言近止,征夫迩止。

此篇例同国风。九"止"与"杞、母、来、疚"连章韵,之部;二"杜"及三"盬"韵,鱼部;"实、日"与"至、恤"遥韵①,至部;"阳、伤、遑"连句韵,阳部;"萋、悲"与"萋、悲、归、偕、迩"错韵②,"近"合韵,脂部;"山"间三句与"幝、痯、远"韵③,元部。

《杕杜》四章,章七句。

【注释】

①遥韵,第一章"实、日"间句句尾韵,第四章"至、恤"连句句尾韵,又彼此句尾遥相押韵。

②错韵,第二章"萋、悲"间句句尾韵,与本章"萋、悲、归"及第四章"偕、迩"第四、三字交错互押。

③第三章"幝、痯、远"连句句尾韵,又与首句"山"间隔三句句尾互押。

南陔

鹿鸣之什十篇，一篇无辞，凡四十六章，二百九十七句。

白 华

华 黍

鱼丽于罶，鲿鲨。君子有酒，旨且多。
鱼丽于罶，鲂鳢。君子有酒，多且旨。
鱼丽于罶，鰋鲤。君子有酒，旨且有。
物其多矣，维其嘉矣。
物其旨矣，维其偕矣。
物其有矣，维其时矣。

此篇例同国风。三"子"六"其"连章韵，句中四"有"一"时"连章韵，"鲤、有"与六"矣"连章韵，之部；三"丽"与"鲨"韵，"鲨、多"与"多、嘉"韵①，歌部；"鳢、旨"与"旨、偕"韵，三"物"与句首二"旨"三"维"合韵，脂部；三"罶"三"酒"连章间句韵，幽部；三"鱼、于、友"、三"且"间二句韵②，鱼部；"鲿、鲂"正射韵，阳部；"鰋"与三"君"合韵，谆部。
《鱼丽》六章，三章章四句，三章章二句。

【注释】

①第一章"鲨、多"间句句尾韵，第四章"多、嘉"连句第三字押韵，又彼此隔章遥韵。

②三"鱼、于"本句间隔一字互押，三"有"与三"且"连句间隔二字押韵，"鱼、于"与"友"间句第三字相押。

由 庚

南有嘉鱼，烝然罩罩。君子有酒，嘉宾式燕以乐。
南有嘉鱼，烝然汕汕。君子有酒，嘉宾式燕以衎。
南有樛木，甘瓠累之。君子有酒，嘉宾式燕绥之。
翩翩者鵻，烝然来思。君子有酒，嘉宾式燕又思。

此篇例同国风。三上一"有"与四"子"连章韵，四下一"有"与四"式"连章韵，二"以"与"来、又"遥韵，二"之"与二"思"韵，之部；三"然"与四"燕"连章间句韵①，"汕汕"下同韵，"汕、衎"间句韵，元部；上二"嘉"下四"嘉"皆正射韵，歌部；四"酒"正射韵，"木"合韵，幽部；"翩翩"上同韵，下一"翩"与四"宾"韵，真部；二"鱼"正射韵，鱼部；"累、绥"与"鵻"错韵②，脂部；"罩罩"下同韵，"罩、乐"间句韵，宵部；"甘"与三"南"合韵，侵部；三"烝"正射韵，蒸部。

《南有嘉鱼》四章，章四句。

【注释】

①连章间句韵，第一、二、四章三"然"与本章"燕"间隔一句第二、四字押韵，与第三章"燕"构成连章间句韵。

②错韵，第三章"累、绥"间句第三、四字交错押韵，与第四章"鵻"句尾错押。

崇 丘

南山有台，北山有莱。乐只君子，邦家之基。乐只君子，万寿无期。

南山有桑，北山有杨。乐只君子，邦家之光。乐只君子，万寿无疆。

南山有杞，北山有李。乐只君子，民之父母。乐只君子，德音不已。

南山有栲，北山有杻。乐只君子，遐不眉寿。乐只君子，德音是茂。

南山有枸，北山有楰。乐只君子，遐不黄耇。乐只君子，保艾尔后。

此篇例同国风。十"子"与"台、莱、基、期、杞、李、母、已"连章韵，十"有"与一二章两"之"、三章一"不"连章韵，"是"合韵，五"北"与二"德"韵①，三章"之"、四五章二"不"正射韵②，之部；"桑、杨"与"光、疆"韵，阳部；"栲、杻"与"寿、茂"韵，幽部；"枸、楰"与"耇、后"韵，侯部。

《南山有台》五章，章六句。

【注释】

①五"北"正射韵，第三、四章"德"与"北"间隔三句句首互押，又与其他各章"北"构成连章间句韵。

②正射韵，第三章"之"与第四、五章二"不"以之部相押，又位于章节相同位置，称正射韵。

由　仪

蓼彼萧斯，零露湑兮。既见君子，我心写兮。燕笑语兮，是以有誉处兮。

蓼彼萧斯，零露瀼瀼。既见君子，为龙为光。其德不爽，寿考不忘。

蓼彼萧斯，零露泥泥。既见君子，孔燕岂弟。宜兄宜弟，令德寿岂。

蓼彼萧斯，零露浓浓。既见君子，鞗革冲冲。和鸾雝雝，万福攸同。

此篇例同国风。四"蓼、萧"上间字韵①，"寿考"叠韵，幽部；四"斯"与四"兮"韵，支部；四"子"正射韵，之部；"湑"间句及"写、语、处"韵②，鱼部；"瀼"间句与"光、爽、忘"韵，阳部；"泥"间句与"弟、弟、岂"韵，脂部；"冲"与"浓、雕、同"合韵，东部。

《蓼萧》四章，章六句。

【注释】

①四"蓼彼萧斯"之"蓼、萧"句首间隔一字互押，为上间字韵。

②第一章"湑"间隔一句与"写、语、处"句尾倒二字押韵。

  湛湛露斯，匪阳不晞。厌厌夜饮，不醉无归。
  湛湛露斯，在彼丰草。厌厌夜饮，在宗载考。
  湛湛露斯，在彼杞棘。显允君子，莫不令德。
  其桐其椅，其实离离。岂弟君子，莫不令仪。

此篇例同国风。三"湛湛"二"厌厌"连章韵①，二"饮"正射韵，侵部；三"斯"正射韵，支部；三"露"二"夜"一"无"连章韵，二"莫"正射韵，鱼部；"晞、归"间句韵，脂部；"草、考"间句韵，幽部；"棘、德"与二"子"韵②，之部；"椅、离"间句与"仪"韵，歌部。（师培案，二"彼"字亦与"离、仪"遥韵。）

《湛露》四章，章四句。

【注释】

①连章韵，三"湛湛"二"厌厌"皆句首二字相连同韵相押，又彼此为连章间句押韵。

②第三章"棘、德"与"子"连句句尾押韵，与第四章"子"连章间两句相押。

  白华之什十篇，五篇无辞，凡二十二章，一百四句。

彤弓弨兮，受言藏之。我有嘉宾，中心贶之。钟鼓既设，一朝飨之。

彤弓弨兮，受言载之。我有嘉宾，中心喜之。钟鼓既设，一朝右之。

彤弓弨兮，受言櫜之。我有嘉宾，中心好之。钟鼓既设，一朝酬之。

此篇例同国风。九"之"连章韵，"载、喜、右"间句韵①，之部；三"弨"三"朝"皆正射韵，宵部；三"兮"正射韵，支部；三"宾"正射韵，真部；三"设、一"连句叠韵②，至部；"藏、贶、飨"阳部，"櫜、好、酬"幽部，皆间句韵。

《彤弓》三章，章六句。

【注释】

①间句韵，第二章"载、喜、右"间隔一句第三字押韵。

②连句叠韵，三"设、一"为上句句尾与下句句首相连韵同互押。

菁菁者莪，在彼中阿。既见君子，乐且有仪。
菁菁者莪，在彼中沚。既见君子，我心则喜。
菁菁者莪，在彼中陵。既见君子，锡我百朋。
泛泛杨舟，载沉载浮。既见君子，我心则休。

此篇例同国风。三"莪"与"阿、仪"韵①，歌部；四"子"与"沚、喜"韵②，三"在"正射韵，之部；"陵、朋"间句韵，蒸部；"舟、浮"间句与"休"韵，幽部；"泛泛"上同韵，下一"泛"与二"心"一"沉"韵③，侵部。

《菁菁者莪》四章，章四句。

【注释】

①第一章三"莪"与"阿、仪"间句句尾押韵，与第二、三章"莪"连章间句押韵，三"莪"为正射韵。

②第二章"沚、喜"与"子"连句句尾押韵，与其他各章"子"构

成连章间句韵，四"子"为正射同韵。

六月栖栖，戎车既饬。四牡骙骙，载是常服。玁狁孔炽，我是用急。王于出征，以匡王国。

比物四骊，闲之维则。维此六月，既成我服。我服既成，于三十里。王于出征，以佐天子。

四牡修广，其大有颙。薄伐玁狁，以奏肤功。有严有翼，共武之服。共武之服，以定王国。

玁狁匪茹，整居焦获。侵镐及方，至于泾阳。织文鸟章，白旆央央。元戎十乘，以先启行。

戎车既安，如轾如轩。四牡既佶，既佶且闲。薄伐玁狁，至于大原。文武吉甫，万邦为宪。

吉甫燕喜，既多受祉。来归自镐，我行永久。饮御诸友，炰鳖脍鲤。侯谁在矣，张仲孝友。

"饬、服、炽、国、则、服、里、子、翼、服、服、国、喜、祉、久、友、鲤、矣、友"连章韵，"急、骊"合韵，之部；"栖、骙"间句韵①，二章"月"合韵，脂部；二"佶"相韵②，至部；二"征"正射韵，耕部；"广"遥与"方、阳、章、央、行"韵，阳部；"颙"与"功"合韵，东部；"狁"遥与"安、轩、闲、狁、原、宪"韵，元部；"茹、获"遥及"甫"韵③，鱼部；"戎、乘"冬、蒸相合间字韵④。"镐"韵阙疑。（章余杭曰，"喜、祉、久、友、鲤、矣、友"七字皆在之部，而"镐"以宵部字韵之，盖之、宵旁转最近，犹"傶傶"之为"驱驱"也。《太史公自序》亦以"镐"韵"祀"，此合韵之灼然者。）

《六月》六章，章八句。

【注释】

①第一章"栖栖""骙骙"皆下同韵，又"栖、骙"间句句尾韵。

②连句间字韵，第五章二"佶"连句间隔一字同韵相押。

③连句韵，第四章"茹、获"连句句尾相押，又遥与第五章句尾"甫"相押。

④间字韵，第四章"元戎十乘"之"戎、乘"属冬、蒸二部邻近相合，间隔一字相押。

薄言采芑，于彼新田，呈此菑亩。方叔涖止，其车三千，师干之试。方叔率止，乘其四骐，四骐翼翼。路车有奭，簟茀鱼服，钩膺鞗革。

薄言采芑，于彼新田，于此中乡。方叔涖止，其车三千，旂旐央央。方叔率止，约軝错衡，八鸾玱玱。服其命服，朱芾斯皇，有玱葱珩。

鴥彼飞隼，其飞戾天，亦集爰止。方叔涖止，其车三千，师干之试。方叔率止，钲人伐鼓，陈师鞠旅。显允方叔，伐鼓渊渊，振旅阗阗。

蠢尔蛮荆，大邦为雠。方叔元老，克壮其犹。方叔率止，执讯获丑。戎车啴啴，啴啴焞焞，如霆如雷。显允方叔，征伐玁狁，蛮荆来威。

八"止"二"芑"二"试"二"服"与"亩、骐、翼、奭、革"连章韵，之部；二"田"三"千"与"天、渊、阗"韵①，真部；"乡"与"央、衡、玱、皇、珩"韵，阳部；三"涖"四"率"与"飞戾"韵②，"隼"与"雷、威"遥韵③，"焞"合韵，脂部；"爰"与"蛮、元"遥韵④，"啴""犹"间三句韵⑤，元部；"鼓、旅"连句韵，鱼部；句尾二"叔"与"雠、老、犹、丑"韵，幽部。

《采芑》四章，章十二句。

【注释】

①二"田"三"千"连章间句句尾韵，与"天、渊、阗"连章韵。

②三"涖"四"率"连章间句第三字押韵，又与"飞戾"遥相错押。

③遥韵，第三章"隼"与第四章"雷、威"句尾遥韵，又"雷、威"连句句尾韵。

④遥韵，第三章"亦集爰止"之"爰"与第四章"蛮、元"第三字遥相押韵，又"蛮、元"连句第三字押韵。

我车既攻，我马既同。四牡庞庞，驾言徂东。
田车既好，田牡孔阜。东有甫草，驾言行狩。

之子于苗，选徒嚣嚣。建旐设旄，搏兽于敖。
驾彼四牡，四牡奕奕。赤芾金舄，会同有绎。
决拾既佽，弓矢既调。射夫既同，助我举柴。
四黄既驾，两骖不猗。不失其驰，舍矢如破。
萧萧马鸣，悠悠旆旌。徒御不惊，大庖不盈。
之子于征，有闻无声。允矣君子，展也大成。

"攻、同、庞、东"遥与五章"同"韵，东部；"好、阜、草、狩"遥与四、五章"牡、调"韵①，"萧萧""悠悠"连句韵②，幽部；"苗、嚣、旄、敖"连句韵，宵部；"奕、舄、绎"连句韵，鱼部；"佽、柴"间二句韵，脂部；"驾、猗、驰、破"连句韵，歌部；"鸣、旌、惊、盈、征、声、成"连章韵，耕部；"矣、子"下间字韵③，之部。

《车攻》八章，章四句。

【注释】

①第二章"好、阜、草、狩"遥与第四章"牡"、第五章"调"句尾押韵，又"牡"与"调"连章间句句尾韵。

②连句韵，第七章"萧萧""悠悠"皆为句首上同韵，又连句第一、二字互押。

③下间字韵，第八章"允矣君子"之"矣、子"句尾间隔一字相押，称下间字韵。

吉日维戊，既伯既祷。田车既好，四牡孔阜。升彼大阜，从其群丑。

吉日庚午，既差我马。兽之所同，麀鹿麌麌。漆沮之从，天子之所。

瞻彼中原，其祁孔有。儦儦俟俟，或群或友。悉率左右，以燕天子。

既张我弓，既挟我矢。发彼小豝，殪此大兕。以御宾客，且以酌醴。

"戊、祷、好、阜、阜、醜"连句韵，幽部；"午、马、麌、所"及"豝、客"遥韵①，鱼部；"同、从"间句韵②，"弓"合韵，东部；"有、俟、友、右、子"连句韵，之部；"矢、兕、醴"间句韵，脂部。

《吉日》四章，章六句。

【注释】

①遥韵，第二章"午、马"连句句尾韵，"麌、所"间句句尾韵，与第四章"豝、客"句尾遥押。

②间句韵，第二章"同、从"间隔一句句尾押韵。

鸿雁于飞，肃肃其羽。之子于征，劬劳于野。爰及矜人，哀此鳏寡。

鸿雁于飞，集于中泽。之子于垣，百堵皆作。虽则劬劳，其究安宅。

鸿雁于飞，哀鸣嗷嗷。维此哲人，谓我劬劳。维彼愚人，谓我宣骄。

此篇例同国风。六"于"连章韵，"羽、野、寡、泽、作、宅"连章韵，"百堵"叠韵，鱼部；三"雁"正射韵，"鳏"与"安、宣"相合正射韵，"垣"错韵①，元部；三"飞"正射韵，脂部；"征"与三"人"合韵，真部；"劳"与"嗷、劳、骄"韵②，宵部。

《鸿雁》三章，章六句。

【注释】

①错韵，第二章"之子于垣"之"垣"与各章末句"鳏、安、宣"连章间句第三、四字交错相押。

②第二章"劳"与第三章"嗷、劳、骄"连章间句句尾押韵。

夜如何其？夜未央，庭燎之光。君子至止，鸾声将将。

夜如何其？夜未艾，庭燎晳晳。君子至止，鸾声哕哕。

夜如何其？夜乡晨，庭燎有辉。君子至止，言观其旂。

此篇例同国风。三"其"与三"止"间二句韵,三"子、止"下间字韵①,"之、有"正射与末句"其"韵②,之部;六"夜"连章韵,三"夜如"叠韵,鱼部;三"庭"二"声"皆正射韵,耕部;二"鸾"与"言"正射韵,"言观"叠韵,元部;"央、光"间句与"将"韵,上一"将"与"乡"遥韵,阳部;"艾"与"晣晣、哕哕"韵③,祭部;三"君"正射韵,"晨、辉"间句与"旂"韵,谆部;三"何"歌部,二"未"脂部,三"燎"宵部,三"至"至部,皆正射韵。

《庭燎》三章,章五句。

【注释】

①下间字韵,三"君子至止"之"子、止"句尾间隔一字押韵。

②第一、三章"之、有"正射韵,与第三章末句"其"连章间句第三字相押。

③第二章"晣晣、哕哕"皆句尾下同韵,"艾"与"晢晢"连句句尾韵,与"哕哕"间句句尾韵。

沔彼流水,朝宗于海。鴥彼飞隼,载飞载止。嗟我兄弟,邦人诸友。莫肯念乱,谁无父母。

沔彼流水,其流汤汤。鴥彼飞隼,载飞载扬。念彼不迹,载起载行。心之忧矣,不可弭忘。

鴥彼飞隼,率彼中陵。民之讹言,宁莫之惩。我友敬矣,谗言其兴。

二"水"三"隼"一"弟"连章韵①,脂部;"海、止、友、母"与二"矣"连章韵,"迹"合韵,之部;"乱"与句尾"言"正射韵②,元部;"汤、扬、行、忘"间句韵,阳部;"陵、惩、兴"间句韵,蒸部。

《沔水》三章,二章章八句,一章六句。

【注释】

①连章韵,二"水"三"隼"一"弟"连章间句句尾韵,又第一、二章二"水"二"隼"皆为正射同韵。

· 185 ·

②正射韵，第一章"莫肯念乱"之"乱"与第三章"民之讹言"之"言"位置相同隔章正射相押。

鹤鸣于九皋，声闻于野。鱼潜在渊，或在于渚。乐彼之园，爰有树檀，其下维萚。它山之石，可以为错。

鹤鸣于九皋，声闻于天。鱼在于渚，或潜在渊。乐彼之园，爰有树檀，其下维榖。他山之石，可以攻玉。

此篇例同国风。二"鹤、皋"首尾韵①，二"鹤"二"乐"间三句韵②，宵部；"野、萚、错"及二"渚"二"石"连章韵，鱼部；"渊"与"天、渊"遥韵，真部；二"园"与二"檀"皆连句韵，元部；"榖、玉"间句韵，侯部。

《鹤鸣》二章，章九句。

【注释】

①首尾韵，二"鹤鸣于九皋"之"鹤、皋"本句首尾相押。

②间三句韵，各章"鹤"与"乐"间隔三句句首互押。

彤弓之什十篇，四十章，二百五十九句。

祈父，予王之爪牙。胡转予于恤，靡所止居。
祈父，予王之爪士。胡转予于恤，靡所底止。
祈父，亶不聪。胡转予于恤，有母之尸饔。

此篇例同国风。三"父"及"牙、居"韵，又及三下一"予"、二"所"韵，二上一"予"及二"胡"韵①，三"胡、予于"间字三叠韵②，鱼部；三"恤"正射韵，至部；"士、止"之部，"聪、饔"东部，皆间句韵。

《祈父》三章，章四句。

【注释】

①第一、二章句首二"予"与二"胡"皆连句句首押韵。

②间字三叠韵，三"胡转予于恤"之"胡、予于"间隔"转"三字韵相同，为上三叠韵。

皎皎白驹，食我场苗。絷之维之，以永今朝。所谓伊人，於焉逍遥。
皎皎白驹，食我场藿。絷之维之，以永今夕。所谓伊人，於焉嘉客。
皎皎白驹，贲然来思。尔公尔侯，逸豫无期。慎尔优游，勉尔遁思。
皎皎白驹，在彼空谷。生刍一束，其人如玉。毋金玉尔音，而有遐心。

此篇例同国风。四"驹"与"侯、谷、束、玉"连章韵，"优游"合韵①，侯部；句尾二"之"与"思、期、思"韵②，之部；"苗、朝、遥"间句韵，宵部；"藿、夕、客"间句韵，鱼部；"音、心"连句韵，侵部；二"人"正射韵，真部。

《白驹》四章，章六句。

【注释】

①合韵，第三章"慎尔优游"之"优游"二字句尾合韵相叠，属下叠韵类。
②第一、二章"絷之维之"的句尾二"之"与第三章"思、期、思"连章间句句尾相押。

黄鸟黄鸟，无集于榖，无啄我粟。此邦之人，不我肯榖。言旋言归，复我邦族。
黄鸟黄鸟，无集于桑，无啄我粱。此邦之人，不可与明。言旋言归，复我诸兄。
黄鸟黄鸟，无集于栩，无啄我黍。此邦之人，不可与处。言旋言归，复我诸父。

此篇例同国风。六"无"皆连句韵①，三"于"正射韵，二"诸"二"与"间句韵②，"栩、黍"及"处、父"韵，鱼部；六"鸟"下间字韵③，宵部；二"穀"④与"粟、族"韵，三"啄"正射韵，侯部；六"黄"上间字韵⑤，"桑、梁"与"明、兄"韵，阳部；三"人"正射韵，真部；三"归"正射韵，脂部。

《黄鸟》三章，章七句。

【注释】

①连句韵，各章二"无"皆连句句首同韵相押。

②间句韵，第二、三章二"与"与二"诸"间句第三字押韵。

③下间字韵，各章"黄鸟黄鸟"的二"鸟"间隔一字句尾同字同韵，为下间字同韵。

④二"穀"，案，经文中"穀""穀"不同，此处言"二穀"不当。

⑤上间字韵，各章"黄鸟黄鸟"的二"黄"间隔一字句首同字同韵，为上间字同韵。

我行其野，蔽芾其樗。昏姻之故，言就尔居。尔不我畜，复我邦家。
我行其野，言采其蓫。昏姻之故，言就尔宿。尔不我畜，言归思复。
我行其野，言采其葍。不思旧姻，求尔新特。成不以富，亦祗以异。

此篇例同国风。三"野"二"故"及"樗、居、家"韵，鱼部；六"其"二"之"二"以"与二章"思"连章韵，"葍"间句与"特、富、异"韵，之部；二"畜"、"蓫、宿、复"韵①，幽部；三章"姻、新"错韵②，真部。(惟汾谨案，三"不"二"采"一"思"连章韵。)

《我行其野》三章，章六句。

【注释】

①第一章"畜"与第二章"蓫、宿、畜、复"连章间句句尾韵，第二章"宿、畜、复"连句句尾韵。

②错韵，第三章"姻、新"连句第四、三字相押。

秩秩斯干，幽幽南山。如竹苞矣，如松茂矣。兄及弟矣，式相好矣，无相犹矣。

似续妣祖，筑室百堵，西南其户。爰居爰处，爰笑爰语。

约之阁阁，椓之橐橐。风雨攸除，鸟鼠攸去，君子攸芋。

如跂斯翼，如矢斯棘，如鸟斯革，如翚斯飞。君子攸跻。

殖殖其庭，有觉其楹。哙哙其正，哕哕其冥。君子攸宁。

下莞上簟，乃安斯寝。乃寝乃兴，乃占我梦。吉梦维何？

维熊维罴，维虺维蛇。大人占之：维熊维罴，男子之祥；维虺维蛇，女子之祥。

乃生男子，载寝之床，载衣之裳，载弄之璋。其泣喤喤，朱芾斯皇，室家君王。

乃生女子，载寝之地，载衣之裼，载弄之瓦。无非无仪，唯酒食是议，无父母诒罹。

"干、山"连句韵，元部；"苞、茂"间句与"好、犹"韵①，幽部；五"矣"与四章"翼、棘、革"、七章上一"之"、八九章二"子"韵，之部；"弟"与"飞、跻"遥为错韵②，脂部；"祖、堵、户、处、语、阁、橐、除、去、芋"连章连句韵，鱼部；"庭、楹、正、冥、宁"连句韵，耕部；"簟、寝"连句韵，七八章"占、男"正射韵，侵部；"兴、梦"连句韵，蒸部；"何、罴、蛇、罴、蛇、地、瓦、仪、议、罹"连章韵，歌部；二"祥"与"床、裳、璋、喤、皇、王"韵，阳部；"裼、是"间二句韵③，支部。（惟汾谨案，此章韵法从句尾递转，连句互协，间字成韵。"莞、安"韵，元部；"簟、寝"韵，"寝、占"韵，侵部；"兴、梦"韵，"梦、熊"韵，蒸部；"何、罴"与"蛇"韵，歌部。）

《斯干》九章，四章章七句，五章章五句。

【注释】

①第一章"苞、茂""好、犹"皆连句第三字押韵，又间句彼此第三字相押。

②错韵，第一章"兄及弟矣"之"弟"与第四章"飞、跻"第三、四字遥相为韵。

③间二句韵，第九章"祸、是"间隔两句第四字押韵。

谁谓尔无羊？三百维群。谁谓尔无牛？九十其犉。尔羊来思，其角濈濈。尔牛来思，其耳湿湿。

或降于阿，或饮于池，或寝或讹。尔牧来思，何蓑何笠，或角①其㧖。三十维物，尔牲则具。

尔牧来思，以薪以蒸，以雌以雄。尔羊来思，矜矜兢兢，不骞不崩。麾之以肱，毕来既升。

牧人乃梦：众维鱼矣，旐维旟矣。大人占之：众维鱼矣，实维丰年。旐维旟矣，室家溱溱。

"群、犉"间句韵，谆部；五"思"四"矣"一"之"连章韵，"物"合韵，之部；"濈、湿"与"笠"遥韵②，缉部；"阿、池、讹"连句韵，歌部；"㧖、具"间句韵，侯部；"蒸、雄"与"兢、崩、肱、升、梦"韵，蒸部；二"鱼"及二"旟"韵③，鱼部；"年、溱"间句韵，真部。

《无羊》四章，章八句。

【注释】

①角，案，"角"，诸本作"负"，原文误。

②遥韵，第一章"濈、湿"连句句尾韵，与第二章"何蓑何笠"的"笠"句尾遥押。

③第四章第二、三句"鱼"与"旟"连句第三字押韵，第五、七句"鱼"与"旟"间句第三字相押。

节彼南山，维石岩岩。赫赫师尹，民具尔瞻。忧心如惔，不敢戏谈。国既卒斩，何用不监！

节彼南山，有实其猗。赫赫师尹，不平谓何？天方荐瘥，丧乱弘多。民言无嘉，憯莫惩嗟！

尹氏大师，维周之氐。秉国之均，四方是维。天子是毗，俾民不迷。不吊昊天，不宜空我师。

弗躬弗亲，庶民弗信。弗问弗仕，勿罔君子。式夷式已，无小人殆。琐琐姻亚，则无膴仕。

昊天不佣，降此鞠讻。昊天不惠，降此大戾。君子如届，俾民心阕。君子如夷，恶怒是违。

不吊昊天，乱靡有定。式月斯生，俾民不宁。忧心如酲，谁秉国成？不自为政，卒劳百姓。

驾彼四牡，四牡项领。我瞻四方，蹙蹙靡所骋！

方茂尔恶，相尔矛矣。既夷既怿，如相酬矣。

昊天不平，我王不宁。不惩其心，覆怨其正。

家父作诵，以究王讻。式讹尔心，以畜万邦。

二"山"正射韵，元部；二"尹"正射韵，谆部；"岩"间句与"瞻、惔、谈、斩、监"韵，谈部；"猗"与"何、瘥、多、嘉、嗟"韵，歌部；"师、氏①、维、毗、迷、师"遥与"惠、戾、届、阕、夷、违"韵，脂部；"均、天、亲、信"遥与六章"天"韵，真部；"仕、子、已、殆、仕"遥与二"矣"韵，之部；"亚"遥及"恶、怿"韵②，鱼部；"佣、讻"遥与"诵、讻、邦"韵③，东部；"定、生、宁、酲、成、政、姓、骋、平、宁、正"连章韵，"领"合韵，耕部；"矛、酬"间句韵④，幽部；二"心"正射韵，侵部。

《节彼南山》十章，六章章八句，四章章四句。

【注释】

①氏，案，此处"氏"应为"氏"，原文误。

②第四章"琐琐姻亚"之"亚"遥及第八章"恶、怿"句尾相押，又"恶、怿"间句句尾韵。

③第五章"佣、讻"遥与第十章"诵、讻、邦"句尾相押；又"佣、讻"连句句尾韵，"诵、讻"与"邦"间句句尾韵。

④间句韵，第八章"矛、酬"间隔一句第三字押韵。

正月繁霜，我心忧伤。民之讹言，亦孔之将。念我独兮，忧心京京。哀我小心，癙忧以痒。

父母生我，胡俾我瘉？不自我先，不自我后。好言自口，莠言自口。忧心愈愈，是以有侮。

忧心茕茕，念我无禄。民之无辜，并其臣仆。哀我人斯，于何从禄？瞻乌爰止，于谁之屋？

瞻彼中林，侯薪侯蒸。民今方殆，视天梦梦。既克有定，靡人弗胜。有皇上帝，伊谁云憎？

谓山盖卑？为冈为陵。民之讹言，宁莫之惩。召彼故老，讯之占梦。具曰予圣，谁知乌之雌雄？

谓天盖高？不敢不局。谓地盖厚？不敢不蹐。维号斯言，有伦有脊。哀今之人，胡为虺蜴？

瞻彼阪田，有菀其特。天之扤我，如不我克。彼求我则，如不我得。执我仇仇，亦不我力。

心之忧矣，如或结之。今兹之正，胡然厉矣？燎之方扬，宁或灭之。赫赫宗周，褒姒灭之！

终其永怀，又窘阴雨。其车既载，乃弃尔辅。载输尔载，将伯助予。

无弃尔辅，员于尔辐。屡顾尔仆，不输尔载。终逾绝险，曾是不意。

鱼在于沼，亦匪克乐。潜虽伏矣，亦孔之炤。忧心惨惨，念国之为虐！

彼有旨酒，又有嘉肴。洽比其邻，昏姻孔云。念我独兮，忧心殷殷。

佌佌彼有屋，蔌蔌方有穀。民今之无禄，天夭是椓。哿矣富人，哀此茕独！

一章"霜、伤、将、京、痒"遥与八章"扬"韵，阳部；一五六章三"言"遥韵，元部；一章"兮"三章"斯"四章"帝"五章"卑"六章"蹐、脊、蜴"、十二章"兮"连章韵，支部；一章十二章二"独"与二章"瘉、后、口、口、愈、侮"、三章"禄、仆、禄、屋"、六章"局、厚"、十章"仆"、十三章"屋、穀、禄、椓、独"连章错韵，侯部；一章"心"四章"林"十章"险"十一章"惨"遥韵，侵部；二章四"我"错韵①，七章六"我"错韵②，歌部；二章"先"遥与十二章"云、殷"韵，谆部；三章"荧"四章"定"五章"圣"八章"正"遥韵，耕部；三章"人"与六章"人"七章"田"十二章"邻"十三章"人"相错遥韵③，真部；三章"辜"九章"雨、辅、予"、十章"辅"遥韵，鱼部；三章"止"四章"殆"七章"特、克、则、得、力"、八章二"矣"三"之"、九章"载、载"、十章"载、意"、十一章"矣"连章韵，之部；四章"蒸、梦、胜、憎"五章"陵、惩、梦、雄"连章韵，蒸部；八章"忧"与"周"、五章"老"、七章"仇"、十二章"酒"相错遥韵④，幽部；六章"高"遥与十一章"沼、乐、炤、虐"、十二章"肴"韵，宵部；八章"结"与"厉、灭、灭"合韵，祭部。（惟汾谨案，"高"与"局、厚"合韵，"蹐、斯、脊、蜴"错韵。）

《正月》十三章，八章章八句，五章章六句。

【注释】

①错韵，第二章"父母生我，胡俾我瘉？不自我先，不自我后"之四"我"，后三"我"连句第三字同韵相押，与前一"我"第三、四字交错互押。

②错韵，第七章六"我"连句第二、三、四字交错互押。

③相错遥韵，第三章"哀我人斯"第三字"人"与第六章句尾第四字的"人"、第七章"田"、第十二章"邻"、第十三章"人"交错遥押。

④相错遥韵，第八章"心之忧矣"第三字"忧"与本章句尾第四字"周"、第五章"老"、第七章"仇"、第十二章"酒"交错遥押。

十月之交，朔日辛卯。日有食之，亦孔之丑。彼月而微，此日而微。今此下民，亦孔之哀。

日月告凶，不用其行。四国无政，不用其良。彼月而食，则维其常；此日而食，如何不臧。

烨烨震电，不宁不令。百川沸腾，山冢崒崩。高岸为谷，深谷为陵。哀今之人，胡憯莫惩？

皇父卿士，番维司徒。家伯冢宰，仲允膳夫。棸子内史，蹶维趣马。楀维师氏，艳妻煽方处。

抑此皇父，岂曰不时？胡为我作，不即我谋？彻我墙屋，田卒污莱。曰予不戕，礼则然矣。

皇父孔圣，作都于向。择三有事，亶侯多藏。不慭遗一老，俾守我王。择有车马，以居徂向。

黾勉从事，不敢告劳。无罪无辜，谗口嚣嚣。下民之孽，匪降自天。噂沓背憎，职竞由人。

悠悠我里，亦孔之痗。四方有羡，我独居忧。民莫不逸，我独不敢休。天命不彻，我不敢效我友自逸。

"交"遥与"劳、嚣"韵①，宵部；"卯、丑"遥与"老、忧、休"韵②，幽部；"谷、屋"遥韵，侯部；一章"之"二章"两、食"四章"士、宰、史"五章"时、谋、莱、矣"、六七章二"事"、八章"里、痗"连章韵，"氏"合韵，之部；"孽"与"微、微、哀"合韵，脂部；"民"遥与"电、令、人、天、人"韵，真部；"凶"与"行、良、常、臧、戕、向、臧、王、向"合韵，阳部；"政、圣"遥韵，耕部；"腾、崩、陵、惩"遥与"憎"韵③，蒸部；"徒、夫、马、处"及"父、作、马、辜"连章韵，鱼部；"然"与"羡"遥为错韵④，元部；"逸"间句与"彻、逸"韵，至部。

《十月之交》八章，章八句。

【注释】

①第一章"十月之交"的"交"与第七章"劳、嚣"句尾遥韵，又"劳、嚣"连句句尾押韵。

②第一章"卯、丑"与第六章"老"、第八章"忧、休"句尾遥韵，又"卯、丑""忧、休"皆间句句尾押韵。

③第三章"腾、崩、陵、惩"间句句尾韵，与第七章"噂沓背憎"的"憎"句尾遥押。

④错韵，第五章"礼则然矣"第三字"然"与第八章"四方有羡"第四字"羡"遥相错押。

浩浩昊天，不骏其德。降丧饥馑，斩伐四国。旻天疾威，弗虑弗图。舍彼有罪，既伏其辜。若此无罪，沦胥以铺。

周宗既灭，靡所止戾。正大夫离居，莫知我勚。三事大夫，莫肯夙夜。邦君诸侯，莫肯朝夕。庶曰式臧，覆出为恶。

如何昊天，辟言不信？如彼行迈，则靡所臻。凡百君子，各敬尔身。胡不相畏？不畏于天！

戎成不退，饥成不遂。曾我暬御，憯憯日瘁。凡百君子，莫肯用讯。听言则答，谮言则退。

哀哉不能言！匪舌是出，维躬是瘁。哿矣能言，巧言如流，俾躬处休。

维曰于仕，孔棘且殆。云不可使，得罪于天子。亦云可使，怨及朋友。

谓尔迁于王都，曰予未有室家。鼠思泣血，无言不疾！昔尔出居，谁从作尔室？

首章"天"遥与"天、信、臻、身、天、讯"韵①，"堇"合韵，真部；"德、国"遥与"子、子、仕、殆、使、子、使、友"韵，"答"合韵，之部；"威、罪、罪"遥与"畏、退、遂、瘁、退、出、瘁"韵，脂部；"图、辜、铺"及"居、夫、夜、夕、恶、御、都、家、居"韵，"侯"合韵，鱼部；"戾"与"灭、勚、迈"合韵②，祭部；二"言"间二句韵③，元部；"流、休"连句韵，幽部；"疾"与"血、室"韵④，至部。

《雨无正》七章，二章章十句，二章章八句，三章章六句。

【注释】

①首章"浩浩昊天"之"天"与第三章"天、信、臻、身、天"、第四章"讯"句尾第四字遥相押韵；又"天、信、臻、身、天"皆间句句尾韵。

②合韵，"戾"与"灭、勚、迈"相协押韵；又第二章"戾"与"灭"连句句尾韵，与"勚"间句句尾韵，与第三章"迈"遥韵。

③间二句韵，第五章二"言"间隔两句句尾互押。

④第七章"血、疾"连句句尾相押，又与"室"交错互押。

祈父之什十篇，六十四章，四百二十六句。

旻天疾威，敷于下土。谋犹回遹，何日斯沮？谋臧不从，不臧覆用。我视谋犹，亦孔之邛！

潝潝訿訿，亦孔之哀。谋之其臧，则具是违。谋之不臧，则具是依。我视谋犹，伊于胡底！

我龟既厌，不我告犹。谋夫孔多，是用不集。发言盈庭，谁敢执其咎？如匪行迈谋，是用不得于道。

哀哉为犹，匪先民是程，匪大犹是经。维迩言是听，维迩言是争。如彼筑室于道谋，是用不溃于成。

国虽靡止，或圣或否。民虽靡膴，或哲或谋，或肃或艾。如彼泉流，无沦胥以败。

不敢暴虎，不敢冯河。人知其一，莫知其他。战战兢兢，如临深渊，如履薄冰。

"威、遹、訿、哀、违、依、底"连章韵，脂部；"土、沮、膴、虎"遥韵①，鱼部；"从、用"间句与"邛"韵，东部；"犹、犹、犹、咎、道、犹、流"连章韵，幽部；二章二"臧"间句韵，阳部；"多"遥与"河、他"韵②，歌部；"庭"与"程、经、听、争、成"韵③，耕部；"厌"与"集"侵、缉合韵；句尾二"谋"与"止、否、谋"韵，"一"合韵，之部；"艾、败"间句韵，祭部；"兢、冰"间句韵，"渊"合韵，蒸部。（李叔坚曰，"集"与"犹、咎、道"韵，缉通幽也。师培案，《毛传》："集，就也。"此"集"读若"就"音，故与"咎"协。钱竹汀等论之祥矣。）

《小旻》六章，三章章八句，三章章七句。

【注释】

①遥韵，第一章"土、沮"间句句尾韵，与第五章"膴"、第六章"虎"隔章句尾遥相押韵。

②第三章"谋夫孔多"之"多"与第六章"河、他"遥韵，又"河、他"间句句尾韵。

③第三章"发言盈庭"之"庭"与第四章"程、经、听、争、成"连章间四句句尾押韵；又"争"与"成"间句句尾韵，与"程、经、

听"连句句尾韵。

宛彼鸣鸠,翰飞戾天。我心忧伤,念昔先人。明发不寐,有怀二人。

人之齐圣,饮酒温克。彼昏不知,壹醉日富。各敬尔仪,天命不又。

中原有菽,庶民采之。螟蛉有子,蜾蠃负之。教诲尔子,式穀似之。

题彼脊令,载飞载鸣。我日斯迈,而月斯征。夙兴夜寐,毋忝尔所生。

交交桑扈,率场啄粟。哀我填寡,宜岸宜狱。握粟出卜,自何能穀?

温温恭人,如集于木。惴惴小心,如临于谷。战战兢兢,如履薄冰!

《小宛》①"鸠、菽"正射韵,幽部;"粟、狱、卜、穀、木、谷"连章韵,侯部;"天、人、人"遥与"令、人"韵②,"心"合韵,真部;"圣"遥与"鸣、征、生"韵③,耕部;"迈"与二"寐"合韵,脂部;"知、仪、支、歌"合韵,"克、富、又"、二"子"、三"之"连章韵,"采、负、似"间句韵④,之部;"扈、寡"间句韵,鱼部;"兢、冰"连句韵,蒸部。

《小宛》六章,章六句。

【注释】

①《小宛》,案,《小宛》为篇名,疑为衍字。

②第一章"天、人、人"间句句尾韵,与第四章"令"、第六章"人"句尾遥韵。

③第二章"人之齐圣"之"圣"与第四章"鸣、征、生"句尾遥韵;又"鸣、征、生"间句句尾相押。

④第三章"采、负、似"间隔一句第三字互押。

弁彼鸒斯，归飞提提。民莫不穀，我独于罹。何辜于天，我罪伊何？心之忧矣，云如之何？

　　踧踧周道，鞫为茂草。我心忧伤，惄焉如捣。假寐永叹，维忧用老。心之忧矣，疢如疾首。

　　维桑与梓，必恭敬止。靡瞻匪父，靡依匪母。不属于毛，不罹于里。天之生我，我辰安在？

　　菀彼柳斯，鸣蜩嘒嘒。有漼者渊，萑苇淠淠。譬彼舟流，不知所届。心之忧矣，不遑假寐。

　　鹿斯之奔，维足伎伎。雉之朝雊，尚求其雌。譬彼坏木，疾用无枝。心之忧矣，宁莫之知？

　　相彼投兔，尚或先之。行有死人，尚或墐之。君子秉心，维其忍之。心之忧矣，涕既陨之。

　　君子信谗，如或酬之。君子不惠，不舒究之。伐木掎矣，析薪扡矣。舍彼有罪，予之佗矣。

　　莫高匪山，莫浚匪泉。君子无易由言，耳属于垣。无逝我梁，无发我笱！我躬不阅，遑恤我后！

　　"斯、提、斯、伎、枝、知"遥韵①，"雌"合韵，支部；"穀、雏、木、笱、后"遥韵②，侯部；"罹、何、何"与三章句尾"我"遥韵，七章"掎、扡"间句与"佗"韵③，歌部；"天、渊、人"遥韵④，真部；八"矣"六"之"与"梓、止、母、里、在"连章韵，之部；"周、茂、柳、舟、酬、究"与六"忧"连章韵，"道、草、捣、老、首"与"流"遥韵，"毛"合韵，幽部；"伤、梁"遥韵⑤，六章"相、尚、行、尚"连句韵⑥，阳部；"父、兔"遥韵⑦，鱼部；"嘒、淠、届、寐、惠"、"罪"与"阅"合韵，脂部；"奔"与"先、墐、忍、陨"错韵⑧，谆部；句尾"心、谗"合韵，"山、泉、言、垣"连句韵，元部。（葛昂若曰，二"尚"与"相、行"韵，卒章二"莫"二"无"韵。）

　　《小弁》八章，章八句。

　　【注释】

　　①遥韵，第一章"斯、提"与第四章"斯"、第五章"伎、枝、知"

句尾遥相押韵，又"伎、枝、知"间句句尾相押。

②遥韵，第一章"穀"与第五章"雏、木"、第八章"笱、后"句尾遥相押韵；又"雏、木""笱、后"皆间句句尾押韵。

③间句韵，第七章"掎、杝"连句韵，又与"佗"间句第三字相押。

④遥韵，第一章"天"、第四章"渊"、第六章"人"隔章句尾遥押。

⑤遥韵，第二章"我心忧伤"的"伤"与第八章"无逝我梁"的"梁"句尾遥相为韵。

⑥连句韵，第六章"相、尚、行、尚"连句句首押韵。

⑦遥韵，第三章"靡瞻匪父"的"父"与第六章"相彼投兔"的"兔"句尾遥相押韵。

⑧错韵，第五章"鹿斯之奔"的"奔"与第六章"先、墐、忍、陨"第四、三字交错相押，又"先、墐、忍、陨"间句第三字韵。

悠悠昊天，曰父母且。无罪无辜，乱如此怃①。昊天已威，予慎无罪。昊天泰怃，予慎无辜。

乱之初生，僭始既涵。乱之又生，君子信谗。君子如怒，乱庶遄沮。君子如祉，乱庶遄已。

君子屡盟，乱是用长。君子信盗，乱是用暴。盗言孔甘，乱是用餤。匪其止共，维王之邛。

奕奕寝庙，君子作之。秩秩大猷，圣人莫之。他人有心，予忖度之。跃跃毚兔，遇犬获之。

荏染柔木，君子树之。往来行言，心焉数之。蛇蛇硕言，出自口矣。巧言如簧，颜之厚矣。

彼何人斯？居河之麋。无拳无勇，职为乱阶。既微且尰，尔勇伊何？为犹将多，尔车②徒几何？

首章"天"与六章"人"错韵③，真部；"且、辜、怃、怃、辜、怒、沮"及"兔"遥韵④，"作、莫、度、获"间句韵⑤，鱼部；"威、罪"遥与"麇、阶"韵⑥，脂部；二"生"间句韵，耕部；"涵、谗"遥与"甘、餤"韵⑦，谈部；"祉、已"与六"之"二"矣"遥韵，"斯"合韵，之部；"盟、长"遥与"簧"韵⑧，阳部；"盗、暴"连句韵，宵部；"共、邛"遥与"勇、䍐"韵，东部；"寝、心"错韵⑨，"荏、心"间二句韵⑩，侵部；"庙、猷"间句韵，幽部；"木"与"树、数、口、厚"错韵⑪，侯部；二"言"间句韵⑫，元部；"何、多、何"连句韵，歌部。

《巧言》六章，章八句。

【注释】

①怃，案，此章二"怃"，应为"怃"之误。怃，音呼，大义。

②车，案，诸本作"居"，原文误。

③错韵，首章"昊天已威"之"天"与第六章"彼何人斯"之"人"第二、三字交错押韵。

④遥韵，第一章"且、辜、怃、怃、辜"、第二章"怒、沮"与第四章"兔"句尾遥韵。

⑤间句韵，第四章"作、莫、度、获"间句第三字相押。

⑥遥韵，第一章"威、罪"与第六章"麇、阶"句尾遥韵，又"威、罪"连句句尾韵，"麇、阶"间句句尾韵。

⑦遥韵，第二章"涵、谗"与第三章"甘、餤"句尾遥押，又"涵、谗"间句句尾韵，"甘、餤"连句句尾韵。

⑧遥韵，第三章"盟、长"与第五章"簧"句尾遥韵，又"盟、长"连句句尾相押。

⑨错韵，第四章"寝、心"第三、四字交错押韵。

⑩间二句韵，第五章"荏、心"间隔两句句首相押。

⑪错韵，第五章"荏染柔木"之"木"与"树、数、口、厚"第四、三字押韵。

⑫间句韵，第五章二"言"间隔一句句尾同韵互押。

彼何人斯？其心孔艰。胡逝我梁，不入我门？伊谁云从？维暴之云。
二人从行，谁为此祸？胡逝我梁，不入唁我？始者不如今，云不我可。

彼何人斯？胡逝我陈？我闻其声，不见其身。不愧于人，不畏于天。
彼何人斯？其为飘风。胡不自北，胡不自南？胡逝我梁？只搅我心。
尔之安行，亦不遑舍。尔之亟行，遑脂尔车。壹者之来，云何其盱？
尔还而入，我心易也。还而不入，否难知也。壹者之来，俾我祇也。
伯氏吹埙，仲氏吹篪。及尔如贯，谅不我知。出此三物，以诅尔斯。
为鬼为蜮，则不可得。有靦面目，视人罔极。作此好歌，以极反侧。

一三四章三"人"正射韵，"声"与"陈、身、人、天"合韵，真部；四"斯"与"篪、知"韵，"易、知、祇"间句韵①，支部；"艰、门、云"与"埙"遥韵②，"贯"合韵，谆部；三"梁"与三"行"韵，阳部；"祸、我、可"遥与三"也"一"歌"韵，歌部；"今"遥与"风、南、心"韵③，侵部；"北、来、来"遥与"蜮、得、极、侧"韵，之部；"舍、车、盱"间句韵，鱼部；二"入"间句韵④，缉部；"目、好"侯、幽相合错韵⑤。

《何人斯》八章，章六句。

【注释】

①间句韵，第六章"易、知、祇"间隔一句第三字押韵。

②遥韵，第一章"艰、门、云"与第七章"埙"句尾遥押，又"艰、门、云"间句句尾韵。

③遥韵，第二章"今"与第四章"风、南、心"句尾遥韵，又"风、南、心"间句句尾相押。

④间句韵，第六章二"入"间隔一句第四字相押。

⑤错韵，第八章"目、好"间句第四、三字交错叶韵相押（侯、幽相合）。

萋兮斐兮，成是贝锦。彼谮人者，亦已大甚！
哆兮侈兮，成是南箕。彼谮人者，谁适与谋？
缉缉翩翩，谋欲谮人。慎尔言也，谓尔不信。
捷捷幡幡，谋欲谮言。岂不尔受？既其女迁。
骄人好好，劳人草草。苍天苍天，视彼骄人，矜此劳人！

彼谮人者，谁适与谋？取彼谮人，投畀豺虎。豺虎不食，投畀有北。有北不受，投畀有昊。

杨园之道，猗于亩丘。寺人孟子，作为此诗。凡百君子，敬而听之。

"萋、斐"上间字韵①，脂部；四"兮"下间字韵，支部；"哆、侈"上间字韵，"侈"与"也"错韵②，歌部；"锦、甚"间句韵，侵部；三"者"及"虎"韵，鱼部；"箕、谋、谋、食、北、丘、子、诗、子、之"连章韵，之部；一二六章句中三"人"遥韵，"翩、信、天"与句尾四"人"韵，真部；"言"与"幡、言、迁"错韵③，元部；"受、好、草、受、昊、道"连章韵，幽部；"敬、听"上间字韵④，耕部。

《巷伯》七章，四章章四句，一章五句，一章八句，一章六句。

【注释】

①上间字韵，"萋兮斐兮"之"萋、斐"句首间隔"兮"相押。

②错韵，第二章"侈"与第三章"也"第三、四字交错相押。

③错韵，第三章"言"与第四章"幡、言、迁"第三、四字交错押韵，又"幡、言、迁"句尾押韵。

④上间字韵，"敬而听之"之"敬、听"句首间隔"而"相押。

习习谷风，维风及雨。将恐将惧，维予与女。将安将乐，女转弃予。

习习谷风，维风及颓。将恐将惧，寘予于怀。将安将乐，弃予如遗。

习习谷风，维山崔嵬。无草不死，无木不萎。忘我大德，思我小怨。

此篇例同国风。"雨、女、予"及二"惧"韵，句中三"予"韵①，"与"及二章"于、如"韵②，"女、予"首尾韵③，鱼部；句尾三"风"正射韵，侵部；二"乐"正射韵，宵部；"颓、怀、遗、嵬、死、萎"

连章韵，"怨"合韵，脂部；"德、思"连句叠韵④，之部。

《谷风》三章，章六句。

【注释】

①第一、二章句中三"予"连章间句第二字相押。

②第一章"与"及第二章"于、如"连章间句第三字押韵。

③首尾韵，"女转弃予"之"女、予"本句首尾互押。

④连句叠韵，上句句尾"德"与下句句首"思"相连韵同叠押。

蓼蓼者莪，匪莪伊蒿。哀哀父母，生我劬劳。

蓼蓼者莪，匪莪伊蔚。哀哀父母，生我劳瘁。

瓶之罄矣，维罍之耻。鲜民之生，不如死之久矣！无父何怙？无母何恃？出则衔恤，入则靡至。

父兮生我，母兮鞠我。拊我畜我，长我育我，顾我复我，出入腹我。欲报之德，昊天罔极！

南山烈烈，飘风发发。民莫不穀，我独何害！

南山律律，飘风弗弗。民莫不穀，我独不卒！

此篇例同国风。二"莪"与句尾六"我"遥韵，句中二"莪"与二"我"韵①，三"何"韵，歌部；"蒿、劳"间句韵，宵部；二"母"与"矣、耻、矣、恃、德、极"韵，之部；"蔚、瘁"与"律、弗、卒"遥韵，脂部；"罄、生"错韵②，耕部；"无父、怙"间字三叠韵③，鱼部；"恤、至"连句韵，至部；"鞠、畜、育、复、腹"连句韵，幽部；"烈、发"间句与"害"韵，祭部；二"穀"正射韵，侯部。

《蓼莪》六章，四章章四句，二章章八句。

【注释】

①第一、二章句中二"莪"与二"我"皆间隔一句第二字押韵。

②错韵，第三章"罄、生"间隔一句第三、四字交错押韵。

③三叠韵，"无父何怙"之"无父、怙"间隔"何"三字韵同叠押。

有饛簋飧，有捄棘匕。周道如砥，其直如矢。君子所履，小人所视。睠言顾之，潸然出涕。

小东大东，杼柚其空。纠纠葛屦，可以履霜。佻佻公子，行彼周行。既往既来，使我心疚。

有洌氿泉，无浸获薪。契契寤叹，哀我惮人。薪是获薪，尚可载也。哀我惮人，亦可息也。

东人之子，职劳不来。西人之子，粲粲衣服。舟人之子，熊罴是裘。私人之子，百僚是试。

或以其酒，不以其浆。鞙鞙佩璲，不以其长。维天有汉，监亦有光。跂彼织女，终日七襄。

虽则七襄，不成报章。睆彼牵牛，不以服箱。东有启明，西有长庚。有捄天毕，载施之行。

维南有箕，不可以簸扬。维北有斗，不可以挹酒浆。维南有箕，载翕其舌。维北有斗，西柄之揭。

"飧"与二"薪"二"人"合韵，真部；"匕、砥、矢、履、视、涕"遥与"璲"韵①，脂部；"之、子、来、疚、来、服、裘、试、牛"与四章四"子"七章二"箕"韵，"毕"合韵，"载、息"间句韵②，之部；"东、空"连句韵，东部；"屦"与二"斗"遥韵③，"酒"合韵，侯部；"霜、行、浆、长、光、襄、襄、章、箱、明、庚、行、扬、浆"连章韵，阳部；"泉、叹"遥与"汉"韵，元部；二"也"间句韵，歌部；"舌、揭"间句韵，祭部。

《大东》七章，章八句。

【注释】

①遥韵，第一章"匕、砥、矢、履、视、涕"句尾韵，又与第五章"鞙鞙佩璲"之"璲"句尾遥押。案，"七"为"匕"之误。

②间句韵，第三章"载、息"间隔一句第三字相押。

③遥韵，第二章"纠纠葛屦"之"屦"与第七章二"斗"句尾遥韵，又二"斗"间三句句尾同韵相押。

四月维夏，六月徂暑。先祖匪人，胡宁忍予？

· 204 ·

秋日凄凄，百卉具腓。乱离瘼矣，奚其适归。
（葛昂若曰，"奚"宜从郑笺作"爰"与"乱"韵。）
冬日烈烈，飘风发发。民莫不穀，我独何害！
山有嘉卉，侯栗侯梅。废为残贼，莫知其尤。
相彼泉水，载清载浊。我日构祸，曷云能穀？
滔滔江汉，南国之纪。尽瘁以仕，宁莫我有。
匪鹑匪鸢，翰飞戾天。匪鳣匪鲔，潜逃于渊。
山有蕨薇，隰有杞桋。君子作歌，维以告哀。

"夏、暑、予"及"瘼"错韵①，鱼部；"人"遥与"天、渊"韵②，"汉"合韵，真部；"凄、腓、归、水、薇、桋、哀"遥韵，脂部；"矣、梅、贼、尤、纪、仕、有、鸢、鲔"连章韵，"卉"合韵，之部；"烈、发"间句与"害"韵，祭部；"穀"遥与"浊、穀"韵，侯部；"祸、歌"遥韵③，歌部。

《四月》八章，章四句。

【注释】

①错韵，第一章"夏、暑、予"与"乱离瘼矣"的"瘼"第四、三字交错相押；又"夏、暑、予"句尾押韵。

②遥韵，第一章"人"与第七章"天、渊"句尾遥韵，又"天、渊"间句句尾韵。

③遥韵，第五章"我日构祸"之"祸"与第八章"君子作歌"之"歌"遥相押韵。

小旻之什十篇，六十五章，四百十四句。

陟彼北山，言采其杞。偕偕士子，朝夕从事。王事靡盬，忧我父母。
溥天之下，莫非王土；率土之滨，莫非王臣。大夫不均，我从事独贤。

四牡彭彭，王事傍傍。嘉我未老，鲜我方将。旅力方刚，经营四方。
或燕燕居息，或尽瘁事国。或偃息在床，或不已于行。
或不知叫号，或惨惨劬劳。或栖迟偃仰，或王事鞅掌。
或湛乐饮酒，或惨惨畏咎。或出入风议，或靡事不为。

"杞、子、事、母"与"息、国"韵，之部；"鹽"与"下、土"韵①，鱼部；"滨、臣、均、贤"连句韵，"山"合韵，真部；"彭、傍、将、刚、方"与"床、行、仰、掌"连章韵，阳部；"号、劳"连句韵，宵部；"老"遥与"酒、咎"韵②，幽部；"议、为"连句韵，歌部。

《北山》六章，三章章六句，三章章四句。

【注释】

①第一章"鹽"与第二章"下、土"连章间句句尾相押。
②遥韵，第三章"嘉我未老"的"老"与第六章"酒、咎"句尾遥韵，又"酒、咎"连句句尾相押。

无将大车，祇自尘兮。无思百忧，祇自疧兮。
无将大车，维尘冥冥。无思百忧，不出于颎。
无将大车，维尘雝兮。无思百忧，祇自重兮。

此篇例同国风。以鱼部为经韵，六"无"连章间句韵，三"无、车"首尾韵，三"无、百"上间字韵①，"于"及上句"百"连句韵②，鱼部。

四"兮"间句韵，支部；一章"疧"与"尘"合韵，下二"尘"正射韵，真部；三"忧"正射韵，幽部；"冥、颎"间句韵，耕部；"雝、重"间句韵③，东部。

《无将大车》三章，章四句。

【注释】

①上间字韵，三"无思百忧"之"无、百"皆句首间隔一字韵同相押。

②连句韵，第二章"于"与上句"百"连句第三字相押。
③间句韵，第三章"雠、重"间句第三字相押。

明明上天，照临下土。我征徂西，至于艽野。二月初吉，载离寒暑。心之忧矣，其毒大苦。念彼共人，涕零如雨。岂不怀归？畏此罪罟。

昔我往矣，日月方除。曷云其还？岁聿云莫。念我独兮，我事孔庶。心之忧矣，惮我不暇。念彼共人，睠睠怀顾。岂不怀归？畏此谴怒。

昔我往矣，日月方奥。曷云其还？政事愈蹙。岁聿云莫，采萧获菽。心之忧矣，自诒伊戚。念彼共人，兴言出宿。岂不怀归？畏此反覆。

嗟尔君子，无恒安处。靖共尔位，正直是与。神之听之，式穀以女。

嗟尔君子，无恒安息。靖共尔位，好是正直。神之听之，介尔景福。

《小明》"天"与三"人"遥韵①，真部；"土、野、暑、苦、雨、罟、除、莫、庶、暇、顾、怒"连章间句韵，及"莫、处"与"女"遥韵②，鱼部；五"矣"二"子"、句尾二"之"、"息、直、福"遥韵，"吉、兮"合韵，之部；"独"与三"忧"合韵，"奥、蹙、菽、戚、宿、覆"间句韵，幽部；二"往、方"连句韵③，阳部；二"还"正射韵，元部；三"怀归"下叠韵，又与"西"、二"位"韵④，脂部；二"听"正射韵，耕部。

《小明》五章，三章章十二句，二章章六句。

【注释】

①遥韵，首句"明明上天"之"天"与三"念彼共人"之"人"句尾遥相押韵。案，此处篇名"小明"疑为衍字。

②遥韵，第二章"莫"与第四章"处、女"句尾遥押，又"处、女"间隔三句句尾押韵。

· 207 ·

③连句韵,第二、三章二"往、方"连句第三字押韵。

④下叠韵,三"岂不怀归"之"怀归"皆句尾二字相连韵同叠押,又与第一章"我征徂西"之"西"、第四、五章二"靖共尔位"之"位"句尾遥韵。

鼓钟将将,淮水汤汤,忧心且伤。淑人君子,怀允不忘。
鼓钟喈喈,淮水湝湝,忧心且悲。淑人君子,其德不回。
鼓钟伐鼛,淮有三洲,忧心且妯。淑人君子,其德不犹。
鼓钟钦钦,鼓瑟鼓琴,笙磬同音。以《雅》以《南》,以籥不僭。

此篇例同国风。"将、汤、伤"间句与"忘"韵,阳部;"喈、湝、悲"间句与"回"韵,三"淮"与"怀"韵①,脂部;"鼛、洲、妯"间句与"犹"韵,幽部;"钦、琴、音、南、僭"连句韵,侵部;三"子"正射韵②,之部。

《鼓钟》四章,章五句。

【注释】

①三"淮"与"怀允不忘"之"怀"连章间句句首相押。

②正射韵,三"淑人君子"之"子"位置相同正射同韵互押。

楚楚者茨,言抽其棘。自昔何为?我艺黍稷。我黍与与,我稷翼翼。我仓既盈,我庾维亿。以为酒食,以享以祀,以妥以侑,以介景福。

济济跄跄,絜尔牛羊,以往烝尝。或剥或亨,或肆或将。祝祭于祊,祀事孔明。先祖是皇,神保是飨。孝孙有庆,报以介福,万寿无疆!

执爨踖踖,为俎孔硕。或燔或炙,君妇莫莫。为豆孔庶,为宾为客,献酬交错。礼仪卒度,笑语卒获。神保是格,报以介福,万寿攸酢!

我孔熯矣,式礼莫愆。工祝致告,徂赉孝孙。苾芬孝祀,神嗜饮食。卜尔百福,如几如式。既齐既稷,既匡既敕。永锡尔极,时万时亿！

礼仪既备，钟鼓既戒。孝孙徂位，工祝致告。神具醉止，皇尸载起。鼓钟送尸，神保聿归。诸宰君妇，废彻不迟。诸父兄弟，备言燕私。

乐具入奏，以绥后禄。尔肴既将，莫怨且庆。既醉既饱，小大稽首。神嗜饮食，使君寿考。孔惠孔时，维其尽之。子子孙孙，勿替引之！

"棘、稷、翼、亿、食、祀、侑、福、福、福、炙、祀、食、福、式、稷、敕、极、亿、备、戒、止、起、妇、食、时、之、之"连章韵，之部；"茨"遥与"位、尸、归、迟、弟、私"韵①，脂部；"何为"下叠韵，歌部；"与"遥及"踖、硕、炙、莫、庶、客、错、度、获、格、酢"韵②，鱼部；"盈"与"跄、羊、尝、亨、将、祊、明、皇、飨、庆、疆"合韵，"将、庆"连句韵，阳部；"燔、愆"错韵③，元部；句尾二"孙"遥韵，谆部；二"祝、告"下间字韵④，"饱、首"间句与"考"韵，幽部；"奏、禄"连句韵，侯部；"尽、引"间句韵⑤，真部。

《楚茨》六章，章十二句。

【注释】

①遥韵，首句"楚楚者茨"的"茨"与第五章"位、尸、归、迟、弟、私"句尾遥相押韵。

②遥韵，第一章"我黍与与"的句尾"与"与第三章"踖、硕、炙、莫、庶、客、错、度、获、格、酢"句尾遥相为韵。

③错韵，第四章"燔、愆"连句第三、四字交错押韵。

⑤间句韵，第六章"尽、引"间隔一句第三字相押。

信彼南山，维禹甸之。畇畇原隰，曾孙田之。我疆我理，南东其亩。

上天同云，雨雪雰雰，益之以霡霂。既优既渥，既沾既足，生我百谷。

· 209 ·

疆场翼翼，黍稷彧彧。曾孙之穑，以为酒食。畀我尸宾，寿考万年。

中田有庐，疆场有瓜。是剥是菹，献之皇祖。曾孙寿考，受天之祜。

祭以清酒，从以骍牡，享于祖考。执其鸾刀，以启其毛，取其血膋。

是烝是享，苾苾芬芬。祀事孔明，先祖是皇。报以介福，万寿无疆。

"之、之、理、亩、翼、彧、穑、食"遥与"福"韵①，之部；"甸、田"遥与"宾、年"韵②，"山"合韵，真部；"云、雰"与"芬"遥韵③，谆部；"霂、渥、足、穀"连句韵，侯部；"庐、瓜、菹、祖"间句及"祜"韵，鱼部；"考"间句与"酒、牡、考"韵④，幽部；"刀、毛、膋"连句韵，宵部；"享、明、皇"与"疆"韵，阳部。

《信南山》六章，章六句。

【注释】

①遥韵，第一章"之、之、理、亩"第三章"翼、彧、穑、食"与六章"报以介福"之"福"句尾遥相押韵，又"之、之、理、亩"间句句尾韵，"翼、彧、穑、食"连句句尾韵。

②遥韵，第一章"甸、田"与第三章"宾、年"隔章第三、四字交错遥押。

③遥韵，第二章"云、雰"与第六章"芬"句尾遥相为韵。

④间句韵，第四章"曾孙寿考"之"考"与第五章"酒、牡、考"连章间句句尾相押。

倬彼甫田，岁取十千。我取其陈，食我农人，自古有年。今适南亩，或耘或耔。黍稷薿薿，攸介攸止，烝我髦士。

以我齐明，与我牺羊，以社以方。我田既臧，农夫之庆。琴瑟击鼓，以御田祖。以祈甘雨，以介我稷黍，以穀我士女。

曾孙来止，以其妇子。馌彼南亩，田畯至喜。攘其左右，尝其旨否。禾易长亩，终善且有。曾孙不怒，农夫克敏。

曾孙之稼，如茨如梁。曾孙之庾，如坻如京。乃求千斯仓，乃求万斯箱。黍稷稻粱，农夫之庆。报以介福，万寿无疆。

"田、千、陈、人、年"连句韵，真部；"亩、耔、薿、止、士"与"止、子、亩、喜、右、否、亩、有、敏、福"韵①，之部；"明、羊、方、臧、庆"与"梁、京、仓、箱、粱、庆、疆"韵②，阳部；"鼓、祖、雨、黍、女、怒、稼"连章韵，"庾"合韵，鱼部。

《甫田》四章，章十句。

【注释】

①第一章"亩、耔、薿、止、士"连句句尾韵；第三章"止、子、亩、喜、右、否、亩、有"连句句尾韵，与"敏"间句句尾韵。以上诸句与第四章"福"遥韵，之部。

②第二章"明、羊、方、臧、庆"连句句尾韵，与第四章"粱、京、仓、箱、粱、庆、疆"句尾遥相为韵。

大田多稼，既种既戒，既备乃事。以我覃耜，俶载南亩，播厥百谷。既庭且硕，曾孙是若。

既方既皁，既坚既好，不稂不莠。去其螟螣，及其蟊贼，无害我田稚。田祖有神，秉畀炎火。

有渰萋萋，兴雨祁祁。雨我公田，遂及我私。彼有不获稚，此有不敛穧。彼有遗秉，此有滞穗，伊寡妇之利。

曾孙来止，以其妇子。馌彼南亩，田畯至喜。来方禋祀，以其骍黑，与其黍稷。以享以祀，以介景福。

"稼"及"硕、若"间五句韵①，鱼部；"戒、事、耜、亩"与"贼、止、子、亩、喜、祀、黑、稷、祀、福"连章韵，"螣"合韵，之部；"谷"与"皁、好、莠"合韵②，幽部；"神、田"连章间三句韵，真部；"稚、火、萋、祁、私、稚、穧、穗、利"连章韵，脂部。

《大田》四章，二章章八句，二章章九句。

【注释】

①间句韵，首句"稼"与"硕、若"间隔五句句尾相押，又"硕、若"连句句尾韵。

②合韵，第一章"播厥百谷"之"谷"与第二章前三句连章间句句尾叶韵相押，又"皂、好、莠"连句句尾韵。

瞻彼洛矣，维水泱泱。君子至止，福禄如茨。韎韐有奭，以作六师。

瞻彼洛矣，维水泱泱。君子至止，鞞琫有珌。君子万年，保其家室。

瞻彼洛矣，维水泱泱。君子至止，福禄既同。君子万年，保其家邦。

此篇例同国风。三"矣"一"奭"三"止"连章韵，之部；三"洛"二"家"连章韵，鱼部；三"泱泱"下同韵①，阳部；"茨、师"脂部，"珌、室"至部，"同、邦"东部，皆间句韵；二"年"正射韵②，真部。

《瞻彼洛矣》三章，章六句。

【注释】

①下同韵，三"维水泱泱"之"泱泱"皆句尾二字相连字同韵同相押，称下同韵。

②正射韵，二"君子万年"之"年"处于诗节相同位置同韵相押。

裳裳者华，其叶湑兮。我觏之子，我心写兮。我心写兮，是以有誉处兮。

裳裳者华，芸其黄矣。我觏之子，维其有章矣。维其有章矣，是以有庆矣。

裳裳者华，或黄或白。我觏之子，乘其四骆。乘其四骆，六辔沃若。

左之左之，君子宜之。右之右之，君子有之。维其有之，是以似之。

此篇例同国风。鱼、之二部为经韵。三"华"及"白、骆、骆、若"韵，"湑"及"写、写、处"错韵①，鱼部；三"子"四"矣"、句尾六"之"连章韵，"右、有、有、似"连句韵，末章六句皆下间字韵②，之部。

四"兮"相韵③，支部；"黄"与"章、章、庆"韵④，三"裳裳"同韵，阳部；"左、宜"连句韵⑤，歌部。

《裳裳者华》四章，章六句。

【注释】

①错韵，第一章"湑"与"写、写"间句第三字相押，与"处"第三、五字交错押韵。

②下间字韵，第六章六句尾"之左之、子宜之、之右之、子有之、其有之、以似之"皆间隔一字相押，之部。

③第一章四"兮"相韵，前二"兮"间句句尾韵，后二"兮"连句句尾韵。

④第二章"黄"与"章、章、庆"句尾倒二字押韵。

⑤连句韵，第六章"左、宜"连句第三字相押。

北山之什十篇，四十六章，三百三十四句。

交交桑扈，有莺其羽。君子乐胥，受天之祜。
交交桑扈，有莺其领。君子乐胥，万邦之屏。
之屏之翰，百辟为宪。不戢不难，受福不那。
兕觥其觩，旨酒思柔。彼交匪敖，万福来求。

此篇例同国风。二"交交"上同韵①，二"乐"正射韵，"交、敖"下间字韵②，宵部；二"扈"二"胥"及"羽、祜"韵，鱼部；"领"

与"屏"合韵，耕部；"那"与"翰、宪、难"合韵，元部；"觩、柔"间句与"求"韵，幽部。

《桑扈》四章，章四句。

【注释】

①上同韵，第一、二章二"交交"皆句首二字相连字同韵同，为上同韵。

②下间字韵，第四章"彼交匪敖"之"交、敖"句尾间隔"匪"相押。

鸳鸯于飞，毕之罗之。君子万年，福禄宜之。
鸳鸯在梁，戢其左翼。君子万年，宜其遐福。
乘马在厩，摧之秣之。君子万年，福禄艾之。
乘马在厩，秣之摧之。君子万年，福禄绥之。

此篇例同国风。"飞"遥与"摧、绥"错韵①，脂部；句尾六"之"与"翼、福"韵，之部；四"年"真部，二"厩"，幽部，皆正射韵；"罗、宜"歌部，"秣、艾"祭部，皆间句韵②。（师培案，"左、遐"与"罗、宜"同韵，"遐"在鱼部。）

《鸳鸯》四章，章四句。

【注释】

①错韵，第一章"鸳鸯于飞"之"飞"与第四章"摧、绥"第四、三字遥相为韵。

②间句韵，第一章"罗、宜"、第二章"秣、艾"皆间句第三字押韵。

有頍者弁，实维伊何？尔酒既旨，尔肴既嘉。岂伊异人？兄弟匪他。茑与女萝，施于松柏。未见君子，忧心奕奕。既见君子，庶几说怿。

有頍者弁，实维何期？尔酒既旨，尔肴既时。岂伊异人？兄弟具来。茑与女萝，施于松上。未见君子，忧心怲怲。既见君子，庶几有臧。

有頍者弁，实维在首。尔酒既旨，尔肴既阜。岂伊异人？兄弟甥舅。如彼雨雪，先集维霰。死丧无日，无几相见。乐酒今夕，君子维宴。

此篇例同国风。三"弁"与"霰、见、宴"韵，元部；"何、嘉、他"、二"萝"遥韵①，歌部；三"旨"正射韵，"雪"合韵，脂部；三"人"正射韵，真部；"柏、奕、怿"遥及"夕"韵②，鱼部；四"子"与"期、时、来"韵，"日"合韵，之部；"上、怲、臧"间句韵，阳部；"首、阜、舅"间句韵，幽部。

《颀弁》三章，章十二句。

【注释】

①遥韵，第一章"何、嘉、他"间句句尾韵，与二"萝"遥押，又二"萝"正射同韵。

②遥韵，第一章"柏、奕、怿"间句句尾韵，与第三章"乐酒今夕"之"夕"句尾遥相押韵。

间关车之辖兮，思娈季女逝兮。匪饥匪渴，德音来括。虽无好友，式燕且喜。

依彼平林，有集维鷮。辰彼硕女，令德来教。式燕且誉，好尔无射。

虽无旨酒，式饮庶几。虽无嘉殽，式食庶几。虽无德与女，式歌且①舞。

陟彼高冈，析其柞薪。析其柞薪，其叶湑兮。鲜我觏尔，我心写兮。

高山仰止，景行行止。四牡骓骓，六辔如琴。觏尔新婚，以慰我心。

"辖、逝"与"渴、括"错韵②，祭部；四"兮"遥韵，支部；"友、喜"与二"止"遥韵③，之部；"林"与"琴、心"遥韵，侵部；

"鵻、教"间句韵,宵部;"硕女、且誉、无射"与"女、且、无"下叠连章韵,"柞、柞、湑"间句及"写"韵,鱼部;"酒、殽"合韵,幽部;"几、几"与"尔、骓"遥韵,脂部;"冈"遥与"仰、行"错韵④,阳部;"昏"与二"薪"合韵,真部。

《车辖》五章,章六句。

【注释】

①旦,案,"旦"为"且"之误。

②错韵,第一章"辖、逝"连句句尾倒二字押韵,"渴、括"连句句尾押韵,又彼此第五、四字交错互押。

③遥韵,第一章"友、喜"连句句尾韵,与第五章二"止"遥韵,又二"止"连句句尾同韵相押。

④错韵,第四章"陟彼高冈"之"冈"与第五章"仰、行"第四、三字遥相为韵。

营营青蝇,止于樊。岂弟君子,无信谗言。
营营青蝇,止于棘。谗人罔极,交乱四国。
营营青蝇,止于榛。谗人罔极,构我二人。

此篇例同国风。三"营营青"三叠韵①,耕部;"子、棘、极、国、极"连章韵,之部;三"蝇"正射韵,蒸部;"樊、言"元部,"榛、人"真部,皆间句韵②。

《青蝇》三章,章四句。

【注释】

①三叠韵,三"营营青"皆句首三字相连韵相同,为上三叠韵。

②间句韵,"樊、言""榛、人"皆间隔一句句尾相押。

宾之初筵,左右秩秩。笾豆有楚,殽核维旅。酒既和旨,饮酒孔偕。钟鼓既设,举酬逸逸。大侯既抗,弓矢斯张。射夫既同,献尔发功。发彼有的,以祈尔爵。

籥舞笙鼓,乐既和奏。烝衎烈祖,以洽百礼。百礼既至,有壬有林。锡尔纯嘏，子孙其湛。其湛曰乐，各奏尔能。宾载手仇，室人入又。酌彼康爵，以奏尔时。

宾之初筵，温温其恭。其未醉止，威仪反反。曰既醉止，威仪幡幡。舍其坐迁，屡舞仙仙。其未醉止，威仪抑抑。曰既醉止，威仪怭怭。是曰既醉，不知其秩。

宾既醉止，载号载呶。乱我笾豆，屡舞僛僛。是曰既醉，不知其邮。侧弁之俄，屡舞傞傞。既醉而出，并受其福。醉而不出，是谓伐德。饮酒孔嘉，维其令仪。

凡此饮酒，或醉或否。既立之监，或佐之史。彼醉不臧，不醉反耻。式勿从谓，无俾大怠。匪言勿言，匪由勿语。由醉之言，俾出童羖。三爵不识，矧敢多又。

二"筵"与"反、幡、迁、仙、言、言"韵，元部；"秩、设、逸"与"至、抑、怭、秩"韵，至部；"楚、旅"及"鼓、祖、嘏、呶、语、羖"韵，鱼部；"旨、偕"与"礼、醉、醉、出、出、谓"韵，脂部；"抗、张"遥与"臧"韵①，阳部；"同、功"遥与"恭"韵②，东部；"的、爵"连句韵，"乐、爵"间三句韵，宵部；"奏、豆"侯部，"仇、酒"幽部，合韵；"壬、林"下间字韵③，"林、湛"间句韵，侵部；"能、又、时"与"僛、邮、福、德、否、史、耻、怠、识、又、五、止"连章韵，之部；"俄、傞"与"嘉、仪"韵④，歌部。

《宾之初筵》五章，章十四句。

【注释】

①遥韵，第一章"抗、张"连句句尾韵，与第五章"彼醉不臧"之"臧"遥押。

②遥韵，第一章"同、功"连句句尾韵，与第三章"温温其恭"之"恭"遥相押韵。

③下间字韵，第二章"有壬有林"之"壬、林"句尾间隔"有"押韵，为下间字韵。

④第四章"俄、傞""嘉、仪"皆连句句尾韵，又彼此间隔四句句尾韵。

鱼在在藻，有颁其首。王在在镐，岂乐饮酒。
鱼在在藻，有莘其尾。王在在镐，饮酒乐岂。
鱼在在藻，依于其蒲。王在在镐，有那其居。

此篇例同国风。三"藻"三"镐"连章间句韵，宵部；六"在在"同韵①，之部；"首、酒"幽部，"尾、岂"脂部，"蒲、居"鱼部，皆间句韵。

《鱼藻》三章，章四句。

【注释】

①同韵，六"在在"皆句中二字相连字同韵同互押，属中同韵类。

采菽采菽，筐之筥之。君子来朝，何锡予之？虽无予之，路车乘马。又何予之？玄衮及黼。
觱沸槛泉，言采其芹。君子来朝，言观其旂。其旂淠淠，鸾声嘒嘒。载骖载驷，君子所届。
赤芾在股，邪幅在下。彼交匪纾，天子所予。乐只君子，天子命之。乐只君子，福禄申之。
维柞之枝，其叶蓬蓬。乐只君子，殿天子之邦。乐只君子，万福攸同。平平左右，亦是率从。
泛泛杨舟，绋纚维之。乐只君子，天子葵之。乐只君子，福禄膍之。优哉游哉，亦是戾矣！

二"菽"下间字韵，"舟"与"游"错韵①，"优、游"上间字韵②，幽部；二"朝"正射韵，宵部；句尾九"之"六"子"与"哉、矣"连章韵，"枝"合韵，之部；"筥"、三"予"及"马、黼、股、下、纾、予"错韵，鱼部；"芹、旂"间句韵，"泉"合韵，谆部；"淠、嘒、驷、届"遥与"维、葵、膍、戾"错韵③，脂部；"命、申"间句韵④，真部；"蓬、邦、同、从"皆间句韵，东部。

《采菽》五章，章八句。

【注释】

①错韵，第五章"舟"与"游"第四、三字交错押韵。

②上间字韵，第五章"优哉游哉"之"优、游"位于句首且间隔"哉"韵同相押，称上间字韵。

③错韵，第二章"洱、嗜、驷、届"遥与"维、葵、脆、戾"第四、三字交错相押；又"洱、嗜、驷、届"连句句尾韵，"维、葵、脆、戾"间句第三字押韵。

④间句韵，第三章"命、申"间句第三字押韵。

骍骍角弓，翩其反矣。兄弟昏姻，无胥远矣。
尔之远矣，民胥然矣。尔之教矣，民胥效矣。
此令兄弟，绰绰有裕。不令兄弟，交相为瘉。
民之无良，相怨一方。受爵不让，至于己①斯亡。
老马反为驹，不顾其后。如食宜饇，如酌孔取。
毋教猱升木，如涂涂附。君子有徽猷，小人与属。
雨雪瀌瀌，见晛曰消。莫肯下遗，式居娄骄。
雨雪浮浮，见晛曰流。如蛮如髦，我是用忧。

"反、远、远、然"连章韵，元部；"弓、姻"蒸、真合韵；六"矣"连章韵，之部；"教、效"遥与"瀌、消、骄、髦"错韵②，宵部；二"弟"遥与"遗"韵③，脂部；"裕、瘉、驹、后、饇、取、木、附、属"连章韵，侯部；"良、方、让、亡"连句韵，阳部；"猷"与"浮、流、忧"韵④，幽部。

《角弓》八章，章四句。

【注释】

①己，案，"己"诸本皆作"己"，原文误。

②错韵，第二章"教、效"遥与第七、八章"瀌、消、骄、髦"第三、四字交错相押；又"教、效"连句第三字韵，"瀌、消、骄、髦"间句句尾韵。

③遥韵，第三章二"弟"与第七章"遗"句尾遥押。

④第六章"君子有徽猷"之"猷"与第八章"浮、流、忧"句尾遥押，又"浮、流"与"忧"间句句尾韵。

有菀者柳，不尚息焉。上帝甚蹈，无自暱焉。俾予靖之，后予极焉。

有菀者柳，不尚愒焉。上帝甚蹈，无自瘵焉。俾予靖之，后予迈焉。

有鸟高飞，亦傅于天。彼人之心，于何其臻？曷予靖之，居以凶矜。

此篇例同国风。二"柳"二"蹈"间句韵，幽部；六"焉"连章间句韵，元部；"息、暱、极"间句韵①，三"之"正射韵，之部；三"靖"正射韵，耕部；"愒、瘵、迈"间句韵②，祭部；"飞"合韵，"天、臻、矜"间句韵，真部；"心"与二"甚"错射韵③，侵部。

《菀柳》三章，章六句。

【注释】

①间句韵，第一章"息、暱、极"间句第三字相押。
②间句韵，第二章"愒、瘵、迈"间句第三字互押。
③错射韵，第三章"心"与第一、二章"甚"位于章节相同位置交错互押，与正射韵相对，称错射韵。

桑扈之什十篇，四十三章，二百八十二句。

彼都人士，狐裘黄黄。其容不改，出言有章。行归于周，万民所望。
彼都人士，台笠缁撮。彼君子女，绸直如发。我不见兮，我心不说。
彼都人士，充耳琇实。彼君子女，谓之尹吉。我不见兮，我心苑结。
彼都人士，垂带而厉。彼君子女，卷发如虿。我不见兮，言从之迈。
匪伊垂之，带则有余。匪伊卷之，发则有旟。我不见兮，云何盱矣。

此篇例同国风。四"士"二"之"与"改、矣"连章韵，之部；"黄、章、望"间句韵，阳部；"撮、发、说"与"厉、虿、迈"韵，祭部；三"女"及"余、旟"韵①，"盱"错韵②，鱼部；四"见"与"卷"韵③，元部；四"兮"正射韵，支部；"实、吉、结"间句韵，至部。

《都人士》五章，章六句。

【注释】

①三"彼君子女"之"女"与第五章"余、旟"句尾遥韵；又三"女"正射韵，"余、旟"间句句尾韵。

②错韵，第五章"云何盱矣"之"盱"与本章"余、旟"第三、四字交错押韵。

③第五章"见"与"卷"间句第三字押韵，又与第二、三、四章"见"第三字遥相为韵。

> 终朝采绿，不盈一匊。予发曲局，薄言归沐。
> 终朝采蓝，不盈一襜。五日为期，六日不詹。
> 之子于狩，言韔其弓。之子于钓，言纶之绳。
> 其钓维何，维鲂及鱮。维鲂及鱮，薄言观者。

此篇例同国风。"绿、匊、局、沐"连句韵，侯部；"蓝、襜"间句与"詹"韵，谈部；"日、期"至、之相合下间字韵①，"狩、钓"幽、宵合韵；"弓、绳"间句韵，蒸部；"鱮、鱮、者"连句韵，鱼部；"言观"中叠韵②，元部。

《采绿》四章，章四句。

【注释】

①下间字韵，第二章"五日为期"之"日、期"为至、之二部韵近相合间隔一字句尾相押。

②中叠韵，第四章"薄言观者"之"言观"句中二字韵同叠押，称中叠韵。

芃芃黍苗，阴雨膏之。悠悠南行，召伯劳之。
我任我辇，我车我牛。我行既集，盖云归哉。
我徒我御，我师我旅。我行既集，盖云归处。
肃肃谢功，召伯营之。烈烈征师，召伯成之。
原隰既平，泉流既清。召伯有成，王心则宁。

此篇例同国风。"苗"与"膏、劳"错韵①，宵部；四"之"与"牛、哉"韵，之部；上一"行"引韵②，下二"行"正射韵，阳部；二"集"缉部；"御、旅"间句及"处"韵，鱼部；四"既"二"归"与"师"错韵③，脂部；"营、征、成"与"平、清、成、宁"连章错韵④，耕部。

《黍苗》五章，章四句。

【注释】

①错韵，第一章"苗"与"膏、劳"第四、三字交错押韵。

②引韵，亦称起韵，在一韵部中起引领作用的韵，一般位于篇首部分。

③错韵，四"既"二"归"皆于第三字押韵，与第四章"师"第四字交错互押。

④连章错韵，第三章"营、征、成"连句第三字韵，第四章"平、清、成、宁"连句句尾韵；二者连章第三、四字交错互押。

隰桑有阿，其叶有难。既见君子，其乐如何？
隰桑有阿，其叶有沃。既见君子，云何不乐？
隰桑有阿，其叶有幽。既见君子，德音孔胶。
心乎爱①矣，遐不谓矣。中心藏之，何日忘之？

此篇例同国风。三"子"二"矣"二"之"连章韵，之部；"难"与三"阿"一"何"合韵②，歌部；"沃、乐"宵部，"幽、胶"幽部，皆间句韵；爱部皆连句韵③。（师培案，"遐、何"歌韵，"遐"鱼部。）

《隰桑》四章，章四句。

【注释】

①忧，案，诸本皆作"爱"，原文疑误。

②合韵，"难"与三"阿"一"何"叶韵相押，又三"阿"正射同韵。

③连句韵，案，此处"爱"后"部"前疑脱数字。

白华菅兮，白茅束兮。之子之远，俾我独兮。
英英白云，露彼菅茅。天步艰难，之子不犹。
滮池北流，浸彼稻田。啸歌伤怀，念彼硕人。
樵彼桑薪，卬烘于煁。维彼硕人，实劳我心。
鼓钟于宫，声闻于外。念子懆懆，视我迈迈。
有鹙在梁，有鹤在林。维彼硕人，实劳我心。
鸳鸯在梁，戢其左翼。之子无良，二三其德。
有扁斯石，履之卑兮。之子之远，俾我疧兮。

二"菅"二"远"一"难"错韵①，元部；五"兮"遥韵，"斯、卑"间句与"疧"韵②，支部；"束、独"间句韵③，侯部；"茅、犹、流"连章韵，幽部；"云"与"田、薪"、三"人"合韵，真部；"怀"与"外、迈"合韵，祭部；"煁、心""林、心"皆间句韵，侵部；"钟、宫"东、冬合韵；"懆懆"下同韵，宵部；二"梁"与"良"韵，阳部；"翼、德"间句韵，之部。（葛昂若曰，三四章四"彼"与"池、歌"韵。）

《白华》八章，章四句。

【注释】

①错韵，第一章"菅"与"远"间句第三、四字交错互押，第二章"菅"与"难"连句第三、四字互押。

②间句韵，第八章"斯、卑"连句第三字相押，与"疧"间句第三字押韵。

③间句韵，第一章"束、独"间句第三字相押。

绵蛮黄鸟，止于丘阿。道之云远，我劳如何。饮之食之，教之诲之。命彼后车，谓之载之。

绵蛮黄鸟，止于丘隅。岂敢惮行？畏不能趋。饮之食之，教之诲之。命彼后车，谓之载之。

绵蛮黄鸟，止于丘侧。岂敢惮行？畏不能极。饮之食之，教之诲之。命彼后车，谓之载之。

此篇例同国风。三"之食之""之诲之""之载之"三叠连章韵[①]，"侧、极"间句韵，之部；三"绵蛮"上叠韵，"远"与二"惮"错韵[②]，元部；三"黄"二"行"皆正射韵，阳部；"阿、何"歌部，"隅、趋"侯部，皆间句韵；三"车"三"于"正射韵，鱼部。

《绵蛮》三章，章八句。

【注释】

①三叠连章韵，三"之食之""之诲之""之载之"皆句尾三字相连韵同叠押，为下三叠韵，又串联各章构成连章韵。

②错韵，第一章"道之云远"之"远"与二"岂敢惮行"之"惮"第四、三字交错互押。

幡幡瓠叶，采之亨之。君子有酒，酌言尝之。
有兔斯首，炮之燔之。君子有酒，酌言献之。
有兔斯首，燔之炙之。君子有酒，酌言酢之。
有兔斯首，燔之炮之。君子有酒，酌言酬之。

此篇例同国风。句尾八"之"连章间句韵，之部；三"首"四"酒"连章间句韵，"炮、酬"间句韵[①]，幽部；"亨、尝"阳部，"燔、献"元部，"炙、酢"鱼部，皆间句韵。

《瓠叶》四章，章四句。

【注释】

①间句韵，第四章"炮、酬"间隔一句第三字相押。

渐渐之石，维其高矣。山川悠远，维其劳矣。武人东征，不遑朝矣。

渐渐之石，维其卒矣。山川悠远，曷其没矣。武人东征，不遑出矣。

有豕白蹢，烝涉波矣。月离于毕，俾滂沱矣。武人东征，不皇他矣。

此篇例同国风。九"矣"连章间句韵，之部；二"石"正射韵，鱼部；二"远"正射韵，元部；三"征"正射韵，耕部；"高、劳、朝"间句韵①，宵部；"卒、没、出"间句韵②，脂部；"蹢、毕"支、至合韵；"波、沱、他"间句韵③，歌部。

《渐渐之石》三章，章六句。

【注释】

①间句韵，第一章"高、劳、朝"间句第三字押韵。

②间句韵，第二章"卒、没、出"间句第三字相押。

③间句韵，第三章"波、沱、他"间句第三字相押。

苕之华，芸其黄矣。心之忧矣，维其伤矣。
苕之华，其叶青青。知我如此，不如无生。
牂羊坟首，三星在罶。人可以食，鲜可以饱。

此篇例同国风。二"华"正射韵，鱼部；"此"与三"矣"一"食"合韵，之部；"黄、伤"间句韵①，阳部；"忧"与"首、罶、饱"错韵②，幽部；"青、生"间句韵，耕部。

《苕之华》三章，章四句。

【注释】

①间句韵，第一章"黄、伤"间隔一句第三字押韵。

②错韵，第一章"心之忧矣"之"忧"与第三章"首、罶、饱"第三、四字交错相押。

何草不黄，何日不行？何人不将？经营四方。
何草不玄，何人不矜？哀我征夫，独为匪民。
匪兕匪虎，率彼旷野。哀我征夫，朝夕不暇。
有芃者狐，率彼幽草。有栈之车，行彼周道。

此篇例同国风。"黄、行、将、方"连句韵，阳部；"玄、矜"间句与"民"韵①，真部；二"夫"及"虎、野、暇、狐、车"连章韵，鱼部；"幽草、周道"下叠间句韵②，幽部。

《何草不黄》四章，章四句。

【注释】

①间句韵，第二章"玄、矜"与"民"间句句尾韵，又"玄、矜"连句句尾韵。

②下叠间句韵，第章"幽草、周道"皆句尾二字相连韵同叠押，又彼此间句句尾互押。

都人士之什十篇，四十三章，二百句。

毛诗正韵卷三终
双流黄启良校

《毛诗正韵》卷四

大　雅

　　文王在上，於昭于天。周虽旧邦，其命维新。有周不显，帝命不时。文王陟降，在帝左右。
　　亹亹文王，令闻不已。陈锡载周，侯文王孙子。文王孙子，本支百世。凡周之士，不显亦世。
　　世之不显，厥犹翼翼。思皇多士，生此王国。王国克生，维周之桢。济济多士，文王以宁。
　　穆穆文王，於缉熙敬止。假哉天命，有商孙子。商之孙子，其丽不亿。上帝既命，侯于周服。
　　侯服于周，天命靡常。殷士肤敏，祼将于京。厥作祼将，常服黼冔。王之荩臣，无念尔祖。
　　无念尔祖，聿修厥德。永言配命，自求多福。殷之未丧师，克配上帝。宜鉴于殷，骏命不易。
　　命之不易，无遏尔躬。宣昭义问，有虞殷自天。上天之载，无声无臭。仪刑文王，万邦作孚。

　　"王、上"间字韵[①]，"上"又与句尾三"王"、"常、京、将"韵，阳部；"天、新"与句尾三"命""臣、天"韵，"问"合韵，真部；"降、躬"遥韵，"邦"合韵，冬部；句尾二"显"遥韵[②]，元部；"右、已、子、子、士、翼、士、国、止、子、子、亿、服、敏、德、福、

· 227 ·

载"连章韵，之部；句尾二"周"遥与"臭、孚"韵③，幽部；句尾二"世"间句韵，祭部；"生、桢、宁"与"敬"韵，耕部；"寻"及二"祖"韵④，鱼部；"师"与"帝、易、易"合韵，支部。（葛昂若曰，"王、上"韵，"於、于"韵，"周、旧"韵，"命、新"韵。章炳麟曰，"亹、闻、文"韵。章炳麟曰，"殷、骏"韵。）

《文王》七章，章八句。

【注释】

①间字韵，第一章"文王在上"之"王、上"间隔"在"相押。

②遥韵，第一章"有周不显"与第三章"世之不显"的句尾二"显"遥相为韵。

③遥韵，第二章"陈锡哉周"和第五章"侯服于周"的句尾二"周"与第七章"臭、孚"句尾遥押，又"臭、孚"间句句尾韵。

④第五章"寻"与二"祖"间句押韵，二"祖"连句句尾韵。

明明在下，赫赫在上。天难忱斯，不易维王。天位殷适，使不挟四方。

挚仲氏任，自彼殷商。来嫁于周，曰嫔于京。乃及王季，维德之行。大任有身，生此文王。

维此文王，小心翼翼。昭事上帝，聿怀多福。厥德不回，以受方国。

天监在下，有命既集。文王初载，天作之合。在洽之阳，在渭之涘。文王嘉止，大邦有子。

大邦有子，俔天之妹。文定厥祥，亲迎于渭。造舟为梁，不显其光。

有命自天，命此文王。于周于京，缵女维莘。长子维行，笃生武王。保右命尔，燮伐大商。

殷商之旅，其会如林。矢于牧野，维予侯兴。上帝临女，无贰尔心。

牧野洋洋，檀车煌煌。驷騵彭彭，维师尚父。时维鹰扬，凉彼武王。肆伐大商，会朝清明。

"上、王、方、商、京、行、王、王、阳、祥、梁、光、王、京、行、王、商、洋、煌、彭、扬、王、商、明"连章韵，阳部；二"下"遥及"旅、野、女、父"韵①，鱼部；"斯、适"遥与"帝"韵②，支部；"任"遥与"林、心"韵③，"兴"合韵，侵部；"季、回、妹、渭、尔"遥韵，脂部；"身"遥与"天、莘"韵④，真部；"翼、福、国、载、浃、止、子、子"连章韵，之部；"集、合"间句韵，缉部。

《大明》八章，四章章六句，四章章八句。

【注释】

①遥韵，第一章"明明在下"、第四章"天监在下"的二"下"与第七章"旅、野、女"、第八章"父"遥相押韵，又"旅、野、女、父"连章间句句尾韵。

②遥韵，第一章"斯、适"间句句尾韵，与第三章"昭事上帝"之"帝"遥韵。

③遥韵，第二章"挚仲氏任"之"任"与第七章"林、心"句尾遥韵，又"林、心"间句句尾韵。

④遥韵，第二章"大任有身"之"身"与第六章"天、莘"句尾遥押，又"天、莘"间二句句尾韵。

绵绵瓜瓞，民之初生，自土沮漆。古公亶父，陶复陶穴，未有家室。

古公亶父，来朝走马。率西水浒，至于岐下。爰及姜女，聿来胥宇。

周原膴膴，堇荼如饴。爰始爰谋，爰契我龟。曰止曰时，筑室于兹。

乃慰乃止，乃左乃右。乃疆乃理，乃宣乃亩。自西徂东，周爰执事。

乃召司空，乃召司徒，俾立室家。其绳则直，缩版以载，作庙翼翼。

捄之陾陾，度之薨薨。筑之登登，削屡冯冯。百堵皆兴，鼛鼓弗胜。

乃立高门，高门有伉。乃立应门，应门将将。乃立冢土，戎醜攸行。

肆不殄厥愠，亦不陨厥问。柞棫拔矣，行道兑矣。混夷駾矣，维其喙矣。

虞芮质厥成，文王蹶厥生。予曰有疏附，予曰有先后，予曰有奔奏，予曰有御侮。

"毖、漆"与"穴、室"韵，至部；"生"遥与末章"成、生"韵①，耕部；"父、父、马、浒、下、女、宇、廡、徒、家、土"连章韵，鱼部；"饴、谋、龟、时、兹、止、右、理、亩、事、直、载、翼、陾、四、薨"连章韵，之部；"东、空"连章间句韵②，东部；"薨、登、冯、兴、胜"连句韵，蒸部；"门、门"与"愠、问"韵③，谆部；"伉、将、行"间句韵，阳部；"拔、兑、駾、喙"连句韵④，祭部；"附、后、奏、侮"连句韵，侯部。

《绵》九章，章六句。

【注释】

①遥韵，第一章"民之初生"的"生"与末章"成、生"句尾遥押，又"成、生"连句句尾押韵。

②连章间句韵，第四、五章"东、空"间隔一句连章句尾相押。

③第七章"门、门"间句句尾韵，第八章"愠、问"连句句尾韵，彼此构成连章间句句尾韵。

④连句韵，第八章"拔、兑、駾、喙"连句句尾倒二字相押。

芃芃棫朴，薪之槱之。济济辟王，左右趣之。
济济辟王，左右奉璋。奉璋峨峨，髦士攸宜。
淠彼泾舟，烝徒楫之。周王于迈，六师及之。
倬彼云汉，为章于天。周王寿考，遐不作人。
追琢其章，金玉其相。勉勉我王，纲纪四方。

"朴"与"趣"错韵①，"槱"合韵，侯部；句尾四"之"遥韵，之部；"王、王、璋、章、相、王、方"连章韵，阳部；"峨、宜"连句韵，歌部；"舟、考"遥韵②，幽部；"楫、及"间句韵③，缉部；"汉"与"天、人"合韵，真部。（师培案，"为、迆"与"彼"韵。）

《棫朴》五章，章四句。

【注释】

①错韵，第一章"朴"与"趣"间隔两句第四、三字相押。

②遥韵，第三章"淠彼泾舟"、第四章"周王寿考"的"舟、考"句尾遥相押韵。

③间句韵，第三章"楫、及"间隔一句第三字相押。

　　　　瞻彼旱麓，榛楛济济。岂弟君子，干禄岂弟。
　　　　瑟彼玉瓒，黄流在中。岂弟君子，福禄攸降。
　　　　鸢飞戾天，鱼跃于渊。岂弟君子，遐不作人。
　　　　清酒既载，骍牡既备。以享以祀，以介景福。
　　　　瑟彼柞棫，民所燎矣。岂弟君子，神所劳矣。
　　　　莫莫葛藟，施于条枚。岂弟君子，求福不回。

"麓"与"玉"错韵①，侯部；"瓒"与"旱"错韵②，元部；"济、弟"遥与"藟、枚、回"韵，脂部；五"子"与"载、备、祀、福、棫、矣、矣"连章韵，之部；"中、降"间句韵，冬部；"天、渊"间句与"人"韵，真部；"燎、劳"间句韵，宵部。

《旱麓》六章，章四句。

【注释】

①错韵，第一章"麓"与第二章"玉"隔章第四、三字相押。

②错韵，第二章"瓒"与第一章"旱"隔章第四、三字押韵。

　　　思齐大任，文王之母。思媚周姜，京室之妇。大姒嗣徽音，则百斯男。

　　　惠于宗公，神罔时怨，神罔时恫。刑于寡妻，至于兄弟，以御于家邦。

雍雍在宫，肃肃在庙。不显亦临，无射亦保。
肆戎疾不殄，烈假不瑕。不闻亦式，不谏亦入。
肆成人有德，小子有造。古之人无斁，誉髦斯士。

"任、音、男"遥与"临"韵①，侵部；"母、妇、式、德、士"连章韵，"人"合韵，之部；"姜、京"连句叠韵②，阳部；"宫"与"公、恫、邦"合韵，东部；"妻、弟"连句韵，脂部；"怨"与"殄"合韵，谆部；"庙、保"与"造"遥韵③，幽部；"假、瑕"下间字韵④，"古、无斁"一句三韵⑤，鱼部。

《思齐》五章，二章章六句，三章章四句。

【注释】

①遥韵，第一章"任、音、男"间句句尾韵，与第三章"不显亦临"之"临"句尾遥韵。

②连句叠韵，第一章"思媚周姜，京室之妇"之"姜、京"为上句句尾与下句句首相连韵同互押。

③遥韵，第三章"庙、保"间句句尾韵，与第五章"小子有造"之"造"句尾遥相为韵。

④下间字韵，第四章"烈假不瑕"的"假、瑕"句尾二字间隔"不"韵同相押，称下间字韵。

⑤第五章"古之人无斁"的"古、无斁"间隔二字押韵，属三叠韵类。

皇矣上帝，临下有赫。监观四方，求民之莫。维此二国，其政不获。维彼四国，爰究爰度。上帝耆之，憎其式廓。乃眷西顾，此维与宅。

作之屏之，其菑其翳。修之平之，其灌其栵。启之辟之，其柽其椐。攘之剔之，其檿其柘。帝迁明德，串夷载路。天立厥配，受命既固。

帝省其山，柞棫斯拔，松柏斯兑。帝作邦作对，自大伯王季。维此王季，因心则友。则友其兄，则笃其庆。载锡之光，受禄无丧，奄有四方。

　　维此王季，帝度其心。貊其德音，其德克明。克明克类，克长克君。王此大邦，克顺克比。比于文王，其德靡悔。既受帝祉，施于孙子。

　　帝谓文王，无然畔援，无然歆羡，诞先登于岸。密人不恭，敢距大邦。侵阮徂共，王赫斯怒。爰整其旅，以按徂旅。以笃于周祜，以对于天下。

　　依其在京，侵自阮疆。陟我高冈，无矢我陵。我陵我阿，无饮我泉。我泉我池，度其鲜原。居岐之阳，在渭之将。万邦之方，下民之王。

　　帝谓文王，予怀明德，不大声以色，不长夏以革。不识不知，顺帝之则。帝谓文王，询尔仇方，同尔弟兄。以尔钩援，与尔临冲，以伐崇墉。

　　临冲闲闲，崇墉言言。执讯连连，攸馘安安。是类是祃，是致是附，四方以无侮。临冲茀茀，崇墉仡仡。是伐是肆，是绝是忽，四方以无拂。

　　"帝"遥与"辟、剔"错韵①，支部；"赫、莫、获、度、廓、顾、宅、椐、柘、路、固、怒、旅、旅、祜、下"连章韵，"祃"及下二"无"韵，鱼部；"方、兄、庆、光、丧、方、明、王、王、京、疆、冈、阳、将、方、王、王、王、方"连章韵，阳部；二"国"、句尾五"之"、"德、配、友、悔、祉、子、德、色、革、则"连章韵，"知"合韵，之部；"屏、平"间句韵②，耕部；"翳、栵"与"拔、兑"韵，祭部；"山"与"援、羡、岸、泉、原"韵，"闲闲、言言、连连、安安"下同连句韵③，元部；"对、季、季、季、类、比、弟、茀、仡、肆、忽、拂"连章韵，脂部；"心、音"连句韵，侵部；"君"与本章"文、孙"错韵④，谆部；"恭、邦、共"与"冲、墉"韵，东部；二"陵"连句间字韵⑤，蒸部；"阿、池"间句韵，歌部；"附、侮"连句韵，侯部。

　　《皇矣》八章，章十二句。

【注释】

①错韵，第一章"皇矣上帝"之"帝"遥与第二章"辟、剔"第四、三字交错押韵，又"辟、剔"连句第三字互押。

②间句韵，第二章"屏、平"间隔一句第三字押韵。

③下同连句韵，第八章"闲闲、言言、连连、安安"皆句尾二字相连同韵互押，又彼此连句句尾相押。

④错韵，第四章"君"与本章"文、孙"第四、三字交错为韵，又"文、孙"间两句第三字押韵。

⑤连句间字韵，第六章"无矢我陵""我陵我阿"的二"陵"连句间隔"我"同韵互押，又称连句间字同韵。

经始灵台，经之营之。庶民攻之，不日成之。经始勿亟，庶民子来。

王在灵囿，麀鹿攸伏。麀鹿濯濯，白鸟翯翯。王在灵沼，於牣鱼跃。

虡业维枞，贲鼓维镛。於论鼓钟，於乐辟廱。

於论鼓钟，於乐辟廱。鼍鼓逢逢，矇瞍奏公。

"台、之、之、之、亟、来、囿、伏"连章韵，之部；"营、成"与三"灵"韵①，耕部；"濯、翯、沼、跃"连句韵，宵部；"攻"遥与"枞、镛、钟、廱、逢、公"错韵②，东部。（惟汾谨案，"攻"与"灵、营、成"相合连句韵，下二"灵"间三句韵，耕部；二"钟"二"廱"与"枞、镛、逢、公"连章连句韵，东部。）

《灵台》四章，二章章六句，二章章四句。

【注释】

①第一、二章"营、成"与三"灵"皆间句第三字互押。

②错韵，第一章"庶民攻之"的"攻"遥与第三、四章"枞、镛、钟、廱、逢、公"第三、四字交错相押。

下武维周，世有哲王。三后在天，王配于京。

王配于京，世德作求。永言配命，成王之孚。
成王之孚，下土之式。永言孝思，孝思维则。
媚兹一人，应侯顺德。永言孝思，昭哉嗣服。
昭兹来许，绳其祖武。於万斯年，受天之祜。
受天之祜，四方来贺。於万斯年，不遐有佐。

"周"与"求、孚、孚"韵①，幽部；"王、京、京"连章韵，阳部；"天、命、人、年"遥韵②，真部；"式、思、则、德、思、服"连章韵，之部；"许、武"及"祜、祜"韵，鱼部；"贺、佐"间句韵，歌部。

《下武》六章，章四句。

【注释】

①第一章"下武维周"之"周"与第二、三章"求、孚、孚"句尾遥韵，又"孚、孚"连章句尾韵。

②遥韵，第一、二章"天、命"连章间句句尾韵，与第四、五章"人、年"句尾遥韵，"人、年"亦连章间句句尾韵。

文王有声，遹骏有声。遹求厥宁，遹观厥成。文王烝哉！
文王受命，有此武功。既伐于崇，作邑于丰。文王烝哉！
筑城伊淢，作丰伊匹。匪棘其欲，遹追来孝。王后烝哉！
王公伊濯，维丰之垣。四方攸同，王后维翰。王后烝哉！
丰水东注，维禹之绩。四方攸同，皇王维辟。皇王烝哉！
镐京辟廱，自西自东。自南自北，无思不服。皇王烝哉！
考卜维王，宅是镐京。维龟正之，武王成之。武王烝哉！
丰水有芑，武王岂不仕？诒厥孙谋，以燕翼子。武王烝哉！

"声、声、宁、成"连句韵，"命"合韵，"正、成"连句韵①，耕部；八"烝"正射韵，蒸部；八"哉"正射与"淢、北、服、之、之、芑、仕、谋、子"连章韵，"匹"合韵，之部；"功、丰、同、同、廱、东"连章韵，"崇"合韵，东部；"欲、注"与"孝、濯"合韵②，侯、宵部；"垣、翰"间句韵，支部；"王、京"连句韵，阳部。

《文王有声》八章，章五句。

【注释】

①连句韵，第七章"维龟正之，武王成之"之"正、成"连句第三字相押。

②合韵，第三章"欲、孝"与第四章"濯"、第五章"注"皆为相协合韵互押。

文王之什十篇，六十六章，四百一十四句。

厥初生民，时维姜嫄。生民如何？克禋克祀，以弗无子。履帝武敏歆，攸介攸止，载震载夙。载生载育，时维后稷。

诞弥厥月，先生如达。不坼不副，无菑无害。以赫厥灵，上帝不宁。不康禋祀，居然生子。

诞寘之隘巷，牛羊腓字之。诞寘之平林，会伐平林。诞寘之寒冰，鸟覆翼之。鸟乃去矣，后稷呱矣。实覃实吁，厥声载路。

诞实匍匐，克岐克嶷。以就口食，艺之荏菽。荏菽旆旆，禾役穟穟。麻麦幪幪，瓜瓞唪唪。

诞后稷之穑，有相之道。茀厥丰草，种之黄茂。实方实苞，实种实褎。实发实秀，实坚实好。实颖实栗，即有邰家室。

诞降嘉种，维秬维秠，维穈维芑。恒之秬秠，是获是亩。恒之穈芑，是任是负。以归肇祀。

诞我祀如何？或舂或揄，或簸或蹂。释之叟叟，烝之浮浮。载谋载惟。取萧祭脂，取羝以軷。载燔载烈，以兴嗣岁。

卬盛于豆，于豆于登。其香始升，上帝居歆。胡臭亶时，后稷肇祀。庶无罪悔，以迄于今。

"民、嫄"真、元合韵①，二"何"遥韵②，歌部；"祀、子、止、稷、副、四、子、之、之、矣、矣、匐、嶷、食、穑、秠、芑、秠、亩、苢、负、祀、时、祀、悔"连章韵，之部；"歆"遥与"林、林、歆、今"韵③，侵部；"夙、育"遥与"菽、道、草、茂、苞、褎、秀、好、蹂、叟、浮"韵，幽部；"月、达、害"遥与"軷、烈、岁"韵，祭部；"灵、宁"连句韵，耕部；"巷"与"幪、唪、种"韵，东部；"冰"遥与"登、升"韵④，蒸部；"去、呱"及"訏、路"错韵⑤，鱼部；"秠、穈"遥与"惟、脂"韵，脂部；"栗、室"连句韵，至部；"揄、豆"遥韵⑥，侯部。

《生民》八章，四章章十句，四章章八句。

【注释】

①合韵，"民、嫄"分属真、元二部韵近而相押。

②遥韵，第一章"生民如何"与第七章"诞我祀如何"的二"何"间隔数章句尾遥押。

③遥韵，第一章"履帝武敏歆"之"歆"与第三章"林、林"、第八章"歆、今"句尾遥押；又"林、林"连句句尾韵，"歆、今"间三句句尾韵。

④遥韵，第三章"诞寘之寒冰"之"冰"与第八章"登、升"句尾遥相押韵，又"登、升"连句句尾韵。

⑤错韵，第三章"去、呱"与"訏、路"连句第三、四字交错相押。

⑥遥韵，第七章"或舂或揄"、第八章"卬盛于豆"之"揄、豆"句尾遥押。

敦彼行苇，牛羊勿践履。方苞方体，维叶泥泥。戚戚兄弟，莫远具尔。或肆之筵，或授之几。

肆筵设席，授几有缉御。或献或酢，洗爵奠斝。醓醢以荐，或燔或炙。嘉肴脾臄，或歌或咢。

敦弓既坚，四鍭既钧。舍矢既均，序宾以贤。敦弓既句，既挟四鍭。四鍭如树，序宾以不侮。

曾孙维主，酒醴维醹。酌以大斗，以祈黄耇。黄耇台背，以引以翼。寿考维祺，以介景福。

"苇、履、体、泥、弟、尔"间句与"几"韵,脂部;"践、筵"间四句韵①,元部;"席、御、酢、羠"间句与"炙、膫、咢"韵,鱼部;"荐"与"坚、钧、均、贤"合韵②,真部;"句、镂、树、侮、主、醹、斗、耇"连章韵,侯部;"背、翼、祺、福"连句韵,之部。

《行苇》四章,章八句。

【注释】

①第一章"牛羊勿践履""或肆之筵"之"践、筵"间隔四句第四字押韵。

②合韵,第二章"酤酤以荐"之"荐"与第三章"坚、钧、均、贤"连章间句句尾韵,又"坚、钧、均、贤"连句句尾韵。

既醉以酒,既饱以德。君子万年,介尔景福。
既醉以酒,尔肴既将。君子万年,介尔昭明。
昭明有融,高朗令终。令终有俶,公尸嘉告。
其告维何?笾豆静嘉。朋友攸摄,摄以威仪。
威仪孔时,君子有孝子。孝子不匮,永锡尔类。
其类维何?室家之壸。君子万年,永锡祚胤。
其胤维何?天被尔禄。君子万年,景命有仆。
其仆维何?釐尔女士。釐尔女士,从以孙子。

此篇连珠体。二"酒"与"俶、告"韵①,幽部;"德、福、时、子、士、士、子"遥韵,之部;四"年"与"壸、胤"韵,真部;"将、明"间句韵,阳部;"融、终"连句韵,冬部;四"何"与"嘉、仪"韵,歌部;"摄摄"连句同韵②,盍部;"匮、类"连句韵,脂部;"禄、仆"间句韵,侯部。

《既醉》八章,章四句。

【注释】

①第一、二章二"酒"与第三章"俶、告"为联章间句句尾相押。

②连句同韵,第四章"朋友攸摄,摄以威仪",上句句尾与下句句首二字相连字同韵同,属连句同韵类。

凫鹥在泾，公尸来燕来宁。尔酒既清，尔肴既馨。公尸燕饮，福禄来成。

凫鹥在沙，公尸来燕来宜。尔酒既多，尔肴既嘉。公尸燕饮，福禄来为。

凫鹥在渚，公尸来燕来处。尔酒既湑，尔肴伊脯。公尸燕饮，福禄来下。

凫鹥在潨，公尸来燕来宗。既燕于宗，福禄攸降。公尸燕饮，福禄来崇。

凫鹥在亹，公尸来止熏熏。旨酒欣欣，燔炙芬芬。公尸燕饮，无有后艰。

此篇例同国风。五"鹥"十"尸"连章韵[①]，六"尔"五"既"一"伊"上间字韵[②]，脂部；五"饮"正射韵，侵部；"泾、宁、清、馨"间句与"成"韵，耕部；"沙、宜、多、嘉"间句与"为"韵，歌部；"渚、处、湑、脯"间句及下韵，鱼部；"潨、宗、宗、降"间句与"崇"韵，冬部；"亹、熏、欣、芬"间句与"艰"韵，谆部。

《凫鹥》五章，章六句。

【注释】

①连章韵，五"鹥"与前一"尸"连句第二字押韵，与后一"尸"间两句第二字押韵，又串联各章互押，构成连章韵。

②上间字韵，第一、二、三章"尔"与"既"间隔一字互押，第三章"尔"与"伊"间隔一字互押，皆处于句首位置，称上间字韵。

假乐君子，显显令德。宜民宜人，受禄于天。保右命之，自天申之。

干禄百福，子孙千亿。穆穆皇皇，宜君宜王。不愆不忘，率由旧章。

威仪抑抑，德音秩秩。无怨无恶，率由群匹。受福无疆，四方之纲。

之纲之纪，燕及朋友。百辟卿士，媚于天子。不解于位，民之攸墍。

"子、德、之、之、福、亿、纪、友、士、子"连章韵，之部；"人、天"与"命、申"错韵①，真部；"皇、王、忘、章、疆、纲"韵，阳部；"抑、秩"间句与"匹"韵，至部；"无、无恶"间第二字三叠韵②，鱼部；"位、墍"连句韵，脂部。（师培案，"假、宜"韵，"假"在鱼。）

《假乐》四章，章六句。

【注释】

①错韵，第一章"人、天"连句句尾韵，"命、申"连句第三字相押，又彼此第四、三字交错押韵。

②三叠韵，第三章"无怨无恶"之"无、无恶"间隔"怨"三字韵相同叠韵。

笃公刘，匪居匪康。乃场乃疆，乃积乃仓。乃裹糇粮，于橐于囊。思辑用光，弓矢斯张。干戈戚扬，爰方启行。

笃公刘，于胥斯原。既庶既繁，既顺乃宣，而无永叹。陟则在巘，复降在原。何以舟之？维玉及瑶，鞞琫容刀。

笃公刘，逝彼百泉，瞻彼溥原。乃陟南冈，乃觏于京。京师之野，于时处处，于时庐旅。于时言言，于时语语。

笃公刘，于京斯依。跄跄济济，俾筵俾几。既登乃依，乃造其曹。执豕于牢，酌之用匏。食之饮之，君之宗之。

笃公刘，既溥既长，既景乃冈。相其阴阳，观其流泉。其军三单，度其隰原，彻田为粮。度其夕阳，豳居允荒。

笃公刘，于豳斯馆。涉渭为乱，取厉取锻。止基乃理，爰众爰有。夹其皇涧，溯其过涧。止旅乃密，芮鞫之即。

六"笃、刘"首尾韵①，"刘"与"曹、牢"韵，又与"舟"韵，幽部；"康、疆、仓、粮、囊、光、张、扬、行、冈、京、长、冈、阳、粮、阳、荒"遥韵，阳部；"原、繁、宣、叹、巘、原、泉、原、言、

·240·

泉、单、原、馆、乱、锻、涧、涧"连章韵，元部；句尾三"之"与"理、有"韵②，之部；"瑶、刀"连句韵，宵部；"野、处、旅"间句及"语"韵，鱼部；"依、济、几、依"连句韵，脂部；"饮、宗"侵、冬合韵，"密、即"连句韵句韵③，至部。

《公刘》六章，章十句。

【注释】

①首尾韵，六"笃公刘"之"笃、刘"句首与句尾互押。

②第二、四章句尾三"之"与第六章"理、有"句尾遥韵，又"理、有"连句句尾韵。

③句韵，案，此处"句韵"二字为衍字。

  泂酌彼行潦，挹彼注兹，可以餴饎。岂弟君子，民之父母。
  泂酌彼行潦，挹彼注兹，可以濯罍。岂弟君子，民之攸归。
  泂酌彼行潦，挹彼注兹，可以濯溉。岂弟君子，民之攸塈。

此篇例同国风。三"酌、潦"本句韵①，二"濯"正射韵，宵部；三"兹"三"子"与"饎、母"韵，之部；"罍、归"与"溉、塈"韵②，脂部。

《泂酌》三章，章五句。

【注释】

①本句韵，三"泂酌彼行潦"之"酌、潦"本句第二、五字互押。

②第二章"罍、归"与第三章"溉、塈"连章间句句尾韵。

  有卷者阿，飘风自南。岂弟君子，来游来歌，以矢其音。
  伴奂尔游矣，优游尔休矣。岂弟君子，俾尔弥尔性，似先公酋矣。
  尔土宇版章，亦孔之厚矣。岂弟君子，俾尔弥尔性，百神尔主矣。
  尔受命长矣，茀禄尔康矣。岂弟君子，俾尔弥尔性，纯嘏尔常矣。
  有冯有翼，有孝有德，以引以翼。岂弟君子，四方为则。
  颙颙卬卬，如圭如璋，令闻令望。岂弟君子，四方为纲。
  凤凰于飞，翙翙其羽，亦集爰止。蔼蔼王多吉士，维君子使，媚于天子。

凤凰于飞，翙翙其羽，亦傅于天。蔼蔼王多吉人，维君子命，媚于庶人。

凤凰鸣矣，于彼高冈。梧桐生矣，于彼朝阳。菶菶萋萋，雝雝喈喈。

君子之车，既庶且多。君子之马，既闲且驰。矢诗不多，维以遂歌。

"阿、歌"遥与"多、驰、多、歌"韵①，歌部；"南、音"间二句韵，侵部；七"子"十"矣"与"翼、德、翼、则、止、士"连章韵，之部；"游、休"间句与"酋"韵②，幽部；三"性"与"鸣、生"遥为错韵③，耕部；"章"与"长、康、常、卬、璋、望、纲、冈、阳"连章韵，阳部；"厚、主"间二句韵，侯部；二"飞"与"萋萋、喈喈"韵④，脂部；二"翙翙"二"蔼蔼"间句韵，祭部；二"羽"及"车、马"韵⑤，鱼部；"菶菶、雝雝"连句韵⑥，东部；"天、人、命、人"连句韵，真部。

《卷阿》十章，六章章五句，四章章六句。

【注释】

①遥韵，第一章"阿、歌"间句韵，第十章"多"与"驰、多、歌"间隔一句句尾相押，又皆与"阿、歌"句尾遥相为韵。

②第二章"游、休"间句与"酋"第四字押韵。

③错韵，三"俾尔弥尔性"句尾"性"与第九章"鸣、生"第三字交错遥押，又"鸣、生"间句第三字押韵。

④二"凤凰于飞"句尾"飞"与第九章"萋萋、喈喈"句尾遥韵，又"萋萋、喈喈"连句句尾韵。

⑤第七、八章二"羽"与第十章"车、马"句尾遥韵，又"车、马"间句句尾韵。

⑥连句韵，第九章"菶菶、雝雝"皆为句首二字韵同的上同韵，又连句句首互押。

民亦劳止，汔可小康。惠此中国，以绥四方。无纵诡随，以谨无良。式遏寇虐，憯不畏明。柔远能迩，以定我王。

民亦劳止，汔可小休。惠此中国，以为民逑。无纵诡随，以谨惽怓。式遏寇虐，无俾民忧。无弃尔劳，以为王休。

民亦劳止，汔可小息。惠此京师，以绥四国。无纵诡随，以谨罔极。式遏寇虐，无俾作慝。敬慎威仪，以近有德。

民亦劳止，汔可小愒。惠此中国，俾民忧泄。无纵诡随，以谨丑厉。式遏寇虐，无俾正败。戎虽小子，而式弘大。

民亦劳止，汔可小安。惠此中国，国无有残。无纵诡随，以谨缱绻。式遏寇虐，无俾正反。王欲玉女，是用大谏。

此篇例同国风。五"劳"六"小"与五"虐"、句尾一"劳"错韵①，宵部；五"止"五"国"与"极、慝、德、子"韵，"迩、师"合韵，之部；五"随"与"仪"韵，歌部；"玉"及"女"合叠韵②，鱼部；"康、方、良、明、王"间句韵，阳部；"休、逑、忧、休"间句韵，"怓"合韵，幽部；"愒、泄、厉、败、大"间句韵，祭部；"安、残、绻、反、谏"间句韵，元部。

《民劳》五章，章十句。

【注释】

①错韵，五"劳"六"小"与五"虐"、句尾一"劳"（第二章"无弃尔劳"）第三、四字交错互押。

②叠韵，第五章"王欲玉女"的"玉"与"女"相合韵同叠押。

上帝板板，下民卒瘅。出话不然，为犹不远。靡圣管管，不实于亶。犹之未远，是用大谏。

天之方难，无然宪宪。天之方蹶，无然泄泄。辞之辑矣，民之洽矣。辞之怿矣，民之莫矣。

我虽异事，及尔同僚。我即尔谋，听我嚣嚣。我言维服，勿以为笑。先民有言，询于刍荛。

天之方虐，无然谑谑。老夫灌灌，小子蹻蹻。匪我言耄，尔用忧谑。多将熇熇，不可救药。

天之方懠，无为夸毗。威仪卒迷，善人载尸。民之方殿屎，则莫我敢葵。丧乱蔑资，曾莫惠我师。

天之牖民，如壎如篪。如璋如圭，如取如携。携无曰益，牖民孔易。民之多辟，无自立辟。

价人维藩，大师维垣。大邦维屏，大宗维翰。怀德维宁，宗子维城。无俾城坏，无独斯畏。

敬天之怒，无敢戏豫。敬天之渝，无敢驰驱。昊天曰明，及尔出王。昊天曰旦，及尔游衍。

"板、瘅、然、远、管、亶、远、谏、难、宪、言、灌、藩、垣、翰、旦、衍"连章韵，元部；"蹶、泄"连句韵，祭部；"辑、洽"连句韵①，缉部；"怿、莫"及"怒、豫"遥为错韵②，鱼部；四"矣"及"事、谋、服"韵，之部；"僚、嚣、笑、荛、虐、谑、跷、訽、谑、熇、药"连章韵，宵部；"懠、毗、迷、尸、屎、葵、资、师"与"坏、畏"韵，脂部；"天、民"首尾韵③，真部；"篪、圭、携、益、易、辟、辟"连句韵，支部；"屏"间句与"宁、城"韵④，耕部；"渝、驱"连句韵，侯部；"明、王"连句韵，阳部。

《板》八章，章八句。

【注释】

①连句韵，第二章"辑、洽"连句第三字押韵。

②错韵，第二章"怿、莫"与第八章"怒、豫"第三、四字交错遥押。

③首尾韵，第六章"天之牖民"的"天、民"本句首尾互押。

④第七章"屏"间句与"宁、城"句尾相押，又"宁、城"连句句尾韵。

生民之什十篇，六十一章，四百三十三句。

荡荡上帝，下民之辟。疾威上帝，其命多辟。天生烝民，其命匪谌。靡不有初，鲜克有终。

文王曰咨，咨汝殷商。曾是强御，曾是掊克。曾是在位，曾是在服。天降滔德，女兴是力。

文王曰咨，咨女殷商。而秉义类，强御多怼。流言以对，寇攘式内。侯作侯祝，靡戒①靡究。

文王曰咨，咨女殷商。女炰烋于中国，敛怨以为德。不明尔德，时无背无侧。尔德不明，以无陪无卿。

文王曰咨，咨女殷商。天不湎尔以酒，不义从式。既愆尔止，靡明靡晦。式号式呼，俾昼作夜。

文王曰咨，咨女殷商。如蜩如螗，如沸如羹。小大近丧，人尚乎由行。内奰于中国，覃及鬼方。

文王曰咨，咨女殷商。匪上帝不时，殷不用旧。虽无老成人，尚有典刑。曾是莫听，大命以倾。

文王曰咨，咨女殷商。人亦有言，颠沛之揭。枝叶未有害，本实先拨。殷鉴不远，在夏后之世。

"帝、辟、帝、辟"连句韵②，支部；"天、民"首尾韵③，"民"又与七章"人"遥韵，真部；"终、谌"冬、侵合韵④；"初、御"遥及"呼、夜"韵⑤，鱼部；七"咨"正射与"位、类、怼、对、内"韵，脂部；七"商"与"明、卿、螗、羹、丧、行、方"韵，阳部；"克、服、德、力、国、德、德、侧、式、止、晦、国、时"连章韵，"旧"合韵，之部；"祝、究"与"酒"遥韵⑥，幽部；"刑、听、倾"连句韵，耕部；"言、远"间三句韵，元部；"揭、害、拨"间句与"世"韵，祭部。

《荡》八章，章八句。

【注释】

①戒，案，诸本作"届"，义尽，原文疑误。

②连句韵，第一章"帝、辟、帝、辟"连句句尾相押，又二"帝"二"辟"各间句句尾同韵。

③首尾韵，第一章"天生烝民"之"天、民"本句首尾互押。

④合韵，"终、谌"为冬、侵二部韵近相合押韵。

⑤遥韵，第一、二章"初、御"与第五章"呼、夜"句尾遥韵，又"初、御"连章间句韵，"呼、夜"连句句尾韵。

⑥遥韵，第三章"祝、究"与第五章"酒"句尾遥押，又"祝、究"连句句尾韵。

抑抑威仪，维德之隅。人亦有言，靡哲不愚。庶人之愚，亦职维疾。哲人之愚，亦维斯戾。

无竞维人，四方其训之。有觉德行，四国顺之。訏谟定命，远犹辰告。敬慎威仪，维民之则。

其在于今，兴迷乱于政。颠覆厥德，荒湛于酒。女虽湛乐从，弗念厥绍。罔敷求先王，克共明刑。

肆皇天弗尚，如彼泉流，无沦胥以亡。夙兴夜寐，洒扫廷内，维民之章。修尔车马，弓矢戎兵。用戒戎作，用遏蛮方。

质尔人民，谨尔侯度，用戒不虞。慎尔出话，敬尔威仪，无不柔嘉。白圭之玷，尚可磨也。斯言之玷，不可为也。

无易由言，无曰苟矣。莫扪朕舌，言不可逝矣。无言不雠，无德不报。惠于朋友，庶民小子。子孙绳绳，万民靡不承。

视尔友君子，辑柔尔颜，不遐有愆。相在尔室，尚不愧于屋漏。无曰不显，莫予云觏。神之格思，不可度思，矧可射思！

辟尔为德，俾臧俾嘉。淑慎尔止，不愆于仪。不僭不贼，鲜不为则。投我以桃，报之以李。彼童而角，实虹小子。

荏染柔木，言缗之丝。温温恭人，维德之基。其维哲人，告之话言，顺德之行。其维愚人，覆谓我僭。民各有心。

於乎小子，未知臧否。匪手携之，言示之事。匪面命之，言提其耳。借曰未知，亦既抱子。民之靡盈，谁夙知而莫成？

昊天孔昭，我生靡乐。视尔梦梦，我心惨惨①。诲尔谆谆，听我藐藐。匪用为教，覆用为虐。借曰未知，亦聿既耄。

於乎小子，告尔旧止。听用我谋，庶无大悔。天方艰难，曰丧厥国。取譬不远，昊天不忒。回遹其德，俾民大棘。

四"仪"二"也"二"嘉"遥韵②，"磨、为"间句韵③，歌部；"偶、愚、愚、愚"遥与"漏、觏、角、木"韵，"由、苟"连句合韵，侯部；"疾、戾"遥与"瘵、内"韵④，脂部；"人、命"遥与"民、人、人、人"韵⑤，真部；"训、顺"间句韵⑥，"谆谆"下同韵，谆部；"行、王、尚、亡、章、兵、方、行"遥韵，"从"合韵，阳部；"之、之、则、德、矣、矣、友、子、子、思、思、思、德、止、贼、则、李、子、丝、基、子、否、之、事、之、耳、子、子、止、谋、悔、国、忒、德、棘"连章韵，"室"合韵，之部；"告、酒、流、雠、报"遥韵，幽部；"湛、湛、念"连句韵⑦，"今、玷、玷、僭、心"遥韵，侵部；"政、刑"遥与"盈、成"韵⑧，耕部；"乐、绍、桃、昭、乐、惨、藐、教、虐、耄"遥韵，宵部；"马、作、度、虞"及"度、射"遥为错韵⑨，"话"与"舌、逝"韵⑩，祭部；"言、颜、愆、显、言、难、远"遥韵，元部；"绳、承"连句韵，"梦梦"同韵，蒸部；"携"与二"知"韵⑪，支部。

《抑》十二章，三章章八句，九章章十句。

【注释】

①惨藐，案，诸本诸作"惨惨"，原文误。

②遥韵，第一、二、五、八章四"仪"与第五章二"也"及第五、八章二"嘉"句尾遥押；又第五章"仪、嘉"连句韵，二"也"间句韵。

③间句韵，第五章"磨、为"间句第三字押韵。

④遥韵，第一章"疾、戾"与第四章"瘵、内"句尾遥韵，又"疾、戾""瘵、内"皆连句句尾韵。

⑤遥韵，第二章"人、命"与第五章"民"、第九章"人、人、人"句尾遥押；又"人、命"间句句尾韵，"人、人、人"间句句尾韵。

⑥间句韵，第二章"训、顺"间隔一句倒二字相押。

⑦连句韵，第三章"湛、湛、念"连句第二、三字交错互押。

⑧遥韵，第三章"政、刑"与第十章"盈、成"句尾遥韵；又

⑨错韵,第四、五章"马、作、度、虞"遥与第七章"度、射"第四、三字交错为韵,又"度、射"连句第三字押韵。

⑩第五章"话"与第六章"舌、逝"连章间句第四字相押,又"舌、逝"连句第四字押韵。

⑪第十章"携"与二"借曰未知"之"知"第三、四字交错相押。

菀彼桑柔,其下侯旬。捋采其刘,瘼此下民。不殄心忧,仓兄填兮。倬彼昊天,宁不我矜?

四牡骙骙,旟旐有翩。乱生不夷,靡国不泯。民靡有黎,具祸以烬。於乎有哀,国步斯频。

国步蔑资,天不我将。靡所止疑,云徂何往?君子实维,秉心无竞。谁生厉阶,至今为梗?

忧心殷殷,念我土宇。我生不辰,逢天僤怒。自西徂东,靡所定处。多我觏痻,孔棘我圉。

为谋为毖,乱况斯削。告尔忧恤,诲尔序爵。谁能执热,逝不以濯?其何能淑,载胥及溺。

如彼溯风,亦孔之僾。民有肃心,荓云不逮。好是稼穑,力民代食。稼穑维宝,代食维好。

天降丧乱,灭我立王。降此蟊贼,稼穑卒痒。哀恫中国,具赘卒荒。靡有旅力,以念穹苍。

维此惠君,民人所瞻。秉心宣犹,考慎其相。维彼不顺,自独俾臧。自有肺肠,俾民卒狂。

瞻彼中林,甡甡其鹿。朋友已谮,不胥以穀。人亦有言,进退维谷。

维此圣人,瞻言百里。维彼愚人,覆狂以喜。匪言不能,胡斯畏忌。

维此良人,弗求弗迪。维彼忍心,是顾是复。民之贪乱,宁为荼毒?

大风有隧,有空大谷。维此良人,作为式穀。维彼不顺,征以中垢。

大风有隧，贪人败类。听言则对，诵言如醉。匪用其良，复俾我悖。

嗟尔朋友，予岂不知而作。如彼飞虫，时亦弋获。既之阴女，反予来赫。

民之罔极，职凉善背。为民不利，如云不克。民之回遹，职竞用力。

民之未戾，职盗为寇。凉曰不可，覆背善詈。虽曰匪予，既作尔歌。

"柔、刘、忧"遥与"淑、实、好、犹、迪、复、毒"韵①，幽部；"旬、民、填、天、矜、翩、泯、燼、频"遥与四"人"韵②，真部；"骙、夷、黎、哀、资、维、阶"遥与"热、愒、逮、隧、隧、类、对、醉、悖、利、遹、戾、詈"韵，脂部；"将、往、竞、梗"遥与"王、痒、荒、苍、相、臧、肠、狂、良"韵，阳部；"疑"遥与"穑、食、贼、国、力、里、喜、能、忌、友、极、背、克、力"韵③，"兮"合韵，之部；"殷、辰、瘨"遥与"君、顺、顺"韵④，谆部；"宇、怒、处、圉"遥及"作、获、女、赫、予"韵，鱼部；"东、虫"东、冬合韵⑤；"毖、恤"间句韵，至部；"削、爵、濯、溺"间句韵，宵部；"风、心"遥与"林、谮、心"韵⑥，"瞻"合韵，侵部；"乱"遥与"言、乱"韵⑦，元部；"鹿、穀、谷"遥与"谷、穀、垢、寇"韵⑧，侯部；"可、歌"间二句韵⑨，歌部。

《桑柔》十六章，八章章八句，八章章六句。

【注释】

①遥韵，第一章"柔、刘、忧"与第五、六、八、十一章"淑、实、好、犹、迪、复、毒"句尾遥相为韵。

②遥韵，第一、二章"旬、民、填、天、矜、翩、泯、燼、频"与四"人"句尾遥韵。

③遥韵，第三章"靡所止疑"之"疑"与第六、七、十、十四、十五章"穑、食、贼、国、力、里、喜、能、忌、友、极、背、克、力"

· 249 ·

句尾遥押。

⑤合韵，第四章"东"与第十四章"虫"为东、冬二部邻近相押合韵。

⑥遥韵，第六章"风、心"与第九章"林、谮"、第十一章"心"句尾遥押，又"风、心""林、谮"皆间句句尾韵。

⑦遥韵，第七章"天降丧乱"之"乱"与第九、十一章"言、乱"句尾遥相押韵。

⑧遥韵，第九章"鹿、穀、谷"与第十二、十六章"谷、穀、垢、寇"句尾遥押，又"鹿、穀、谷""谷、穀、垢"皆间句句尾韵。

⑨间二句韵，第十六章"可、歌"间隔二句句尾押韵。

倬彼云汉，昭回于天。王曰於乎，何辜今之人？天降丧乱，饥馑荐臻。靡神不举，靡爱斯牲。圭璧既卒，宁莫我听？

旱既大甚，蕴隆虫虫。不殄禋祀，自郊徂宫。上下奠瘗，靡神不宗。后稷不克，上帝不临。耗斁下土，宁丁我躬？

旱既大甚，则不可推。兢兢业业，如霆如雷。周余黎民，靡有孑遗。昊天上帝，则不我遗。胡不相畏，先祖于摧？

旱既大甚，则不可沮。赫赫炎炎，云我无所。大命近止，靡瞻靡顾。群公先正，则不我助。父母先祖，胡宁忍予？

旱既大甚，涤涤山川。旱魃为虐，如惔如焚。我心惮暑，忧心如熏。群公先正，则不我闻。昊天上帝，宁俾我遯？

旱既大甚，黾勉畏去。胡宁瘨我以旱，憯不知其故。祈年孔夙，方社不莫。昊天上帝，则不我虞。敬恭明神，宜无悔怒。

旱既大甚，散无友纪。鞠哉庶正，疚哉冢宰。趣马师氏，膳夫左右。靡人不周，无不能止。瞻卬昊天，云如何里？

瞻卬昊天，有嘒其星。大夫君子，昭假无赢。大命近止，无弃尔成。何求为我，以戾庶正。瞻卬昊天，曷惠其宁？

"汉、乱"遥与六章"旱"韵①，元部；"天、人、臻"遥与"民、神、天、天、天"韵②，真部；"乎、举"遥及"土、沮、所、顾、助、祖、予、暑、去、故、莫、虞、怒"韵，鱼部；"牲、听"遥与"正、正、正、星、嬴、成、正、宁"韵③，耕部；"卒、推、雷、遗、遗、畏、摧"韵，脂部；六"甚"正射韵，侵部；"临"与"虫、宫、宗、躬"合韵，冬部；"祀、瘥、克"遥与"止、纪、宰、右、止、里、子、止"韵④，之部；"业业"下同韵，盍部；"帝、帝、氏"遥韵⑤，支部；"炎炎"下同韵，谈部；"川、焚、熏、闻、遁"间句韵，谆部；"虐"遥与"夙、周"合韵⑥，幽部；"何、为我"间第二字三叠韵⑦，歌部。

《云汉》八章，章十句。

【注释】

①遥韵，第一章"汉、乱"与第六章"旱"句尾遥押，又"汉、乱"间隔两句句尾押韵。

②遥韵，第一章"天、人、臻"与第三、六、七、八章"民、神、天、天、天"句尾遥押，又"天、人、真"间句句尾韵。

③遥韵，第一章"牲、听"与"正、正、正、星、嬴、成、正、宁"句尾遥相押韵，又"牲、听"间句句尾押韵。

④遥韵，第二章"祀、瘥、克"与"止、纪、宰、右、止、里、子、止"句尾遥相为韵，又"祀、瘥、克"间句句尾相押。

⑤遥韵，案，此处应为三"昊天上帝"之"帝"与第七章"趣马师氏"之"氏"句尾遥韵，疑脱一"帝"字。

⑥合韵，第五章"旱魃为虐"之"虐"遥与"夙、周"句尾相协押韵。

⑦三叠韵，第八章"何求为我"之"何、为我"间隔"求"三字韵同相押，为三叠韵。

崧高维岳，骏极于天。维岳降神，生甫及申。维申及甫，维周之翰。四国于蕃，四方于宣。

亹亹申伯，王缵之事。于邑于谢，南国是式。王命召伯，定申伯之宅。登是南邦，世执其功。

王命申伯，式是南邦。因是谢人，以作尔庸。王命召伯，彻申伯土田。王命傅御，迁其私人。

申伯之功，召伯是营。有俶其城，寝庙既成。既成藐藐，王锡申伯。四牡蹻蹻，钩膺濯濯。

王遣申伯，路车乘马。我图尔居，莫如南土。锡尔介圭，以作尔宝。往近王舅，南土是保。

申伯信迈，王饯于郿。申伯还南，谢于诚归。王命召伯，彻申伯土疆。以峙其粻，式遄其行。

申伯番番，既入于谢。徒御啴啴，周邦咸喜。戎有良翰，不显申伯。王之元舅，文武是宪。

申伯之德，柔惠且直。揉此万邦，闻于四国。吉甫作诵，其诗孔硕，其风肆好，以赠申伯。

"岳"遥与"宝、舅、保、舅、好"合韵①，幽部；"天、神、申"遥与"人、田、人"韵，真部；"甫、伯、谢、伯、宅、伯、伯、御、伯、伯、马、居、土、伯、谢、伯、硕、伯"连章韵，鱼部；"翰、蕃、宣"遥与"番、啴、翰、宪"韵②，元部；"事、式"遥与"喜、德、直、国"韵③，"圭"合韵，之部；"邦、功、邦、庸、功"遥与"邦、诵"韵④，东部；"营、城、成"连句韵，耕部；"藐藐、蹻蹻、濯濯"下同韵⑤，宵部；"迈"与"郿、归"合韵，脂部；"疆、粻、行"连句韵，阳部。

《嵩高》八章，章八句。

【注释】

①合韵，第一章"崧高维岳"之"岳"与"宝、舅、保、舅、好"句尾遥押，又"宝、舅、保"连句句尾韵。

②遥韵，第一章"翰、蕃、宣"与第七章"番、啴、翰、宪"句尾遥韵；又"翰、蕃、宣"连句句尾韵，"番、啴、翰、宪"间句句尾韵。

③遥韵，第二章"事、式"与第七、八章"喜、德、直、国"句尾遥相为韵，又"事、式"间句句尾韵。

④遥韵，第二、三、四章"邦、功、邦、庸、功"与第八章"邦、诵"句尾遥押，又"邦、诵"间句句尾互押。

⑤下同韵，第四章"藐藐、蹻蹻、濯濯"皆句尾二字相连形同韵同。

天生烝民，有物有则。民之秉彝，好是懿德。天监有周，昭格^①于下。保兹天子，生仲山甫。

仲山甫之德，柔嘉维则。令仪令色。小心翼翼。古训是式，威仪是力。天子是若，明命使赋。

王命仲山甫，式是百辟。缵戎祖考，王躬是保。出纳王命，王之喉舌。赋政于外，四方爰发。

肃肃王命，仲山甫将之。邦国若否，仲山甫明之。既明且哲，以保其身。夙夜匪解，以事一人。

人亦有言，柔则茹之，刚则吐之。维仲山甫，柔亦不茹，刚亦不吐。不侮矜寡，不畏强御。

人亦有言，德輶如毛，民鲜克举之。我仪图之，维仲山甫举之，爱莫助之。衮职有阙，维仲山甫补之。

仲山甫出祖，四牡业业，征夫捷捷，每怀靡及。四牡彭彭，八鸾锵锵。王命仲山甫，城彼东方。

四牡骙骙，八鸾喈喈。仲山甫徂齐，式遄其归。吉甫作诵，穆如清风。仲山甫永怀，以慰其心。

"民"与"天"首尾韵^②，与"命、身、人"遥韵，真部；"则、德、子、德、则、色、翼、式、力、否、九、之"连章韵，之部；"彝"与"骙、喈、齐、归、怀"遥韵^③，脂部；"周"与"考、保"遥韵^④，"毛"与"輶"合为下间字韵^⑤，幽部；"下、甫、若、赋"及"甫、茹、吐、寡、御、祖、甫"连章韵，"茹、吐、举、图、举、助、补"连章韵，鱼部；"辟、解"遥韵^⑥，支部；"舌、外、发"与"哲、阙"遥韵^⑦，祭部；"将、明、方"与"彭彭、锵锵"韵，阳部；二"言"正射韵，元部；"业业、捷捷"下同韵，盍部；"风、心"间句韵，侵部。

《烝民》八章，章八句。

【注释】

①格，案，诸本作"假"，原文疑误。

②首尾韵，第一章"天生烝民"的"民"与"天"本句首尾互押。

③遥韵，第一章"民之秉彝"之"彝"与第八章"骙、喈、齐、

④遥韵，第一章"天监有周"之"周"与第三章"考、保"句尾遥押，又"考、保"连句句尾韵。

⑤下间字韵，第六章"德輶如毛"之"毛"与"輶"间隔一字句尾相协押韵，为下间字韵。

⑥遥韵，第三章"辟"与第四章"解"句尾遥相为韵。

⑦遥韵，第三章"舌、外、发"与"哲、阙"句尾遥押，又"舌、外、发"连句句尾相押。

奕奕梁山，维禹甸之。有倬其道，韩侯受命。王亲命之，缵戎祖考。无废朕命，夙夜匪解。虔共尔位，朕命不易。干不庭方，以佐戎辟。

四牡奕奕，孔修且张。韩侯入觐，以其介圭。入觐于王，王锡韩侯。淑旂绥章，簟茀错衡。玄衮赤舄，钩膺镂锡。鞹鞃浅幭，鞗革金厄。

韩侯出祖，出宿于屠。显父饯之，清酒百壶。其殽维何？炰鳖鲜鱼。其蔌维何？维笋及蒲。其赠维何？乘马路车。笾豆有且，侯氏燕胥。

韩侯取妻，汾王之甥，蹶父之子。韩侯迎止，于蹶之里。百两彭彭，八鸾锵锵，不显其光。诸娣从之，祁祁如云。韩侯顾之，烂其盈门。

蹶父孔武，靡国不到。为韩姞相攸，莫如韩乐。孔乐韩土，川泽訏訏。鲂鱮甫甫，麀鹿噳噳。有熊有罴，有猫有虎。庆既令居，韩姞燕誉。

溥彼韩城，燕师所完。以先祖受命，因时百蛮。王锡韩侯，其追其貊。奄受百①国，因以其伯。实墉实壑，实亩实藉。献其貊②皮，赤豹黄罴。

"山"遥与"完、蛮"韵③，"饯"与"鲜、燕"韵④，元部；"甸"与"命"间二句韵⑤，句尾三"命"遥韵，真部；句尾四"之"与

"子、止、里、国"韵,"妻"合韵,之部;二"侯"与"道、考、攸"遥为合韵,幽部;"解、易、辟"与"圭、厄"韵,"巇"合韵,支部;"方"与"张、王、章、衡、锡、彭、锵、光"韵⑥,"迎"与上一"彭、锵"韵,阳部;"奕、鸟、祖、屠、壶、鱼、蒲、车、且、胥、武、土、讦、甫、噳、虎、居、誉、貊、伯、壑、籍"连章韵,鱼部;"觐"遥与"云、门"韵⑦,谆部;三"何"遥与"罴、皮、罴"韵,歌部;"甥"与"城"遥韵⑧,耕部;"到、乐"间句韵,宵部。

《韩奕》六章,章十二句。

【注释】

①百,案,诸本作"北",原文误。

②貊,案,诸本作"貔",原文疑误。

③遥韵,第一章"奕奕梁山"之"山"与第六章"完、蛮"句尾遥相押韵,又"完、蛮"间句句尾韵。

④第三章"饯"与"鲜、燕"间句第三字相押。

⑤间二句韵,第一章"甸"与"命"间隔两句第三字相押。

⑥第一章"干不庭方"之"方"与第二、四章"张、王、章、衡、锡、彭、锵、光"句尾遥韵。

⑦遥韵,第二章"韩侯入觐"的"觐"与第四章"云、门"句尾遥押,又"云、门"间句句尾韵。

⑧遥韵,第四章"汾王之甥"的"甥"与第八章"溥彼韩城"的"城"句尾遥相为韵。

江汉浮浮,武夫滔滔。匪安匪游,淮夷来求。既出我车,既设我旟。匪安匪舒,淮夷来铺。

江汉汤汤,武夫洸洸。经营四方,告成于王。四方既平,王国庶定。时靡有争,王心载宁。

江汉之浒,王命召虎。式辟四方,彻我疆土。匪疚匪棘,王国来极。于疆于理,至于南海。

王命召虎,来旬来宣。文武受命,召公维翰。无曰予小子,召公是似。肇敏戎公,用锡尔祉。

釐尔圭瓒，秬鬯一卣。告于文人，锡山土田。于周受命，自召祖命。虎拜稽首，天子万年。

虎拜稽首，对扬王休。作召公考，天子万寿。明明天子，令闻不已。矢其文德，洽此四国。

"浮、滔、游、求"遥与"卣、首、首、休、考、寿"韵①，幽部；"车、旟、舒、铺、浒、土、虎"韵，鱼部；"汤、洸、方、王"与"方"韵②，阳部；"平、定、争、宁"连句韵，耕部；"棘、极、理、海、子、似、祉"遥与"子、已、德、国"韵，之部；"宣、翰"与"瓒"韵，元部；"命"与"人、田、命、命、年"韵③，真部；"戎公"冬、东相合为下叠韵④。

《江汉》六章，章八句。

【注释】

①遥韵，第一章"浮、滔、游、求"与第七、八章"卣、首、首、休、考、寿"句尾遥相押韵，又"浮、滔、游、求"连句句尾韵。

②第二章"汤、洸、方、王"与第三章"式辟四方"之"方"句尾遥韵，又"汤、洸、方、王"连章句尾韵。

③第四章"文武受命"之"命"与第五章"人、田、命、命、年"句尾遥押，又"人、田、命、命"连句句尾相押。

④下叠韵，第四章"肇敏戎公"之"戎公"句尾二字韵相近，冬、东相合押韵，属下叠韵类。

赫赫明明，王命卿士。南仲大祖，大师皇父。整我六师，以修我戎。既敬既戒，惠此南国。

王谓尹氏，命程伯休父。左右陈行，戒我师旅。率彼淮浦，省此徐土。不留不处，三事就绪。

赫赫业业，有严天子。王舒保作，匪绍匪游。徐方绎骚，震惊徐方。如雷如霆，徐方震惊。

王奋厥武，如震如怒。进厥虎臣，阚如虓虎。铺敦淮坟，仍执丑虏。截彼淮浦，王师之所。

王旅啴啴，如飞如翰。如江如汉，如山之苞。如川之流，绵绵翼翼。不测不克，濯征徐国。

王犹允塞，徐方既来。徐方既同，天子之功。四方既平，徐方来庭。徐方不回，王曰还归。

"明明"下同韵，又与"行、方"遥韵①，阳部；"士、戒、国"遥与"子、翼、克、国、塞、来"韵②，"氐"合韵，之部；"祖、父、父、旅、浦、土、处、绪、作、武、怒、虎、旅、浦、所"连章韵，鱼部；"师"遥与"回、归"韵③，脂部；"戎"遥与"同、功"合韵④，东部；"业业"下同韵，盍部；"游、骚"遥与"苞、流"韵⑤，幽部；"霆、惊"遥与"平、庭"韵⑥，耕部；"臣、坟"真、谆合韵⑦；"啴、翰、汉"连句韵，元部。

《常武》六章，章八句。

【注释】

①遥韵，第一章"赫赫明明"之"明明"句尾二字形同韵同，下同韵，与第二、三章"行、方"句尾遥相为韵。

②遥韵，第一章"士、戒、国"与"子、翼、克、国、塞、来"句尾遥押，又"翼、克、国、塞、来"连章连句句尾相押。

③遥韵，第一章"整我六师"之"师"与第六章"回、归"句尾遥押，又"回、归"连句句尾韵。

④合韵，第一章二"戎"遥与第六章"同、功"相协押韵，又"同、功"连句句尾韵。

⑤遥韵，第三章"游、骚"与第五章"苞、流"句尾遥相押韵，又"游、骚""苞、流"皆连句句尾韵。

⑥遥韵，第三章"霆、惊"与第六章"平、庭"句尾遥押，又"霆、惊""平、庭"皆连句句尾押韵。

⑦第四章"臣、坟"间句句尾韵近（真、谆二部合韵）相押。

瞻卬昊天，则不我惠。孔填不宁，降此大厉。邦靡有定，士民其瘵。蟊贼蟊疾，靡有夷届。罪罟不收，靡有夷瘳。

人有土田，女反有之。人有民人，女覆夺之。此宜无罪，女反收之。彼宜有罪，女覆说之。

哲夫成城，哲妇倾城。懿厥哲妇，为枭为鸱。妇有长舌，维厉之阶。乱匪降自天，生自妇人。匪教匪诲，时维妇寺。

鞫人忮忒，谮始竟背。岂曰不极，伊胡为慝？如贾三倍，君子是识。妇无公事，休其蚕织。

天何以刺，何神不富？舍尔介狄，维予胥忌。不吊不祥，威仪不类。人之云亡，邦国殄瘁。

天之降罔，维其优矣。人之云亡，心之忧矣。天之降罔，维其几矣。人之云亡，心之悲矣。

觱沸槛泉，维其深矣。心之忧矣，宁自今矣。不自我先，不自我后。藐藐昊天，无不克巩。无忝皇祖，式救尔后。

"天"与"田、人、天、人、天"韵①，真部；"惠、疾、届、罪、罪、鸱、阶、类、瘁"连章韵，"几、悲"间句韵②，脂部；"厉、瘵、舌"与"夺、说"错韵③，祭部；"宁、定"遥与二"城"韵④，耕部；"收、瘼"连句韵，句中"收"遥与"优、忧、忧"韵⑤，幽部；四"之"七"矣"与"妇、诲、寺、忒、背、极、慝、倍、识、事、织、富、忌"连章韵，之部；"刺、狄"间句韵，"支、祥、亡、罔、亡、罔、亡"连章韵，阳部；"泉、先"元、谆合韵⑥；"深、今"间句韵⑦，侵部；二"后"间三句韵，侯部；"无、祖"首尾韵⑧，鱼部。

《瞻卬》七章，三章章十句，四章章八句。

【注释】

①第一章"瞻卬昊天"之"天"与"田、人、天、人、天"连章句尾相押。

②间句韵，第六章"几、悲"间隔一句第三字相押。

③错韵，第一章"厉、瘵"、第三章"舌"与第二章"夺、说"第四、三字交错相押。

④遥韵，第一章"宁、定"与第三章二"城"句尾遥押，又"宁、定"间句句尾韵，二"城"连句句尾同韵互押。

⑤第二章"女反收之"句中"收"遥与第六、七章"忧、忧、忧"第三字遥相押韵。

⑥合韵，第七章"泉、先"间三句句尾韵近（元、谆二部）相协押韵。

⑦间句韵，第七章"深、今"间句第三字相押。

⑧首尾韵，第七章"无忝皇祖"之"无、祖"本句首尾互押。

昊天疾威，天笃降丧。瘨我饥馑，民卒流亡。我居圉卒荒。
天降罪罟，蟊贼内讧。昏椓靡共，溃溃回遹，实靖夷我邦。
皋皋訿訿，曾不知其玷。兢兢业业，孔填不宁。我位孔贬。
如彼岁旱，草不溃茂，如彼栖苴。我相此邦，无不溃止。
（惟汾谨案，此章韵在第三字"溃"，"栖、此、溃"连句韵，"岁"合韵，脂部。）

维昔之富，不如时。维今之疚，不如兹。彼疏斯粺，胡不自替？职兄斯引。

池之竭矣，不云自频？泉之竭矣，不云自中？溥斯害矣，职兄斯弘，不灾我躬？

昔先王受命，有如召公，日辟国百里。今也日蹙国百里。於乎哀哉！维今之人，不尚有旧？

"威"与"遹、訿"韵①，脂部；"丧"间句与"亡、荒"韵，阳部；"馑、宁"遥与"引、频、命、人"合韵②，真部；"罟"遥及"苴"韵③，"如、苴"又首尾韵④，鱼部；"讧、共、邦"遥与"邦、公"韵⑤，东部；"玷、贬"间二句韵，侵部；"业业"下同韵，盍部；"草、茂"首尾韵，"受、蹙、旧"间二句韵，幽部；"止、富、时、兹、矣、矣、矣、里、里、哉"连章韵，之部；"粺、替"连句韵，支部；"竭、竭、害"间句韵⑥，祭部；"宏"与"中、躬"合韵，冬部。

《召旻》七章，四章章五句，三章章七句。

【注释】
①"威"与"遹、訿"连章间句句尾相押。
②合韵，第一、三章"馑、宁"遥与第五、六、七章"引、频、

· 259 ·

命、人"句尾相协押韵。

③遥韵，第二章"天降罪罟"之"罟"与第四章"如彼栖苴"之"苴"句尾遥押。

④首尾韵，第四章"如彼栖苴"之"如、苴"本句首尾互押。

⑤遥韵，第二章"讧、共、邦"与第四章"邦"、第七章"公"句尾遥相为韵。

⑥间句韵，第六章"竭、竭、害"间隔一句第三字互押。

荡之什十一篇，九十二章，七百六十九句。

颂

周　颂

於穆清庙，肃雝显相。济济多士，秉文之德。对越在天，骏奔走在庙。不显不承，无射于人斯！

二"庙"间四句韵，"穆、庙"又间字韵①，幽部；"雝"与"相"合间字韵，阳部；"斯"与"土、德"合韵②，之部；"天、人"间二句韵③，"承"合韵，真部。

《清庙》一章，八句。

【注释】

①间字韵，"穆、庙"间隔"清"相押。

②合韵，案，此处"土、德"应为"士、德"之误，与"斯"构成间句句尾韵。

③间二句韵，"天、人"间隔两句第四字押韵。

维天之命，於穆不已。於乎不显，文王之德之纯！假以溢我，我其收之。骏惠我文王，曾孙笃之。

"已、德"与句尾二"之"间句韵，句中二"之"二"不"连句韵①，"以、其"连句韵②，之部；"收、笃"间句韵③，幽部；"天、命"间字韵，"文、纯"首尾韵④，"命、显、纯"真、元、谆三部合韵；"我、我"连句同韵⑤，歌部；读上一"王"微顿即与下一"王"韵，阳部。

《维天之命》一章，八句。

【注释】

①连句韵，句中二"之"二"不"连句第三字押韵。

②连句韵，"以、其"连句第二字相押。

③间句韵，"收、笃"间隔一句第三字押韵。

④首尾韵，"文王之德之纯"的"文、纯"本句首尾互押。

⑤连句同韵，上句句尾与下句句首二"我"相连同韵相押。

维清缉熙，文王之典。肇禋，迄用有成，维周之祯。

"熙"与"之、有、之"错韵①，之部；"典、禋"谆、真合韵②；"成、祯"连句韵，耕部。

《维清》一章，五句。

【注释】

①错韵，"维清缉熙"之"熙"与"之、有、之"第四、三字交错押韵。

②合韵，"典、禋"谆、真二部韵近相协押韵。

烈文辟公，锡兹祉福。惠我无疆，子孙保之。无封靡于尔邦，维王其崇之。念兹戎功，继序其皇之。无竞维人，四方其训之。不显维德，百辟其刑之。於乎，前王不忘！

"福、德"与五"之"韵，之部；"公"与"邦、功"韵，东部；

"崇、戎"连句韵①，冬部；"疆、皇、忘"遥韵，"王、忘"间字韵②，阳部；"人、训、刑"真、谆、耕三部合韵。

《烈文》一章，十三句。

【注释】

①连句韵，"崇、戎"连句句尾倒二字押韵。

②间字韵，"前王不忘"之"王、忘"句尾间隔"不"押韵，为下间字韵。

天作高山，大王荒之。彼作矣，文王康之。彼徂矣，岐有夷之行，子孙保之。

"天、山"相合首尾韵①，真、元部；"岐"与三"之"合韵，二"矣"与句中"之"韵，之部；"王荒、王康"中叠与"行"错韵②，阳部；二"作"及"徂"间句韵③，鱼部。

《天作》一章，七句。

【注释】

①首尾韵，"天作高山"之"天、山"本句首尾叶韵互押。

②错韵，"王荒、王康"皆句中二字相连韵同叠押，与"有夷之行"的"行"形成第二、四字和第三、四字交错互押。

③间句韵，二"作"及"徂"间隔一句第二字押韵。

昊天有成命，二后受之。成王不敢康，夙夜基命宥密。於缉熙，单厥心，肆其靖之。

"熙"与二"之"韵，"密"合韵，之部；"天、命"间二字韵①，"心"合韵，真部；"王、康"间二字韵②，阳部。

《昊天有成命》一章，七句。

【注释】

①间二字韵，"昊天有成命"之"天、命"间隔二字押韵。

②间二字韵，"成王不敢康"之"王、康"间隔二字押韵。

我将我享，维羊维牛，维天其右之。仪式刑文王之典，日靖四方。伊嘏文王，既右飨之。我其夙夜，畏天之威，于时保之。

"享、方、王"与"飨"错韵①，阳部；"牛、右"与句尾三"之"韵，之部；"文、典"间二字韵②，谆部；"畏、威"首尾韵③，脂部。

《我将》一章，十句。

【注释】

①错韵，句尾"享、方、王"与"飨"第四、三字交错押韵。
②间二字韵，"仪式刑文王之典"之"文、典"间隔二字相押。
③首尾韵，"畏天之威"之"畏、威"本句首尾互押。

时迈其邦，昊天其子之。实右序有周，薄言震之，莫不震叠。怀柔百神，及河乔岳。允王维后，明昭有周，式序在位。载戢干戈，载櫜弓矢。我求懿德，肆于时夏，允王保之。

"德"与三"之"韵，之部；二"周"与"保"错韵①，幽部；二"震"与"神"相合错韵②，谆、真部；"岳、后"连句韵，侯部；"位、矢"间句韵，脂部；"于、夏"间字韵③，鱼部。

《时迈》一章，十五句。

【注释】

①错韵，句尾二"周"与"允王保之"之"保"交错互押。
②错韵，二"震"与"神"第三、四字交错相协押韵，又二"震"连句第三字相押。
③间字韵，"肆于时夏"之"于、夏"间隔"时"押韵。

执竞武王，无竞维烈。不显成康，上帝是皇。自彼成康，奄有四方。斤斤其明，钟鼓喤喤。磬筦将将，降福穰穰。降福简简，威仪反反。既醉既饱，福禄来反。

"王、康、皇、康、方、明、喤、将、穰"连句韵，二"竞"连句

· 263 ·

韵^①，阳部；"简、反、反"连句韵^②，元部；"维烈"脂、祭合叠韵^③。

《执竞》一章，十四句。

【注释】

①连句韵，二"竞"连句第二字同韵相押。

②连句韵，案，此处疑脱一"简"字，"简简""反反"皆下同韵，又连句句尾同韵相押。

③叠韵，"无竞维烈"之"维烈"为脂、祭二部韵近相合，二字相连叠韵相押。

思文后稷，克配彼天。立我烝民，莫匪尔极。贻我来牟，帝命率育。无此疆尔界，陈常于时夏。

"稷、极"间二句韵，"界"合韵，之部；"天、民"连句韵，真部；"牟、育"连句韵，幽部；"于、夏"下间字韵^①，鱼部。

《思文》一章，八句。

【注释】

①下间字韵，"陈常于时夏"之"于、夏"间隔"时"相押，处于句尾位置，属下间字韵类。

清庙之什十篇，十章，九十五句。

嗟嗟臣工，敬尔在公。王釐尔成，来咨来茹。嗟嗟保介，维莫之春。亦又何求，如何新畬？於皇来牟，将受厥明。明昭上帝，迄用康年。命我众人，庤乃钱镈，奄观铚艾。

"工、公"连句韵，东部；"茹、畬"及"镈"韵，鱼部；"春"与"年、人"合韵，真部；"求、牟"间句韵，幽部；"将、明"首尾韵^①，阳部；"介、帝、艾"支、祭合韵^②。

《臣工》一章，十五句。

【注释】
①首尾韵，"将受厥明"之"将、明"本句首尾互押。
②合韵，"介、帝、艾"句尾遥相押韵，支、祭二部韵近相协。

噫嘻成王，既昭假尔。率时农夫，播厥百谷。骏发尔私，终三十里。亦服尔耕，十千维耦。

"王、耕"阳、耕合韵①；"里"与"尔、私"合韵，脂部；"夫"与"谷、耦"合韵，鱼部。
《噫嘻》②一章，八句。
【注释】
①合韵，阳、耕二部韵近合押（"王"，阳部；"耕"，耕部）。
②噫嘻，案，诸本皆作"噫嘻"，原文疑误。

振鹭于飞，于彼西雝。我客戾止，亦有斯容。在彼无恶，在此无斁。庶几夙夜，亦永终誉。

"飞、戾"错韵①，"止"合韵，脂部；"雝、容"间句韵，东部；"恶、斁、夜、誉"连句韵，鱼部。
《振鹭》一章，八句。
【注释】
①错韵，"飞、戾"第四、三字交错相押。

丰年多黍多稌。亦有高廪，万亿及秭。为酒为醴，烝畀祖妣。以洽百礼，降福孔皆。

"黍、稌"下间字韵①，鱼部；"秭、醴、妣、礼、皆"连句韵，脂部。
《丰年》一章，七句。

265

【注释】

①下间字韵,"丰年多黍多稌"之"黍、稌"句尾间隔"多"押韵。

有瞽有瞽,在周之庭。设业设虡,崇牙树羽。应田县鼓,鞉磬柷圉。既备乃奏,箫管备举。喤喤厥声,肃雍和鸣,先祖是听。我客戾止,永观厥成。

"瞽"及"虡、羽、鼓、圉、举"韵,"奏"合韵,鱼部;"庭"与"声、鸣、听、成"韵①,耕部。

《有瞽》一章,十三句。

【注释】

①"在周之庭"之"庭"与"声、鸣、听、成"句尾遥韵;又"声、鸣、听"连句韵,与"成"间句相押。

猗与漆沮,潜有多鱼。有鳣有鲔,鲦鲿鰋鲤。以享以祀,以介景福。

"沮、鱼"连句韵,鱼部;"鲔、鲤、祀、福"连句韵,之部①。

《潜》一章,六句。

【注释】

①案,此篇实为鱼、之二部韵近合押。

有来雝雝,至止肃肃。相维辟公,天子穆穆。於荐广牡,相与①肆祀。假哉皇考,绥予孝子。宣哲维人,文武维后。燕及皇天,克昌厥后。绥我眉寿,介以繁祉。既右烈考,亦右文母。

"雝、公"间句韵,东部;"肃、穆、牡、考、寿、考"皆间句韵,幽部;"祀、子"与"祉、母"韵②,之部;"人、天"间句韵,真部;"后、后"间句韵,侯部。

《雝》一章,十六句。

【注释】

①与，案，"与"疑为"予"之误，诸本作"予"。

②"祀、子"与"祉、母"句尾遥相押韵，又"祀、子""祉、母"皆间句句尾相押。

载见辟王，曰求厥章。龙旂阳阳，和铃央央。鞗革有鸧，休有烈光。率见昭考，以孝以享。以介眉寿，永言保之。思皇多祜，烈文辟公。绥以多福，俾缉熙于纯嘏。

"王、章、阳、央、鸧、光"与"享"韵，"公"合韵，阳部；"考、寿"与"保"错韵①，幽部；"之、福"间二句韵，之部；"祜、嘏"间二句韵，鱼部。

《载见》一章，十四句。

【注释】

①错韵，"考、寿"与"保"第四、三字相押，又"考、寿"间句句尾押韵。

有客有客，亦白其马。有萋有且，敦琢其旅。有客宿宿，有客信信。言授之絷，以絷其马。薄言追之，左右绥之。既有淫威，降福孔夷。

"客、马、且、旅"及"马"韵，句中三"客"一"白"韵，亦与"薄"遥韵①，鱼部；"宿宿"幽部，"信信"真部，皆下同韵；二"絷"连句间字韵②，缉部；"追、绥"与"威、夷"错韵③，脂部；二"之"连句韵，之部。

《有客》一章，十二句。

【注释】

①遥韵，句中三"客"一"白"句首第二字相押，又与"薄"句首遥为错韵。

②连句间字韵，"言授之絷，以絷其马"之二"絷"连句间隔一字

同韵相押。

③错韵"追、绥"与"威、夷"第三、四字交错互押。

於皇武王！无竞维烈。允文文王，克开厥后。嗣武受之，胜殷遏刘，耆定尔功。

"功"与二"王"合韵，阳部；"后"与"刘"合韵，"受"错韵①，幽部；"烈、之"祭、之合韵。

《武》一章，七句。

【注释】

①"后"与"刘"间隔一句句尾相协押韵，又与"嗣武受之"之"受"第四、三字交错互押。

臣工之什十篇，十章，一百六句。

闵予小子，遭家不造，嬛嬛在疚。於乎皇考，永世克孝。念兹皇祖，陟降庭止。维予小子，夙夜敬止。於乎皇王，继序思不忘！

"子、疚、止、子、止"韵，之部；"造"间句与"考、孝"韵，幽部；"王、忘"连句韵，阳部；"予、家、乎、予、夜、乎、序"句中韵①，"祖"线韵，鱼部；"庭、敬"间句韵②，耕部。

《闵予小子》一章，十一句。

【注释】

①句中韵，"予、家、乎、予、夜、乎、序"皆句中第二字相押。

②间句韵，"庭、敬"间隔一句第三字相押，亦属句中韵类。

访予落止，率时昭考。於乎悠哉，朕未有艾。将予就之，继犹判涣。维予小子，未堪家多难。绍庭上下，陟降厥家。休矣皇考，以保明其身！

"止、哉、之、子"间句韵，之部；二"考"与"悠、就"错韵①，幽部；"艾、艾"脂、祭相合间字韵②；"涣、难"间句韵，"身"合韵，元部；"下、家"连句韵，鱼部。

《访落》一章，十二句。

【注释】

①错韵，二"考"与"於乎悠哉"之"悠""将予就之"之"就"第四、三字交错相押。

②间字韵，"朕未有艾"之"未、艾"间隔一字叶韵相押（脂、祭二部韵近相合）。

敬之敬之，天维显思。命不易哉，无曰高高在上。陟降厥士，日监在兹。维予小子，不聪敬止。日就月将，学有缉熙于光明。佛时仔肩，示我显德行。

上二"敬"间字韵①，下一"敬"间六句韵②，耕部；"之、思、哉"间句与"士、兹、子、止"韵，之部；"上"与"将、明、行"韵，阳部；二"显"与"肩"错韵③，元部。

《敬之》一章，十二句。

【注释】

①间字韵，"敬之敬之"之二"敬"间隔"之"同韵互押。

②间句韵，"敬之敬之"的下一"敬"与"不聪敬止"的"敬"间隔六句第三字押韵。

③错韵，二"显"与"肩"第三、四字交错互押。

予其惩而毖后患。莫予荓蜂，自求辛螫。肇允彼桃虫，拚飞维鸟。未堪家多难，予又集于蓼。

"惩、蜂、虫"蒸、东、冬合韵①；"患、难"间四句韵，元部；"螫"间三句及"于"韵②，鱼部；"鸟、蓼"间句韵，幽部。

《小毖》一章，八句。

【注释】

①合韵，首句第三字"惩"与第二、四句句尾"蜂、虫"相协错韵，蒸、东、冬三部韵近合押。

②间句韵，"自求辛螫"之"螫"间隔三句与"予又集于蓼"第四字"于"相押。

载芟载柞，其耕泽泽。千耦其耘，徂隰徂畛。侯主侯伯，侯亚侯旅，侯强侯以。有嗿其馌，思媚其妇，有依其士。有略其耜，俶载南亩。播厥百谷，实函斯活。驿驿其达，有厌其杰。厌厌其苗，绵绵其麃。载获济济，有实其积，万亿及秭。为酒为醴，烝畀祖妣，以洽百礼。有飶其香，邦家之光。有椒其馨，胡考之宁。匪且有且，匪今斯今，振古如兹。（师培案，《毛传》："旦，此也。"与"以、就"训，《集》同例即系读。"且"为"此"，故与"兹"①。）

"柞、泽、伯、旅"遥及"且"韵②，"谷"合韵，二"且"又间字同韵，鱼部；二"今"间字同韵③，侵部；"耘、畛"连句韵，谆部；"以、妇、士、耜、亩"遥与"兹"韵④，之部；"活、达、杰"连句韵，祭部；"苗、麃"连句韵，宵部；"积"与"济、秭、醴、妣、礼"合韵，脂部；"香、光"连句韵，阳部；"馨、宁"连句韵，耕部。

《载芟》一章，三十一句。

【注释】

①案，此处"旦"应为"且"之误，"兹"下疑脱一"韵"字。

②遥韵，"柞、泽、伯、旅"与"匪且有且"之"且"句尾遥相押韵。

③间字同韵，"匪今斯今"二"今"句尾间隔"斯"韵同互押，为下间字同韵。

④遥韵，"以、妇、士、耜、亩"与篇尾"振古如兹"之"兹"句尾遥相为韵。

畟畟良耜，俶载南亩。播厥百谷，实函斯活。或来瞻女，载筐及筥，其饟伊黍。其笠伊纠，其镈斯赵，以薅荼蓼。荼蓼朽止，黍稷茂止。获之挃挃，积之栗栗。其崇如墉，其比如栉。以开百室，百室盈止①，妇子宁止。杀时犉牡，有捄其角。以似以续，续古之人。

"耜、亩"与四"止"韵，"活"合韵，之部；"穀"与"角、续"韵②，侯部；"纠、蓼"与"牡"韵③，"赵"合韵，"朽、茂"连句韵④，幽部；"女、筥、黍"连句韵，鱼部；"挃、栗"间句与"栉、室"韵，至部；"人"与"盈、宁"相合错韵⑤，耕部。

《良耜》一章，二十三句。

【注释】

①案，"获之挃挃……百室盈止"六句，原文脱，现据通行本补足。

②"播厥百穀"之"穀"与"角、续"句尾遥押，又"角、续"连句句尾韵。

③"纠、蓼"与"杀时犉牡"之"牡"句尾遥韵，又"纠、蓼"间句句尾韵。

④连句韵，"朽、茂"连句第三字相押。

⑤错韵，"盈、宁"与"续古之人"的"人"第三、四字相协错押，又"盈、宁"连句第三字互押。

丝衣其紑，载弁俅俅。自堂徂基，自羊徂牛。鼐鼎及鼒，兕觥其觩，旨酒思柔。不吴不敖，胡考之休！

"紑"与"基、牛、鼒"韵①，之部；"俅"与"觩、柔、休"韵②，"敖"合韵，幽部。

《丝衣》一章九句。

【注释】

①"丝衣其紑"的"紑"间隔一句与"基、牛、鼒"句尾押韵。

②"载弁俅俅"的"俅"间三句与"觩、柔、休"句尾相押，又"俅俅"下同韵。

於铄王师，遵养时晦。时纯熙矣，是用大介。我龙受之，蹻蹻王之造。载用有嗣，实维尔公允师。

"介"与二"师"合韵，脂部；"晦、矣"与"之、嗣"韵①，之部；"受、造"错韵②，幽部。

《酌》一章，八句。

【注释】

①"晦、矣"连句句尾韵，"之、嗣"间句句尾韵，彼此句尾遥相为韵。

②错韵，"受、造"连句第三、五字相押。

绥万邦，屡丰年，天命匪解。桓桓武王，保有厥土。于以四方，克定厥家。於昭于天，皇以间之。

"邦、丰"错韵①，东部；"家、于"错韵②，鱼部；"年、天"间五句韵，真部；"解"与"土、之"合韵，之部；"王、方"间句韵，阳部。

《桓》一章九句。

【注释】

①错韵，"绥万邦，屡丰年"之"邦、丰"连句第三、二字互押。

②错韵，"家、于"连句第一、四字交错相押。

文王既勤止，我应受之。敷时绎思，我徂维求定。时周之命，於绎思！

"文、勤"间二字韵①，谆部；"止、之"与二"思"韵，之部；"定、命"耕、真合韵②。

《赉》一章，六句。

【注释】

①间二字韵，"文王既勤止"的"文、勤"间隔二字互押。

②"定、命"连句句尾叶韵相押（耕、真二部韵近相合）。

於皇时周，陟其高山，隳山乔岳，允犹翕河。敷天之下，裒时之对，时周之命。

此篇韵在第三字，"时"与三"之"韵①，"翕"合韵，之部；"高、乔"连句韵②，宵部；句末韵阙疑。
《般》一章七句。

【注释】
①"於皇时周"之"时"与句中三"之"第三字遥押，又三"之"连句第三字同韵相押。
②连句韵，"高、乔"连句第三字互押。

闵予小子之什，十一篇，一百三十五句。

鲁　颂

驷驷牡马，在坰之野。薄言驷者，有骊有皇，有骊有黄。以车彭彭，思无疆，思马斯臧。
驷驷牡马，在坰之野。薄言驷者，有骓有駓，有骍有骐。以车伾伾，思无期，思马斯才。
驷驷牡马，在坰之野。薄言驷者，有驒有骆，有骝有雒。以车绎绎，思无斁，思马斯作！
驷驷牡马，在坰之野。薄言驷者，有駰有騢，有驔有鱼。以车祛祛，思无邪，思马斯徂！

此篇例同国风，以鱼、之二部为经韵。四"马"四"野"四"者"及"骆、雒、绎、斁、作、騢、鱼、祛、邪、徂"韵，四"薄、者"首尾韵①，四"车、无、马"皆连句韵②，"绎绎、祛祛"皆下同韵③，鱼

· 273 ·

部；四"在"四"以"与句首八"有"八"思"韵，四"之"与句中八"有"韵，"驱、骐、伾、期、才"连句韵，"伾伾"下同韵，之部。"皇、黄、彭、疆、臧"连句韵，阳部。

《駉》四章，章八句。

【注释】

①首尾韵，四"薄言駉者"之"薄、者"本句首尾互押。

②连句韵，四"车、无、马"皆连句第二字押韵。

③下同韵，"绎绎、祛祛"皆句尾二字相连字同韵同，称下同韵。

有駜有駜，駜彼乘黄。夙夜在公，在公明明。振振鹭，鹭于下。鼓咽咽，醉言舞。于胥乐兮！

有駜有駜，駜彼乘牡。夙夜在公，在公饮酒。振振鹭，鹭于飞。鼓咽咽，醉言归。于胥乐兮！

有駜有駜，駜彼乘駽。夙夜在公，在公载燕。自今以始，岁其有。君子有穀，诒孙子。于胥乐兮！

此篇例同国风。各章上六"駜"下间字韵①，句首三"駜"正射韵②，至部；各章二"公"连句间字韵③，东部；二"咽咽"下同韵，真部；三"乐"宵部，三"兮"支部，皆正射韵；"黄、明"间句韵，阳部；二"鹭"正射又及下"舞"韵，鱼部；"飞、归"间句韵，脂部；"駽、燕"间句韵，元部；"穀"与"牡、酒"合韵④，幽部；"始、有"间句与"子"韵，之部。

《有駜》三章，章九句。

【注释】

①下间字韵，各章"有駜有駜"之二"駜"皆句尾间隔"有"同韵互押。

②正射韵，各章句首"駜"属位置相同的正射同韵相押。

③连句间字韵，各章二"公"连句间隔"在"同韵相押，为连句间字同韵。

④合韵，第三章"君子有穀"之"穀"与第二章"牡、酒"句尾相

协遥押。

　　思乐泮水，薄采其芹。鲁侯戾止，言观其旂。其旂茷茷，鸾声哕哕。无小无大，从公于迈。
　　思乐泮水，薄采其藻。鲁侯戾止，其马蹻蹻。其马蹻蹻，其音昭昭。载色载笑，匪怒伊教。
　　思乐泮水，薄采其茆。鲁侯戾止，在泮饮酒。既酒饮酒①，永锡难老。顺彼长道，屈此群醜。
　　穆穆鲁侯，敬明其德。敬慎威仪，维民之则。允文允武，昭假烈祖。靡有不孝，自求伊祜。
　　明明鲁侯，克明其德。既作泮宫，淮夷攸服。矫矫虎臣，在泮献馘。淑问如皋陶，在泮献囚。
　　济济多士，克广德心。桓桓于征，狄彼东南。烝烝皇皇，不吴不扬。不告于讻，在泮献功。
　　角弓其觩，束矢其搜。戎车孔博，徒御无斁。既克淮夷，孔淑不逆。式固尔犹，淮夷卒获。
　　翩彼飞鸮，集于泮林。食我桑黮，怀我好音。憬彼淮夷，来献其琛。元龟象齿，大赂南金。

　　三"水"与二"夷"遥韵，又与三"戾"错韵②，脂部；"芹、旂"间句韵，谆部；三"止"与"德、则、德、服、馘、士、齿"韵，"仪"合韵，之部；"茷、哕、大、迈"连句韵，祭部；"藻、蹻、蹻、昭、笑、教"遥与"鸮"韵③，宵部；"茆、酒、酒、老、道、醜"与"孝、陶、囚、觩、搜、犹"韵，幽部；二"侯"正射韵，侯部；"武、祖、祜"及"博、斁、逆、获"韵，鱼部；"宫"与"讻、功"合韵④，东部；"心、南"与"林、黮、音、琛、金"韵⑤，侵部；"皇、扬"连句韵，阳部。
　　《泮水》八章，章八句。
　　【注释】
　　①既酒饮酒，案，本句应为"既饮旨酒"，原文误。

②错韵，三"思乐泮水"之"水"与第七、八章二"夷"句尾遥押，又与三"鲁侯戾止"之"戾"第四、三字交错相押。

③遥韵，第二章"藻、蹻、蹻、昭、笑、教"与第八章"翩彼飞鸮"之"鸮"句尾遥相为韵。

④合韵，第五章"既作泮宫"之"宫"与第六章"讻、功"句尾相协遥押。

⑤第六章"心、南"间句句尾韵，又与第八章"林、黮、音、琛、金"句尾遥韵。

閟宫有侐，实实枚枚。赫赫姜嫄，其德不回。上帝是依，无灾无害。弥月不迟，是生后稷。降之百福。黍稷重穋，稙稚菽麦。奄有下国，俾民稼穑。有稷有黍，有稻有秬。奄有下土，缵禹之绪。

后稷之孙，实维大王。居岐之阳，实始翦商。至于文武，缵大王之绪。致天之届，于牧之野。无贰无虞，上帝临女。敦商之旅，克咸厥功。王曰叔父，建尔元子，俾侯于鲁。大启尔宇，为周室辅。

乃命鲁公，俾侯于东。锡之山川，土田附庸。周公之孙，庄公之子。龙旂承祀，六辔耳耳。春秋匪解，享祀不忒。皇皇后帝，皇祖后稷。享以骍牺，是享①是宜。降福既多，周公皇祖，亦其福女。

秋而载尝，夏而楅衡。白牡骍刚，牺尊将将。毛炰胾羹，笾豆大房。万舞洋洋，孝孙有庆。俾尔炽而昌，俾尔寿而臧。保彼东方，鲁邦是常。不亏不崩，不震不腾。三寿作朋，如冈如陵。

公车千乘，朱英绿縢。二矛重弓，公徒三万。贝胄朱綅，烝徒增增。戎狄是膺，荆舒是惩，则莫我敢承。俾尔昌而炽，俾尔寿而富。黄发台背，寿胥与试。俾尔昌而大，俾尔耆而艾。万有千岁，眉寿无有害。

泰山岩岩，鲁邦所詹。奄有龟蒙，遂荒大东。至于海邦，淮夷来同。莫不率从，鲁侯之功。

保有凫绎，遂荒徐宅。至于海邦，淮夷蛮貊。及彼南夷，莫不率从。莫敢不诺，鲁侯是若。

天锡公纯嘏，眉寿保鲁。居常与许，复周公之宇。鲁侯燕喜，令妻寿母。宜大夫庶士，邦国是有。既多受祉，黄发儿齿。

徂来之松，新甫之柏。是断是度，是寻是尺。松桷有舄，路寝孔硕。新庙奕奕，奚斯所作。孔曼且硕，万民是若。

"閟、仙"首尾韵②，至部；"枚、回、依、迟"遥与"届、夷"韵③，一章"害"合韵，脂部；"稷、福、麦、国、穑"与"子、祀、耳、忒、稷、炽、富、背、试、喜、母、士、有、祉、齿"韵，之部；"嫄"与"孙、川、孙"遥为合韵④，谆部；"黍、秬、士、绪、武、绪、野、虞、女、旅、父、鲁、宇、辅、祖、女、绎、宅、貊、诺、若、貑、鲁、许、宇、柏、度、尺、舄、硕、奕、作、硕、若"连章韵，鱼部；"王、阳、商"与"尝、衡、刚、将、羹、房、阳、庆、昌、臧、方、常"韵，阳部；"功"与"公、东、庸、蒙、东、邦、同、从、功、从、松"韵⑤，东部；"解、帝"间句韵，支部；"牺、宜、多"连句韵，歌部；"崩、腾、朋、陵、乘、縢、弓"与"增、膺、惩、承"韵，"绳"合韵，蒸部；"万"与"大、艾、岁、害"韵⑥，祭部；"岩、詹"连句韵，谈部。

《閟宫》九章，五章章十七句（据《集传》云，第四章脱一句），二章章八句，二章章十句。

【注释】

①享，案，"享"诸本皆作"飨"，原文疑误。
②首尾韵，第一章"閟宫有仙"之"閟、仙"本句首尾互押。
③遥韵，第一章"枚、回、依、迟"与第二章"致天之届"的"届"、第八章"及彼南夷"的"夷"句尾遥相为韵。
④合韵，第一章"赫赫姜嫄"的"嫄"与第二、三章"孙、川、孙"句尾相协遥押。
⑤第二章"克咸厥功"之"功"与第三章"公、东、庸"、第六章"蒙、东、邦、同、从、功"、第七章"从"、第九章"松"句尾遥相押韵。
⑥第五章"公徒三万"之"万"与本章"大、艾、岁、害"句尾遥韵，又"大、艾、岁、害"连句句尾韵。

鲁颂四篇，二十四章，二百四十三句。

商　颂

猗与那与，置我鞉鼓。（章炳麟曰，"猗、那"二字为韵，皆歌部字也。）奏鼓简简，衎我烈祖。汤孙奏假，绥我思成。鞉鼓渊渊，嘒嘒管声。既和且平，依我磬声。於赫汤孙，穆穆厥声。庸鼓有斁，万舞有奕。我有嘉客，亦不夷怿？自古在昔，先民有作。温恭朝夕，执事有恪。顾予烝尝，汤孙之将。

"与、鼓、祖、假、斁、奕、客、怿、昔、作、夕、恪"为经韵，鱼部；"简简"下同韵①，元部；"成"间句与"声、平、声、声"韵，耕部；"渊渊"下同韵②，"孙"合韵，真部；"尝、将"连句韵，阳部。

《那》一章，二十二句。

【注释】

①下同韵，"奏鼓简简"之"简简"二字相连字同韵同句尾互押。

②下同韵，"鞉鼓渊渊"之"渊渊"二字相连字同韵同句尾相押。

嗟嗟烈祖，有秩斯祜。申锡无疆，及尔斯所。既载清酤，赉我思成。亦有和羹，既戒既平。鬷假无言，时靡有争。绥我眉寿，黄耇无疆。约軝错衡，八鸾鸧鸧。以假以享，我受命溥将。自天降康，丰年穰穰。来假来飨，降福无疆。顾予烝尝，汤孙之将。

"祖、祜"间句及"所、酤"韵，鱼部；"疆、羹"与"疆、衡、鸧、享、将、康、穰、飨、疆、尝、将"韵①，阳部；"成、平、争"间句韵，耕部。

《烈祖》一章，二十二句。

【注释】

①"疆、羹"间三句句尾韵，又间四句与"疆、衡、鸧、享、将、康、穰、飨、疆、尝、将"句尾相押。

天命玄鸟，降而生商，宅殷土芒芒。古帝命武汤，正域彼四方。方命厥后，奄有九有。商之先后，受命不殆，在武丁孙子。武丁孙子，武王靡不胜。龙旂十乘，大糦是承。邦畿千里，维民所止。肇域彼四海，四海来假。来假祁祁，景员维河。殷受命咸宜，百禄是何。

"鸟"与二"后"宵、侯合韵①；"商、芒、汤、方"连句韵，阳部；"有"与"殆、子、子、里、止、海"韵②，之部；"胜、乘、承"连句韵，蒸部；二"假"连句间字韵③，鱼部；"祁祁"下同韵，谆部；"河、宜、何"连句韵，歌部。

《玄鸟》一章，二十二句。

【注释】

①合韵，"天命玄鸟"之"鸟"与二"后"叶韵，宵、侯二部韵近互押。

②间句韵，"奄有九有"之"有"间句与"殆、子、子、里、止、海"句尾押韵。

③连句间字韵，"四海来假，来假祁祁"之二"假"间隔"来"连句同韵互押。

濬哲维商，长发其祥。洪水芒芒，禹敷下土方。外大国是疆，幅陨既长。有娀方将，帝立子生商。

玄王桓拨，受小国是达，受大国是达。率履不越，遂视既发。相士①烈烈，海外有截。

帝命不违，至于汤齐。汤降不迟，圣敬日跻。昭格②迟迟，上帝是祗。帝命式于九围。

受小球大球，为下国缀旒。何天之休，不竞不絿，不刚不柔。敷政优优，百禄是遒。

受小共大共，为下国骏厖。何天之龙，敷奏其勇。不震不动，不戁不竦，百禄是总。

武王载旆，有虔秉钺。如火烈烈，则莫我敢曷。苞有三蘖，莫遂莫达。九有有截，韦顾既伐，昆吾夏桀。

昔在中叶，有震且业。允也天子，降予卿士。实维阿衡，实左右商王。

"商、祥、芒、方、疆、长、将、商"遥与"衡、王"韵③，阳部；"拨、达、达、越、发、烈、截"遥与"旆、钺、烈、曷、蘖、达、截、伐、桀"韵④，祭部；"违、齐、迟、跻、迟、祗、围"连句韵，脂部；"球、旒、休、绣、柔、优、遒"连句韵，幽部；"共、厖、龙、勇、动、竦、总"连句韵，东部；"叶、业"连句韵，盍部；"子、士"连句韵，之部。

《长发》七章，一章八句，四章章七句，一章九句，一章六句。

【注释】

①士，案，"士"应为"土"，相土，人名，契之孙。原文误。
②格，案，"格"诸本作"假"，原文疑误。
③遥韵，第一章"商、祥、芒、方、疆、长、将、商"连句句尾韵，又与第七章"衡、王"句尾遥押，"衡、王"亦连句句尾韵。
④遥韵，第二章"拨、达、达、越、发、烈、截"连句句尾韵，又与第六章"旆、钺、烈、曷、蘖、达、截、伐、桀"句尾遥相为韵。

挞彼殷武，奋伐荆楚。罙入其阻，裒荆之旅。有截其所，汤孙之绪。

维女荆楚，居国南乡。昔有成汤，自彼氐羌。莫敢不来享，莫敢不来王，曰商是常。

天命多辟，设都于禹之绩。岁事来辟，勿予祸适，稼穑匪解。

天命降监，下民有严。不僭不滥，不敢怠遑。命于下国，封建厥福。

商邑翼翼，四方之极。赫赫厥声，濯濯厥灵。寿考且宁，以保我后生。

陟彼景山，松柏丸丸。是断是迁，方斫是虔。松桷有梴，旅楹有闲，寝成孔安。

"武、楚、阻、旅、所、绪"及"楚"韵①，鱼部；"乡、汤、羌、享、王、常"与"遑"韵②，阳部；"辟、绩、辟、适、解"连句韵，支部；"监、严、滥"连句韵，谈部；"国、福、翼、极"连句韵，之部；"声、灵、宁、生"连句韵，耕部；"山、丸、迁、虔、梴、闲、安"连句韵，元部。

《殷武》六章，三章章六句，二章章七句，一章五句。

【注释】

①第一章"武、楚、阻、旅、所、绪"与第二章"维女荆楚"之"楚"连章连句句尾相押。

②第二章"乡、汤、羌、享、王、常"与第四章"不敢怠遑"之"遑"句尾遥相押韵，又"乡、汤、羌、享、王、常"为连句句尾韵。

商颂五篇，十六章，一百五十四句。

毛诗正韵四终
双流黄启良校字

参考文献

[1] 王力. 诗经韵读. 上海：上海古籍出版社，1980.
[2] 王力. 古代汉语. 北京：中华书局，1981.
[3] 曹述敬. 音韵学辞典. 长沙：湖南出版社，1991.
[4] 阚景忠. 古文标点翻译技法研究. 东营：石油大学出版社，1996.
[5] 张诒三. 汉语音韵学论纲. 北京：中国广播电视出版社，2004.
[6] 陈垣. 校勘学释例. 北京：中华书局，2004.
[7] 张舜徽. 中国文献学. 武汉：华中师范大学出版社，2004.
[8] 程俊英，蒋见元. 诗经注析. 北京：中华书局，1991.
[9] 周振甫. 诗经译注. 北京：中华书局，2010.
[10] 朱杰人，李慧玲. 毛诗注疏. 上海：上海古籍出版社，2013.